编辑委员会

余杭纪实丛书

未来有你

余 杭 人 才 发 展 纪 实

杭州市余杭区政协文史委　编

张海龙　平静　等　著

ZHEJIANG UNIVERSITY PRESS
浙江大学出版社
·杭州·

图书在版编目（CIP）数据

未来有你：余杭人才发展纪实 / 杭州市余杭区政协
文史委编 .—— 杭州 : 浙江大学出版社，2023.12（2024.2 重印）
ISBN 978-7-308-24438-1

Ⅰ . ①未… Ⅱ . ①杭… Ⅲ . ①报告文学 – 中国 – 当代
Ⅳ . ① I25

中国国家版本馆 CIP 数据核字 (2023) 第 225081 号

未来有你——余杭人才发展纪实

杭州市余杭区政协文史委　编

张海龙 平静 等　著

责任编辑　平　静
责任校对　王　晴
装帧设计　王俊贤
出版发行　浙江大学出版社
　　　　　（杭州市天目山路 148 号　邮政编码 310007）
　　　　　（网址 : http://www.zjupress.com）
印　　刷　浙江新华印刷技术有限公司
开　　本　710mm×1000mm　1/16
印　　张　19.5
字　　数　270 千
版 印 次　2023 年 12 月第 1 版　2024 年 2 月第 2 次印刷
书　　号　ISBN 978-7-308-24438-1
定　　价　98.00 元

浙江大学出版社市场运营中心联系方式 : 0571-88925591; http://zjdxcbs.tmall.com

题 记

　　"我们上古的祖先，坚忍地开辟这广漠的土地，创下了彪炳千秋的文化，我们今日追溯过去，应当如何兢兢业业地延续我们民族的生命与光荣的文化？"

——"施昕更之问"

未来科技城晨曦

良渚古城遗址公园

余杭街道·双千年古镇

径山禅音

继杭州火车东站、萧山国际机场之后，杭州的第三大综合交通枢纽杭州西站拔地而起并投入运行

| 序 |

未来有你，绽放余杭

余杭的吸引力究竟是什么？每个人选择来到余杭的理由又是什么？

生活的理想就是理想的生活，五湖四海的人来到余杭都能成就自己的一番事业，每个怀揣梦想的人来到余杭都能追求自己想要的生活，这就是双向奔赴。

就在刚刚过去的杭州第19届亚运会以及杭州第4届亚残运会上，余杭元素得到了最充分的展示：亚运火种在良渚古城遗址公园大莫角山被成功采集；开幕式节目《水润秋辉》中，"良渚先民"以水为礼击鼓迎宾；良渚玉鸟在空中飞旋，玉琮、古城在大地上浮映——这是余杭的文明底气。之江实验室自主研发的智能双足机器人亮相开幕短片；第二篇章《钱塘潮涌》中，余杭企业研制的22艘智能帆船与30辆浪花造型反重力车踏浪而来；强脑科技研发的智能仿生手点燃亚残运会开幕式圣火——这是余杭的科技实力。来自鸬鸟的鳌鱼灯浮现于南宋临安城的街景；中泰少年推开"梦想天堂"幸福之门；余杭地方非遗"五谷龙"亮相开幕式暖场节目——这是余杭的生活底色。

先要看余杭有什么，这就是为什么会吸引"你"的答案。

有很多人来到余杭，都会一迭连声地感叹：原来这里是良渚文化所在的中华文明圣地，原来这里是阿里巴巴落户的浙江创新高地，原来这里是科创产业集聚的杭州经济大区，原来这里有那么多的独特优势和深厚积淀，于是"一眼定终身"，来过就从此爱上了余杭，把事业和家庭都安在了余杭，也助力余杭实现了从传统农业大县到科技创新强区的跨越。

余杭就像一首波澜壮阔的史诗，而"你"就是史诗里的超级英雄。

五千多年的良渚文化、两千多年的运河文化、一千多年的径山文化和双千年的古镇文化在此交汇。余杭自古就有一种"善利万物而不争"的智慧，人们在这里修坝、行舟、捕虎、种稻、筑城、制陶、琢玉、采茶、科研、创业……每一件开创性的事业中都有一个"了不起的你"。

余杭也像一首山水俱佳的田园诗，而"你"就是田园诗里的主人翁。

余杭的好山好水好风光得天独厚，一杆毛笔造就了南山村翰墨飘香的文化气韵，一曲笛音铺就了紫荆村非遗传承的共富之路，一缕茶香润泽了径山镇禅茶新村的艺术格局，一群年轻人塑造了青山村未来乡村的艺术气质……并以迥异的姿态屡屡"出圈"。

余杭更像一首破局重构的现代诗，而"你"就是现代诗里的开拓者。

这片科创热土集聚了阿里巴巴、中电海康、字节跳动、vivo 等国内人工智能龙头企业。同时，之江、良渚、湖畔、天目山四大省级实验室的研究方向，都与人工智能息息相关，还有浙大余杭脑机交叉研究院、涿溪实验室等研发机构同步发力……数实融合，面向未来。

余杭还是一首天长地久的爱情诗，而"你"就是爱情诗里的有情人。

这里有老底子的历史，这里有美丽洲的风貌，这里有梦栖落的前景，这里有通天下的气度，这里还有"撸起袖子加油干"的精神。生活在余杭，来了就是一家人。入则穿梭于都市繁华，出则徜徉于山水田园。有诗有梦，何必远方？有你有我，未来不远。

古老的余杭拥有坚定的文化自信，创新的余杭勇攀数字经济高峰，开放的余杭深耕"地瓜经济"的沃土——这里既有"顶天立地"的高大上科创企业，也有朝气蓬勃的创新创业氛围。只要来了余杭，就是余杭的"未来合伙人"，余杭始终向"你"张开怀抱。

我们要给到"你"更强的信心，我们要给到"你"更大的舞台，我们要给到"你"更好的政策，我们要给到"你"更优的服务，我们希望"你"有更大的作为。

一直以来，余杭始终都把"你"当作主角：让创业者有来创业的"热带雨林"生态和"阳光雨露"助力，让创业者有在这里生活的获得感、归属感、安全感和幸福感，让我们都对有梦想者"高看一眼"——这就是来余杭的理由。

与此同时，余杭也始终把"你"当作主体：余杭正在打造创新活力之城的新中心、历史文化名城的新中心、生态文明之都的新中心以及最具幸福感城市的新中心，都是为了让人们有更多的生活满足感与获得感——这就是来余杭的动力。

人，是万物的尺度。人才工作的核心要义，就是让人才愿意来又愿意留，让人才既能生根发芽又能开花结果。面向未来，我们一起绽放。

|目录|

一半湿地一半城，余杭就在这里伸展出"两廊一轴"

第一章

飞越苍茫的两扇翅膀

在余杭，你能看见一个上下五千年的中国。

五千年前的余杭先民，已经规划筑造了规模宏大的良渚古城，还有不可思议的水利系统。据测算，良渚古城遗址和外围水利工程所需的土石方量共计1005万立方米，而古埃及吉萨金字塔群所需土石方量则为504万立方米，这需要巨大的社会动员能力。除此之外，良渚先民已经掌握了发达的稻作文明和城市文明，驯养家猪为主要肉食，捕猎鹿、牛、虎等野生动物，能制作出极为精美的石器、玉器、陶器和漆器，形成了专业化分工，"中华第一城"之美誉当之无愧。

五千年后的余杭大地，又筑起了一座未来科技城，集聚了阿里巴巴、字节跳动、vivo、OPPO、菜鸟、钉钉、中电海康、遥望科技等数字经济头部企业。2023年，全球新一轮人工智能竞逐拉开序幕。而未来科技城早在2017年就率先布局建设人工智能小镇，至今累计引进1300个项目。未来科技城已经成为浙江全省创新要素最密集区域之一：拥有超40万人口总量、4家省级实验室、浙江首个国家大科学装置、1141家国家高新技术企业、60多个各类科创园区……

位于杭州西北部的余杭区，地处杭嘉湖平原和京杭大运河南端，更是长江三角洲的核心地。在这片942平方公里的土地上，浸润了五千载悠悠时光的韵意，也书写着五千年漫漫长河的传奇，余杭行进的脚步永不停歇，始终创造着属于自己的光荣与梦想。

眼下，余杭正在全力打造杭城重要新中心，这座城的秘密武器究竟是什么？

某个夏天的夜晚，在余杭区海创园人工智能小镇的一间工作室里，余杭区作家协会主席张海龙与文艺评论家夏烈、油画家汪文斌聊起过这个话题。汪文斌刚完成的巨幅油画《良渚文明·治水兴邦》就挂在身后的墙上。谈笑间他们说起这位画家存心把自己也画进了作品中，可是汪文斌却说："我是土生土长的余杭人，本来就长着一张良渚人的脸嘛，画进去也完全不违和。"

说到此处，张海龙和夏烈不约而同地想到了一个颇具意味的表达——"文明的面相"。如果你仔细端详良渚博物院里复原的良渚人头像，会发现那张脸真的和眼前这位画家的脸极其神似。也就是说，时光过去了漫长的五千年，而"文明的面相"始终未变，那些治水的人、行舟的人、筑城的人、种稻的人、琢玉的人、捕虎的人……与今天的我们并无二致，脸上都同样写满了憧憬，心中都同样充满着希望，眼前都同样遍布着挑战。

夏烈比画起拉弓的架势："如果从我们现在所身处的人工智能小镇向北射出一支光箭，再让五千年前的良渚人向南掷出一根长矛，那么箭尖与矛头就会在空中相遇并撞击出一片星光，映照出古往今来这片土地上那些劳作者与创造者的美丽面相。"

而张海龙的回应则是举杯相应："所谓文明，无非就是这样一张又一张脸；所谓创造，也无非就是这样一双又一双手。我们余杭之所以如此出类拔萃，就是因为这里一直都人才汇聚，从古代到今天始终鼓励创造，这就是余杭能脱颖而出的秘密所在！"

是的，伴随着余杭澎湃的创新热潮，越来越多的高端人才奔赴而来，真正的原因就是这里勾勒出了一系列"文明的面相"，由此延展出一系列"拥抱的姿态"——

杭州市连续 6 年人才净流入全国第一，其中超过 50% 的人才流入余杭。截至 2023 年 10 月，余杭人才资源总量突破 39.5 万人，占全区常住人口的 1/4，连续 3 年夺得浙江省科技创新工作最高荣誉"科技创新鼎"。余杭给自己定下了"1125 战略目标"，那就是到 2025 年，引进及合作"两院"院士等顶尖人才 100 名，领军型人才 1000 名，储备人才 20 万人，人才资源总量达到 50 万人。

是的，人才就是"文明的面相"，文明就是"人才的集聚"。无论是溯源古代还是锚定未来，余杭都堪称浙江的"人才集聚第一区"。

什么是人才？他们应该是创造文明的先行者，他们更是在世界一流领域学习和工作的科学家、学者，还有那些最懂得创造财富和产业经营的实业家。

什么是集聚？在苕溪与钱塘江环抱的"两河流域"，在以太湖为中心的长江三角洲核心区域，无数人迁移至此地生息繁衍，用双手创造了美好生活。

今天，无论远方的赤子还是海外的游子，全都心怀"国之大者"归来创业，响应心中的使命和家国的呼唤，向着融入"上下五千年"的中华文明而来，向着杭州这座历久弥新的"人间天堂"而来，向着谱写"中国式现代化"诗篇而来。

所以，余杭今天才有足够的底气打造"杭州城市重要新中心"。

这里有文明的原点，足以打造"历史文化名城新中心"——高起点谋划建设的良渚文化大走廊，与城西科创大走廊和千年发展轴，构成"两廊一轴"的发展空间新格局。五千多年的良渚文化、两千多年的运河文化、一千多年的径山文化和双千年的古镇文化，在余杭这片历久弥新的大地上交汇互融，留下了良渚古城遗址、大运河两处世界文化遗产，以及径山茶宴这一处"人类非遗"。2022年7月，坐落于余杭的杭州国家版本馆正式开馆，文化地标延续千年文脉。2023年6月，杭州第19届亚运会火种也在良渚古城遗址成功采集，留下了精彩亚运的余杭时刻。

这里有科技的亮点，足以打造"创新活力之城新中心"——今天的余杭着眼于全球创新策源地、创新人才蓄水池、科技成果转化首选地，正大力推动创新能级持续攀升，坚持数字经济和新制造业"双引擎"驱动，激发阿里巴巴、字节跳动、中电海康等数字经济龙头引领作用。

这里有美丽的景点，足以打造"生态文明之都新中心"——明末清初著名画家石涛多次登临余杭大涤山，挥毫画就《余杭看山图》。这里从来山水林田湖泽兼备、城靓村美景秀宜居。"径通天目"的大径山是杭州西北重要生态屏障，"集天目万山之水"的东苕溪穿境而过，向北注入太湖成为黄浦江之源，西溪湿地、和睦水乡、五常水乡、南湖、北湖草荡、三白潭等湿地星罗棋布。如今，余杭深入践行"千万工程"，打造村居环境优美、产业兴旺发达、人民生活富裕的锦绣乡村，着力拓宽"绿水青山"向"金山银山"转化的通道。

这里有生活的起点，足以打造"最具幸福感城市新中心"——余杭区位交通优越，拥有"轨道上的长三角"重要节点工程杭州高铁西站枢纽，以及便捷的地铁、高速公路和城市快速路网，出行体验持续升级。北京航空航天大学中法航空学院、中国美术学院（良渚校区）、余杭第一中学（浙江省杭州第二中学余杭学校）、余杭区第一人民医院（浙江大学医学院附属第一医院良渚分院）等优质教育、医疗资源和完善的公共服务体系，"溯·文明圣地之旅"、亚运城市体验点、良渚文化大走廊"10分钟旅游圈"，都让来到余杭的人才拥有了更多的获得感、幸福感与自豪感。

有人就有一切，有人就有未来，有人就有超级生产力，此言非虚。

如今，"文明的面相"正在铺展成为"科创的谱系"。未来科技城、钱江经济开发区、良渚新城已经成为整个余杭区三大科技创新高地和重点产业平台，相继引聚了阿里巴巴全球总部、vivo全球AI研发中心、OPPO全球移动端研发总部等数字经济头部企业。

当下，"文明的面相"正在渲染成为"科创的矩阵"。数字科技领域的人工智能、云计算、大数据等产业大力提升，战略新兴领域的生物医药、高端装备制造等产业集群迅猛发展，基因治疗、元宇宙等未来产业赛道也及时抢占，让余杭崛起成为地区新增长极。

此刻，"文明的面相"正在化身为"科创的主体"。"实验室—孵化器—加速器—产业园区"创新链条顺畅贯通，短短三四年，各大实验室就孵化出之科智慧、之科立上、跃真生物、领脑科技等高科技企业，超百家企业进入数字工厂、未来工厂企业培育梯队。

　　唯有在这样一种鹰眼般的俯瞰视野之下，我们才能理解余杭的"两廊一轴"大格局。

　　2016 年，浙江提出举全省之力打造的杭州城西科创大走廊诞生，这让余杭城市核心区——未来科技城区域的发展驶入快车道。未来科技城在 10 年间企业营收增长了 41 倍，税收增长了 46 倍，注册企业数增长了 57 倍，成为浙江科技创新和人才集聚高地。

　　如今的未来科技城，已经成为浙江省数字经济与生命健康产业最为发达的区域之一。下一步，未来科技城将更多地集聚国内外一流名校、名院、名所和行业头部研发机构、总部企业，瞄准未来生命健康前沿发展方向，形成具备较强的国际及区域产研合作和竞争能力的产业集群，打造覆盖生命健康研发、孵化、加速与产业化全生命周期的生态链条。

　　科技创新和良渚文化是余杭的两张金名片，是余杭发展的最大优势。2019 年，良渚古城遗址申遗成功，让中华五千年文明史得到了国际社会的认可，给出了文明界定的中国方案；2023 年，良渚古城遗址又列入了中华文明探源工程，杭州国家版本馆落户良渚遗址区域，首届"良渚论坛"盛大开幕，充分表明良渚文化这张金名片代表的不只是余杭、杭州、浙江，还代表整个中华民族。

　　2023 年新年第一天，余杭官方正式提出：在北部建设良渚文化大走廊，迭代构建包括其与杭州城西科创大走廊、千年发展轴在内的"两廊一轴"发展空间新格局。其中，拥有五千多年历史的良渚文化将被作为"带队"龙头，与区域内两千多年的运河文化、一千多年的径山文化、双千年的古镇文化、苕溪文化以及现代数字文化等展示点串珠成链，志在以文化兴盛赋能城市全面发展。

在决策者眼中，"廊道式空间格局和发展模式，聚合辐射效应十分显著，对区域发展的带动十分有效。因此，我们要将廊道式发展模式运用于文化建设，让良渚文化大走廊与杭州城西科创大走廊和五千年发展轴构成'两廊一轴'空间新格局，实现良渚古城与未来科技城链接、历史与现代交汇、文化与科技融合，从而进一步优化区域空间格局"。

如果以五千年发展轴为脊梁，良渚文化大走廊与城西科创大走廊就相当于两扇翅膀。

未来有你，余杭以文明的感召，欢迎每一个优秀而独特的"你"。

那么，你有飞越苍茫的两扇翅膀吗？你有斑斓的羽毛吗？

你的面相，必将因上下五千年的文明而与众不同。

1 作答"施昕更之问"

1936 年 12 月 23 日《东南日报》的报道及施昕更考古报告的书封

"我们上古的祖先，坚忍地开辟这广漠的土地，创下了彪炳千秋的文化，我们今日追溯过去，应当如何兢兢业业地延续我们民族的生命与光荣的文化？"

2023 年 6 月 13 日，就在"杭州良渚日"即将到来之际，浙江省委宣传部官方微信公众号"浙江宣传"推出文章《作答"施昕更之问"》，特意指出这是一个"未来之问"。

追溯过去，是为了延续历史、传承文明、创造未来，此即今天重提"施昕更之问"的意义所在，这更是余杭"未来有你"不断吸引人才发展科技的真正动力。

1930年，良渚人施昕更读完初中后，进入西湖博物馆从事地质矿产工作。1936年5月，并非考古学科班出身的他在参加古荡考古发掘时，面对出土的一种长方形有圆孔的石斧，觉得有些似曾相识，与小时候家乡土地中出土的物件有些类似。受到感召的施昕更第二天就启程回到良渚展开调查。

1936年12月至次年3月，施昕更负责对良渚进行了3次田野发掘，到1937年4月，完成了5万余字的考古报告《良渚——杭县第二区黑陶文化遗址初步报告》。1937年，抗日战争全面爆发；8月14日，杭州遭遇空袭；3个月后，日军在杭州湾北岸登陆；当年12月24日，杭州沦陷。战火中，已经在杭州付印的这本《良渚——杭县第二区黑陶文化遗址初步报告》几经辗转，除了旧稿外，字版、图版甚至报告中的这批发掘材料全都散失殆尽，一直到1938年才在"孤岛"上海艰难出版。

施昕更在战乱中饱含悲怆地写下了这样的卷首语——

"这本报告，随着作者同样的命运，经过了许多患难困苦的历程，终于出版了……遥想这书的诞生地——良渚——已为敌人的狂焰所毁灭，大好山河，为敌骑践踏而黯然变色，这报告中的材料，也已散失殆尽，所以翻到这书的每一页，像瞻仰其遗容一样的含着悲怆的心情……我们上古的祖先，坚忍地开辟这广漠的土地，创下了彪炳千秋的文化。然而，中国绝对不是其他民族可以征服了的，历史明明告诉我们，正因为有渊源悠久、博大坚强的文化，所以我们在这艰巨伟大的时代，更要以最大的努力来维护、来保存我国固有的文化，不使毁损毫厘，方可使每一个人都有了一个坚定不移的信心！"

"卷首语"下面写着一句话：谨以此书纪念我的故乡。

施昕更的"卷首语"说的是过去和故乡，指向的却是未来和信心。

2019年，良渚古城遗址被正式列入世界文化遗产，良渚文明成为目前中华大地上第一个能够被确证进入早期国家的文明。

时光到了今天，中国又面临百年未有之大变局，我们这个五千年来始终历劫不磨的文明仍在迎接新的挑战。面对中国芯片处处受困，中国提出了令全世界瞩目的解决方案"建设海底数据中心"，华为新机 Mate 60 系列更是横空出世。

"你阻止不了一个能将人类送入太空、将漫游者送上月球和火星的国家"，这就是今天世界对中国的全新认知，也道出了以"未来科技城"为代表的余杭的努力方向。

在今天位于余杭的之江实验室专家行列中，就有一位 90 后女博士李月华，专门从事研究火星、月球等地外环境下无人探测系统的智能感知、场景理解和定位导航等技术。为了让人工智能赋能地外探测得以实现，李月华与团队不断进行算法研究、数据采集、模拟场景，哪怕是到环境极为恶劣的新疆戈壁滩、大海道等无人区去做测试也不在话下。

"相比于酷炫，我的使命感更强。我们的研究面向国家战略需求，艰辛是必定的，但一想到是为了国家某个技术领域的突破在努力，我就充满了激情，也更有勇气探索更为广阔的星辰大海。"你听，她的这段内心独白与当年施昕更的感言何其相似！

敢上九天揽月，也敢下五洋捉鳖。2019 年 12 月，一条酷似深海狮子鱼，长 22 厘米、翼展宽度 28 厘米的软体机器鱼，下潜到深达 10900 米的太平洋马里亚纳海沟，拍动着"翅膀"潜游了长达 45 分钟。这一潜，在全球首次实现了万米深海下的自主驱动。

这条仿生鱼，源自李国瑞 10 年前的创意。那时的他还是哈尔滨工程大学的大学生。如今，这个 90 后已是之江实验室智能机器人研究中心高级研究专员，这条"鱼"也"游"上了《自然》杂志封面。

"软体机器人有很多特殊优势，对复杂环境、极端环境、恶劣环境的适应性都好。"李国瑞说，"未来或将看到，软体机器人深入有待探索的深海区，在珊瑚礁、水下洞穴中穿行，参与海洋监测、海洋污染清理和预防、海洋生物多样性保护等诸多工作。"

在科学技术部高技术研究发展中心发布的"2021 年度中国科学十大进展"中，由浙江大学和之江实验室共同合作的"自供电软机器人成功挑战马里亚纳海沟"上榜。而在接下来发布的"2022 年度中国科学十大进展"里，由之江实验室深度参与的"FAST 精细刻画活跃重复快速射电暴"再次入选，该成果为揭开快速射电暴的起源提供了线索。

起源未知的快速射电暴，是天文学领域重大热点之一。33 岁的之江实验室研究专家冯毅是《重复快速射电暴的偏振频率关系对其起源的揭示》论文的唯一第一作者。

"什么是快速射电暴？这是一种非常剧烈的宇宙爆发现象，'快速'指它发生得很快，在毫秒量级；'射电暴'指它的能量非常巨大，每次释放的能量可能比太阳一年释放的能量更多。"在解释这个十分拗口的天文学名词时，冯毅娓娓道来。这是一种目前没有公开解释的神奇天文现象，也勾起了他无限的好奇心。

2007 年，快速射电暴首次被人类探测到，之后迅速成为全球天文科学家关注的焦点。但关于它的起源和演化，一直是个谜。在天文学界，有大概 50 个关于其起源的理论——这个数字曾一度大于人类观测到的快速射电暴的次数。

冯毅通过智能计算深度挖掘射电观测数据，创新性地利用偏振频率演化关系研究快速射电暴周边环境，首次提出了能够解释重复快速射电暴偏振频率演化的统一机制。针对此项成果，《自然》杂志刊登了题为《统一重复快速射电暴》的文章，并特邀相关领域专家评述，该成果也入选了"2022 年度浙江十大科技事件"。

或许，能真正理解这些"上天入地"高科技的人并不会很多，但正如考古学家科林·伦福儒所言，中国新石器时代是被远远低估的时代。良渚遗址的复杂程度和阶级制度，已经达到了"国家"的标准，这就是中国文明的起源。良渚把中国国家社会的起源推到了跟古埃及、美索不达米亚和古印度文明同样的程度，它们几乎是同时的……那么，与考古相对应的也就是"未来"和"科学"，就是要始终让人们保持对太空、月球与火星等等这些"遥远事物"的好奇心，这就是科学的基础性研究以及创新的源头所在。

李月华、李国瑞、冯毅，这3位年轻科学家恰与当年施昕更发现良渚时的年龄相仿，他们在不同领域做出杰出贡献，共同回答着80余年前的"施昕更之问"。

杭州的盛夏时节，在蒹葭掩映中的西溪艺术集合村，笔者见到了优雅、知性且干练的沈文南女士，她曾任余杭区仓前镇党委书记，2008年出任余杭创新基地党工委副书记兼管委会主任。2010年上海世博会期间，她身为余杭区政府区长助理、余杭创新基地管委会主任，在那个火热的8月来到上海召开了一场与招商相关的推介会。

"梦想中的创业地方在哪里？"

"就在余杭创新基地。"

2010上海世博会中国民营企业联合馆，由复星集团牵头，联动阿里巴巴、大连万达、苏宁电器、民生银行、易居中国等16家行业领军民企共同发起，带动了上万家民企一起参与，号称"中国民企第一矩阵"，气场与能量不可谓不强大。

正是在民企馆的新闻发布厅里，沈文南掷地有声地回答了自己提出的问题。此话一出，便激起在场一众民营企业家的创业兴致，掀起了一阵去余杭的"创业风"。

未来科技城全景，这里一切皆有可能

灯火璀璨的未来科技城夜景

据说，马云在为阿里巴巴淘宝城选址的时候，一眼就看中了余杭创新基地，并感叹这里就是他梦想中的创业之地。

"良好的生态环境、交通网络、资源配套，以及优越的创业政策"，沈文南道出"马云梦想中的创业之地"的四点理由，并以此力推作为余杭"大平台、大产业、大项目、大企业"建设主战场的余杭创新基地。当时，已有以上海龙软等20家IT企业为先导的西溪国际信息科技产业园签约入驻余杭创新基地，这是杭州高新技术产业的又一处战略高地。

让沈文南没想到的是，自己在余杭创新基地这个岗位上一干就是8年，从摸着石头过河的"未知"干到了一切皆有可能的"未来"——

2007 年，余杭区将仓前高新技术产业区块扩展为以高等教育、高新技术产业、高尚居住为特征的余杭创新基地——生态科技岛，并于次年开始实体化运作，制定了《加快信息与软件产业发展的若干意见》，还专门成立了创新基地领导小组。

2008 年，杭州提出"一主三副六组团"的城市空间结构后，仓前、五常及周边的闲林、中泰、余杭等乡镇部分区域打包划入余杭组团，成为杭州第一个设立管理机构的组团。不过，余杭创新基地最初的招商进展并不顺利，一切都要靠自己努力。

2008 年 2 月 5 日，阿里巴巴（中国）有限公司和余杭区政府正式签约，启动淘宝城项目建设，这是余杭创新基地的标志性事件。

阿里巴巴淘宝城，就诞生在当年的余杭创新基地，这里是很多人梦想中的创业之地

海创园　余杭区委宣传部 / 供图

2011年12月，经中组部与国资委批准，杭州未来科技城（海创园）正式挂牌成立，成为继北京昌平、天津滨海、武汉东湖后，全国第四个正式挂牌为"未来科技城"的地区。前三者皆是已有产业基础的国家级高新区，而杭州未来科技城从创建起就不唯短期GDP（国内生产总值）为考量标准，而是真正着眼于长远，以引进一流科技人才、创新团队和高端项目为使命。

回顾总结从余杭创新基地到未来科技城的成功经验，余杭区政府主要做到了四点：第一是高起点规划，特地请来了深圳市城市规划设计研究院，将从五常到中泰那一大片都纳入了规划范围，总面积达到98.9平方公里，是当时杭州城区最大的高新产业发展连片区块；第二是执行到位讲求诚信，确保政策不走样变形；第三是换位思考将心比心，对上不讲条件不诉苦，对下不提困难不设限；第四是保护投资环境，说话一定要算数。

一路狂飙突进的深圳，也在2020年决定举全市之力，拿出与余杭规划未来科技城几乎同等大小的99平方公里土地，要打造一个吸引全世界优秀科研人才的创新平台——光明科学城。这或许也与"作答'施昕更之问'"有着异曲同工的某种呼应。

早在2005年，占全国DVD产量七成的深圳宝安区内，DVD企业一家家倒闭，几乎全军覆没。倒闭原因很简单，日立、松下、三菱等掌握DVD核心专利的巨头们组成专利联盟组织，要求中国企业交专利费，不交就要扣机器。无奈之下，中国企业只能屈服。结果就是，各种专利联盟都找上门来要收费。最终，中国每出口一台DVD，都要交19美元的专利费。要知道，当时一台机器的售价也不过30美元左右。

2006年，DVD危机的第2年，深圳市政府在"一号文件"里坦承：缺乏大学、科研院所和国家重点实验室的支撑，造成应用基础研究的源头创新先天不足。"建设国家创新型城市"，将是深圳未来五年城市发展的主导战略。

2019年，华为开始被美国制裁，越来越多的中国公司被拉入黑名单。没多久，任正非在央视的《面对面》中一语惊醒梦中人：要研发芯片光投钱不行，还要投物理学家、化学家、数学家。华为每年200多亿美元的研发费用，有很大一部分就是投入基础研究中。

深圳的危机感余杭都看在眼里，所以2007年余杭创新基地筹建之初，就明确是想为高精尖人才搭建一个平台，不光是发展产业，更要把天下英才尽可能收入囊中。

2010年7月13日，浙江海外高层次人才创新园（以下简称"海创园"）在余杭创新基地挂牌正式成立。海创园旨在引进海外高层次人才，创办电子信息、生物医药、新材料新能源、环境资源、现代服务、高教科研等领域的创新企业，并为园区内的企业提供政策扶持、资金补助、投融资支持等服务。2011年，海创园获评国家级海外高层次人才创新创业基地，并被确定为全国四大未来科技城之一。

余杭区政府计划用 5 年左右时间，引进 10 名左右在业内有较大影响、居于世界先进水平和国内领先地位的科学家，集聚 100 名左右掌握核心技术或关键技术的高端研发人才，1000 名左右熟悉掌握研发技能的科研骨干，将海创园打造成一个服务浙江、面向全国，具有国际影响力和竞争力的新型业态和产业品牌。

今年 52 岁的欧阳宏伟，是浙江大学求是特聘教授，现任良渚实验室常务副主任。他回想起自己第一次见到沈文南时，就谈到了大学、科研院所、国家重点实验室以及基础研究的重要性。这个湖南人向来快人快语，关于海创园怎么建，他的回答只有一句话："招一万个博士来！"

在这位来自新加坡国立大学的海归看来，每位博士都是一个能量场，一万个博士就是一万个能量场，有人搞研究，有人搞产业，彼此照亮，就能形成一个能量巨大的太阳系。想要搞好海创园，一定得有成千上万个学有所成的博士全都汇聚在一起才行。

2010 年，欧阳宏伟作为第一批来到海创园寻求发展机会的科学家，带来了人体组织再生修复的项目，想打造医疗行业内的"人体零配件的 4S 店"。初见沈文南，他的开场白很直率："你相信一个 40 岁的人还有理想吗？"

这句话让沈文南愣了一下，但很快就回过神来。当时的海创园，几乎天天都能遇到这样的人，每个人都怀揣着梦想而来，可是每个人说的话听起来都像天方夜谭。

可是，科学技术的演进不正是如此吗？爱因斯坦当年发现"广义相对论"，说了一句全世界谁也听不懂的话——"光在大质量天体处弯曲"。后来证明这个满头乱发的科学家确实站在科学之巅。

所以，从余杭创新基地到海创园再到后来的未来科技城，无形之中就形成了一个原则：对任何心怀理想的人都"高看一眼"，创造一个合理的机制。自然碰撞，不停试错，向最好的结果前进，向最大的可能探索。尊

欧阳宏伟团队研发的丝素蛋白膜片，实现了蚕丝医用化的转型

重科学研究的三大特性：灵感瞬间性、方式随意性、路径不确定性。允许科学家自由畅想、大胆假设、认真求证。不要以出成果的名义干涉科学家的研究，不要用死板的制度约束科学家的研究活动。很多科学研究要着眼长远，不能急功近利，欲速则不达。

　　欧阳宏伟当年之所以决定回国，是因造访新加坡国立大学的国内恩师、湘雅医学院的张建一老师的一句话：中国正在崛起，为何不回国做点贡献？那时他刚刚 33 岁，正是浑身理想无处释放的年纪，闻听此言就动了心思，经过一圈扫描后最终在国内选择了浙江大学，一是杭州自古人间天堂，人居环境没的说；二是浙江大学这块品牌无可比拟，学术氛围浓，自由空间大。虽然当时国内外年薪落差显著，2005 年时，欧阳宏伟依然决定为了推动中国骨科再生医疗技术而回国，成为当时浙江大学医学院最年轻的教授。

欧阳宏伟认为"研究"是最好的生活和工作方式，不论做什么事，都可以用研究的方法去解决和推进，因此当有空时他就坐在西湖边思考研究方向、写标书。"研究要有意义，要么产生新知识，要么产生新技术，推进临床医学发展，才是一个真正的大学医生，因为大学医生与其他医生的区别就在于创新医疗技术和更新医学教科书。"这是他对自己的鞭策，"'Research'这个单词的核心是'Re（重复）-search（探索）'，'Research'是一个不断探索的过程，更是一种工作方式和态度。"

2006 年 8 月，欧阳宏伟所在的浙江大学医学院整体搬迁至浙江大学紫金港校区，科研任务越来越多。2009 年，他因为一场 8 分钟的演讲脱颖而出，被任命为基础医学院院长，时年只有 38 岁。也就是在这个时候，他开始注意到就在紫金港校区附近的余杭海创园，他知道理想转化成现实的机会来了。他对海创园有一个对标的方向，那就是海外知名大学所处地理板块的创新创业集聚效应。

美国波士顿、硅谷，日本筑波，韩国大德等科技创新中心，全都是因大学的集聚效应才发展出了科技园区乃至科学城。

1951 年，斯坦福研究园成立，成为世界上第一个高科技园区。1971 年，研究园更名为硅谷。20 世纪末，随着网络经济的发展，硅谷凭借其在网络硬件、软件，信息服务等方面的优势，成为这一时期引领世界的科技园区。随着科技园区的影响越来越大，研究机构、企业不断集聚，地域范围不断扩大，一个世界高新技术创新中心由此诞生。

1962 年 7 月，日本科学技术委员会向内阁提交了一个报告，提出了集中迁移国家实验室和研究机构的必要性。几个月后，这份报告得到了内阁的批准。筑波科学城就是从那时立项的。从立项到搬迁完成，日本人花了将近 30 年的时间。不论外界褒贬，它代表了日本当年转型的决心：从贸易立国，转向技术立国。

从国际上几个全球科创中心的发展模式来看，余杭区也具备这样的条件。在余杭区，这个影响力越来越大的科技园区便是杭州未来科技城。2011 年，杭州未来科技城在余杭区挂牌成立。10 多年马蹄驰骋，曾经的水乡稻田平地起高楼，如今已经成为中国极具创新活力的现代科技新城，拥有 17 家上市企业，杭州超过 1/3 的独角兽和准独角兽企业都在这里。未来科技城新增的海内外高层次人才数量，占到了整个浙江省的 1/10，浙江省 1/5 的数字经济核心产业增加值都在这里产生。

正是在海创园对科技人才"高看一眼"的指引下，以及以欧阳宏伟为代表的海归"还有理想"的推动下，余杭区才有了未来科技城的聚变效应。这里吸引来的不仅仅是项目、技术和产品，还有越来越多的海外人才云集响应。

2010 年，由欧阳宏伟团队创办的浙江星月生物科技股份有限公司（以下简称"星月生物"），成为首批落户海创园的企业之一，从那时起就始终立足运动医学与再生医学领域，开发医用生物材料及组织工程产品。之后他又陆续建立了浙江省医用材料和组织工程重点研究院、浙江省组织工程与再生医学技术重点实验室等创新平台。

2021 年 9 月，复旦大学附属华山医院运动医学科成功完成了一例关节软骨再生支架植入手术，手术中采用的再生支架就是由欧阳宏伟团队依托国家高技术研究发展计划（"863 计划"）自主研发。接受植入手术的是一名 39 岁的右膝软骨损伤男性患者，术前检查发现软骨损伤面积 2.8 平方厘米。"关节软骨再生支架"由高纯度胶原蛋白制成，植入软骨损伤部位，可以促进软骨的再生修复，相比传统的微骨折术，对较大面积软骨缺损修复效果更佳。

在欧美发达国家，关节软骨再生支架已有近 20 年的临床研究及应用，而在我国一直没有国产同类产品。此次出自余杭高科技企业的关节软骨再生支架，攻克了自休软骨细胞快速高效扩增技术和仿生软骨支架技术，建立了国家行业标准，在国内外率先建立了组织工程软骨移植医疗技术体系和临床示范，治愈了国际软骨修复学会（ICRS）公认的难治性关节软骨缺损（2.5-12cm²），随访病例有效率达到87%，很大程度上帮助患者避免了关节置换。更重要的是给患者提供了一种在缓解症状的同时还能恢复运动能力的更理想的治疗方法。

作为世界上第二大生物医用材料市场，中国的相关研究却仅处于起步阶段，80%—90%的研究成果停留在实验室，企业生产以中、低端产品为主，90%的高端医用材料依赖进口。秉持着致力于中国高端生物材料的研发与应用，寻找良好的生物医用再生材料，让科技再生健康的使命，星月生物以古老的蚕丝为主要材料，立足于运动医学与再生医学领域，打造丝素蛋白医用材料创新平台，实现丝素蛋白高端医用生物材料产品的产业转化，实现了蚕丝材料由"衣"向"医"的转型。

欧阳宏伟和团队针对软组织修复材料的力学仿生性能差和来源限制，发明了力学性能好、免疫原性低的医用级蚕丝材料，与人体组织力学特性匹配，能够促进软组织的再生，并开展了国际上首个蚕丝三类医疗器械多中心的随机对照临床试验，有效修复率高达99.4%，并且没有不良事件发生。同时获批国内第一个蚕丝三类医疗器械，该成果把蚕丝材料变成医用级材料来源，是完全的中国特色材料，是从0到1的突破，填补了中国再生医学领域的空白，帮助国家在生物材料原材料方面对抗"卡脖子"。星月生物目前已累计申请30余项生物材料相关专利，其中18项发明专利已授权，承担多项国家及省级重大项目，起草3项再生医疗领域相关国家行业标准。

"星月"见证着时光演进。今天，经由余杭高科技企业的"点石成金"之手，古老的蚕丝已经化身为激光术后非慢性创面的覆盖和护理修复材料，变身为医疗"守护神"。来源于天然桑蚕丝的丝素蛋白不仅具有良好的生物相容性，同时还具有较高的力学强度与较慢的降解速率，植入体内免疫原性低，且原料来源广泛，易于加工制造，可制成多种形态的产品，用于不同组织的修复，现已得到越来越多的重视，不断有研究将其用于组织再生并进行产品开发。丝素蛋白作为一种优秀的生物医用材料，具有巨大的市场前景。

或许，欧阳宏伟这个信奉湖南老乡曾国藩"结硬寨，打呆仗"的科学家并不知道，蚕丝最古老的起源就在余杭身处的良渚文化圈当中。太湖南岸的湖州潞村，曾因一件出土文物而轰动了世界。这片存档于浙江省博物馆的丝织残片，出自钱山漾遗址，属于新石器时代晚期的良渚文化，距今已有4700多年历史，是长江流域迄今发现的最古老的人类丝织物。这件丝织品中，丝带以人字斜纹编制，而绢片则为平纹织物。与它同层出土的还有稻谷、竹绳和木杵等物件。显而易见，古良渚人的丝织和生产技术已经达到了相当高的水平。自此，潞村就拥有了"世界丝绸之源"的美名。

从前，施昕更从几枚黑陶片入手，竟发现了五千年中华文明的大秘密；今天，欧阳宏伟从几根蚕丝入手，开启了生物医学材料的新前景。不得不说，余杭这块土地承载了太多使命，无论历史还是今天，也无论文化还是科技，全都指向着我们的未来。

古代的人们总是崇拜那些自由的飞鸟，那些天地之间通灵的使者更接近于今天的科技，于是我们就有了飞翔的冲动，也发明出飞机、火箭等高科技产品。良渚出土的许多玉器上都有玉鸟的图案，那是人们对创造与超越的顶礼膜拜。

接下来，让我们看看那只玉鸟代表的超级生产力。

2 一只玉鸟代表的超级生产力

之江实验室　余杭区委人才办 / 供图

"凡事先做起来，困惑就少了一半。"

这句今天被余杭奉为圭臬的引才原则与做事方法，或许正来自这块历久弥新的土地上由来已久的实践经验。

当远古的良渚人发现，飞鸟腹中的稻谷可以食用，从而跟踪飞鸟找到了野生稻谷，于是开始了人工的采集和种植。通过对飞鸟的观察，人们还发明了稻作生产中的鸟历，让不同的鸟儿来告诉自己劳作的时间：燕子来了做什么，布谷鸟来了做什么。

对飞鸟的仰望，让良渚先民相信不受羁绊、无拘无束的鸟儿具有往来天地、穿越时空的神秘力量。对飞鸟的仰望与仿生，也决定了良渚人的开阔视野与生活方式——我们吃的稻米原本是鸟食，先民从鸟吃野生稻到开始种植水稻；像鸟那样轻盈地栖息于天地之间，并且习惯于向远方眺望。

今天的西溪湿地，从前曾是苕溪的古河道。苕溪发源自天目山，每逢雨季汇聚万山之水挟雷鸣之声奔涌而下，漫流四溢奔钱塘江入海，形成巨大的洪涝灾害。治水，始终是这片土地上的人们生活当中的头等大事。五千年前的良渚，先民们就修筑了不可思议的水利工程。大禹"舍杭登陆"处，相传就是今日余杭之起源。

余杭人的性格，也因为这条漫流河的前方是四面八方的特点，而天然地形成了"开放、包容、担当"的特点。他们在鸟腹中发现了稻谷，也在湿地中人工种植稻谷，吸引来无数能工巧匠，筑城、琢玉、理水、祭天，在良渚筑起了"中华第一城"。民以食为天，先民们因应气候变化，在一片水乡泽国中解决了最初的温饱问题。

与采集狩猎相比，成熟发达的稻作农业为人们提供了稳定的食物来源，也让人们能够过一种定居生活。良渚文化之所以能在东亚大陆率先迈上文明社会的台阶，这种超级生产力就是其依赖的社会经济基础。在《史记》中，太史公就这样概括了南方人的生活："楚越之地，地广人稀，饭稻羹鱼，或火耕而水耨，果隋蠃蛤，不待贾而足。"

科技在今天的振翅起飞，正好比一只五千年前的玉鸟飞到了今天，当然要先从一场风开始——2011年，杭州未来科技城（海创园）正式挂牌成立。当年11月，即成功引进美国国家工程院院士鲍亦和来余杭投资创业，致力于风能科技的研发和产业化。

鲍亦和，祖籍江苏东台，1934年9月出生于南京。1962年毕业于美国约翰霍普金斯大学，获流体力学博士学位。曾任华盛顿大学环境科学系、犹他州大学土木工程系、休斯敦大学机械工程系、新加坡南洋科技大学机械工程系的客座教授。在研究、发展及商业化超高压水箭技术方面成就卓越，创建了水刀加工工业、不挖沟工业及水箭表面处理工业三个新工业，被誉为"水刀之父"；他是发展大型风力发电机的先驱，美国浮海风力发电场的创始人。1984 年，他领导的福禄风电公司与美国三地亚国家研究所共同获得美国能源部全国能源创新的最高奖。2000 年，他被选为美国国家工程院院士。

鲍亦和在美国西雅图波音科学研究所工作过 8 年，曾经参与了波音公司 727、737、747 等客机的设计和研发。1970 年的一天，他看到了一份风力研究报告后，一个念头陡然升起：这会成为一个新型能源吗？

鲍亦和带领团队来到美国西部的加州，他要在那里建立首座立轴式风电厂。在艰苦的条件下，鲍亦和每周工作 7 天，每天工作十几个小时。从 1981 年到 1985 年底，鲍亦和在加州创建了 2 个大规模风电厂，安装和运行了 512 台立轴式发电机，总装机容量 17 千万千瓦时，福禄风电公司成为美国第二大风电公司。

2011 年 11 月，时任浙江省委书记赵洪祝与鲍亦和在中国第三届海外专家咨询委员会会议上第一次相遇。赵洪祝热忱地向他推荐了海创园——杭州未来科技城，并在会后又多次相邀。这份求贤若渴的真挚诚意打动了这位古稀老人。2012 年 3 月，浙江福禄风能科技有限公司正式注册，鲍亦和个人出资 1000 万元。2012 年 4 月，鲍亦和率领由 10 位博士、6 位硕士组成的创业团队入驻未来科技城。

2012 年 6 月，浙江福禄风能科技有限公司获得政府 300 万元项目启动资金。得知鲍亦和来了，2012 年 8 月 1 日那天，赵洪祝专程赶赴海创园人才公寓看望他。2012 年 8 月 7 日，中组部副部长李智勇一行来杭州调研，专门听取了鲍亦和的项目介绍。

2012 年 9 月 13 日，在海创园入园项目集中签约仪式上，鲍亦和从容不迫地说道："我们估计，如果能利用舟山 40% 的海域面积，每年发电量就能达到 12800 亿度。如果按每度电 8 分钱收取海洋使用费，那么舟山每年这块的总收入可超过 1000 亿元。"

那是一切皆有可能的年代，当时的海创园见识过太多奇迹的诞生。

北冥有鱼，其名为鲲，化而为鸟，其名为鹏。一只玉鸟乘风飞起，也会化作鲲鹏。所以多年之后，马云说：认清风向，认清自己，然后等风来。

2008 年，继恒生电子总部落户余杭后，第二个签约的就是阿里巴巴淘宝城项目。一开始大家都对淘宝的 B2B（Business-to-Business 的缩写，即商业对商业，企业间的电子商务）模式有些看不懂，那还是全然新鲜的事物。这也是阿里之前接触过很多地方，从杭州市内的几个区，到省外的一些城市，却始终定不下来安家落户的原因。

当时，淘宝的 B2B 业务刚起步，企业还处于亏损状态，所以对其提出的 450 亩（1 亩 ≈ 666.67 平方米）用地的巨大需求，余杭方面很谨慎，四套班子多次讨论研究。为了搞懂 B2B 模式究竟是怎么回事，余杭区还组织了一批人上网搜集行业专家对其发展前景的预测。结果发现没有一个专家持反对态度，有些甚至还预测其未来每年将有 20% 的增长率。这点后来被作为重要论据，摆上区委常委会，并最终统一了大家的思想，决定大胆引进淘宝。

"相信就有未来，不相信就什么奇迹都发生不了。"

正是以这种超级自信的开放与包容，余杭大手笔接纳了阿里巴巴落户在西溪一带。

2008 年 2 月 5 日，阿里巴巴（中国）有限公司和余杭区政府正式签约，启动淘宝城项目建设。这也标志着余杭创新基地的建设进入一个崭新的阶段，更是一个通向未来之路的里程碑。签约仪式上，阿里高层拍着胸脯保证："5 年后，淘宝网上交易额将达到 1 万亿元，成为一个大的经济体。"当时，也有一些人以为阿里是在说笑话。结果到了 2012 年，淘宝的交易额果然突破了 1 万亿元，比原计划还提前了 1 年。

事实上，阿里高层当时的承诺底气也建立在真实销售的数据上——早在 2003 年，阿里巴巴每天收入 100 万元；2004 年，已经达到了每天利润 100 万元。电商交易逐步形成了信息流与资金流服务。满大街的淘宝广告牌上都写着：今天，你上了吗？

人们在互联网上相遇，产生各种意想不到的交易，从数以百万计的商家那里购物。淘宝团队 2004 年搬入华星科技大厦，以自下而上的创新力，衍生出了"武侠、倒立、店小二"等一系列文化。与淘宝共同成长起来的"支付宝"也独立出来，"苗人凤"带着团队搬进了 800 米开外的创业大厦。支付宝这家产品驱动的公司，形成了自己的信用文化。

这个时期，淘宝从小到大，飞速扩张业务边界，人数上几何级数增加，衍生出多元文化。企业规模从原先几百人到超过上千人，原先在华星科技大厦的办公室已经坐不下了，先是搬到了华星路 99 号的创业大厦，随后，西湖国际科技大厦、华星世纪大厦、华星时代广场、中小企业大厦、瑞利大厦、黄龙时代广场、华星现代产业园，都留下了阿里巴巴人奋斗的足迹。

当时，阿里 B2C 业务还在内部创业，张勇和团队商量，搞一次大促销，日期要避开国庆节和圣诞节两个购物季，最后选定了一个好记的日子：11 月 11 日"光棍节"。2018 年，天猫"双十一"战绩出炉：商品交易总额 2135 亿元，物流单量超 10 亿。阿里凭空造出了一个节，随之而来的是消费者一年一度的狂欢，折射着这座城市以及这个国家的蓬勃生机。

2013 年 8 月，阿里巴巴集团总部迁往杭州余杭区文一西路 969 号，西溪淘宝城。淘宝、天猫、阿里云等等事业群员工，也都从滨江和城西分几路迁徙到西溪园区。2014 年下半年开始，借着阿里上市的余热，余杭阿里

消费者一年一度的狂欢，折射着这座城市以及这个国家的蓬勃生机

巴巴总部周边涌现出新一批的阿里系创业者，他们将自家公司的大本营放在了西溪园区向北3公里、刚刚创立的梦想小镇。

正如马云所说的那样，"梦想还是要有的，万一实现了呢"。那时的梦想小镇，已经成了杭州互联网创业圈的新地标，"杭漂"逐渐成为互联网人奋斗的新代名词。此时的阿里巴巴，已经完成了从PC互联网向移动互联网的迁移。上市之后的阿里巴巴，超前地提出了三大战略：全球化、农村化、云计算和大数据。

许多人至今还记得马云初来余杭时说的那段话："余杭区政府对阿里巴巴很重视，但想要复制一个阿里巴巴不可能，因为我们也从来不能复制自己。"

是的，此时的阿里巴巴早已超越了人们对其最初的想象。从电子商务的"铺天盖地"已经转向科技领域的"顶天立地"，而这也正是余杭的引导方向。

2013年8月，中央肯定了杭州未来科技城搭建"人才＋资本＋民企"发展平台、引领海内外人才创业创新"本土化"的做法，专门派出调研组前来余杭调研，总结和推广杭州未来科技城创新经验。记者见面会上，未来科技城负责人用五个成语介绍了五点经验："应运而生，乘势而上，接踵而至，拔地而起，相辅而行。"

这五点经验，在今天回头去看，只用"纯粹、干净"两个词就能概括。

"那时我们一张白纸好作画，一切都追求快，快速反应，快速发展，快速成型，快速沟通，快速拍板，简单对简单，容错率与包容度都很高。大家都知道做企业不容易，对创业者有一种心疼的感觉，所有的压力都来自时间，完全是理解和信任在推动。"

中央调研组专门听取了引进美国国家工程院院士鲍亦和前来投资创业的故事，以及欧阳宏伟、姚纳新、项春生等专家的发言，还有任宇航、梁坚、郑攀等年轻海归在未来科技城创业的成功经验，参观了阿里巴巴淘宝城、恒生科技园、杭州师范大学新校区、杭州师范大学科技园等项目，考察了欧阳宏伟创办的星月生物。

星月生物是首批入驻海创园的6家企业中唯一的民企，当时得到海创园管委会大力支持，给了1500平方米的厂房。他很快又引进了一家来自永康的资本，这种"人才＋资本＋民企"的组合式创新做法，得到了中央调研组的高度肯定。

"什么是科学家愿意来创业的地方？那就是能优雅地养家糊口的地方。周边一定要有大学，那样人才就能聚集。在我看来，余杭就是这样的地方。"

从新加坡国立大学来到浙江大学，在余杭海创园小试牛刀创立星月生物，如今又出任良渚实验室常务副主任，欧阳宏伟认为余杭最有发展潜能。

不用看别的，光是他最初建议的浙江大学医学院附属第一医院（以下简称"浙医一院"）总部落户余杭，就是最好的例证。

在这个医学专家看来，一所医院绝不仅仅只为看病而生，而是应定位国际一流的医学中心、国家级区域医疗中心、医教研深度融合的临床研究中心、智能医院全球标杆等，确定了一个区域的生命科技资源，是让更多高科技人才汇聚而来的能量场。

在他的理想中，浙医一院应该向美国梅奥医学中心看齐。这个中心创立于1889年，位于美国明尼苏达州，是一所集医疗、教育和研究于一体的综合性医学中心，拥有超过4500名顶级专家、医生和科研人员，致力于高质量的医疗服务、医学教育和医学研究，每年都有上亿美元投入医学研究和教育中，推动顶尖医学科学的发展。

新冠疫情刚来的时候，科学家们可以用很短的时间破解新冠病毒关键蛋白结构，为疫苗研发打好基础，很大一部分功劳要属于上海张江的大科学装置"上海光源"。大科学装置是科研的大基建，就像北京的正负电子对撞机、贵州的FAST望远镜。对于科研工作者，尤其是实验科学来说，当研究需要触及本质的时候，就需要用到大科学装置。

全国共有38个大科学装置，余杭就有2个国家级大科学装置正在建设中。

放眼浙江，余杭是重大科研机构最密集的地区之一——浙江10家省实验室，余杭一地就拥有4家，即：之江、良渚、湖畔和天目山实验室；其中之江实验室已正式纳入国家实验室体系。此外，余杭还有北航中法航空学院、浙大余杭脑机交叉研究院、浙江省海洋科学院、浙江大学紫金港校区、西湖大学云谷校区等。这些科研院所很重要的一项任务，就是进行基础性、前沿性研究，实现从0到1的突破。其中很多机构的研究方向，都与数字技术紧密相关——之江、湖畔等省实验室就瞄准智能计算、人工

湖畔实验室

良渚实验室

天目山实验室

余杭区委人才办 / 供图

智能、量子计算等数字经济基础前沿、关键技术；浙大余杭脑机交叉研究院则聚焦探索脑科学和人工智能的汇聚融合……

很多人不知道，阿里云帮助东京奥运会完成了一次"云上奥运会"，撑起了 50 亿人的网络迸发量，而支付宝更成为杭州第 19 届亚运会数字火炬手线上传递的重要工具。

2023 年 6 月 15 日上午，距第 19 届亚运会开幕式倒计时 100 天之际，神圣的亚运火种就在余杭区良渚古城遗址公园大莫角山宫殿区被成功采集完成。与之同步，首次全亚洲共同参与的线上火炬传递"薪火相传"也由阿里巴巴旗下的支付宝同步启动。

智能与数字化，是杭州亚运会重要办赛理念之一。每个人凭借手机参与都能获得一个专属的"亚运数字火炬手"形象，亿万人点击就可以共同将亚运圣火传遍亚洲 45 个国家与地区。整整一年多时间，为了保障老旧手机的用户也能顺畅地成为数字火炬手，支付宝的工程师们进行了超 10 万次测试，敲下了 20 多万行代码。

杭州，一座日新月异的数字之城，决定着杭州亚运会开幕式不仅是一场体育和友谊的盛会，更是一次科技和艺术的盛宴。

位于天目山西路北侧的阿里巴巴达摩院一期还在营造中，笔者在阿里巴巴云谷园区，见到了年轻的阿里云智能事业群战略与合作部工程师邵海涛。

"2019 年 12 月以来，突发的新冠疫情引起公众关注。随着发病人数持续上升，各大社交平台也忙碌异常，与疫情相关的词条、帖子等搜索浏览量急剧攀升，各大运营商的服务器压力巨大。由上海交通大学与阿里云共同合作，历时十余年研发出支持突变型峰值服务的云计算系统 SPS，可以支持暴增的流量服务需要，这就叫用云计算应对'突变'。"

据邵海涛介绍，SPS 系统已经实现了云计算基础软件国外产品的替代，推动了核心软件的国产化。除了保障天猫"双十一"活动顺利进行，还应用于国家电网、中国联通、新浪微博、中国邮政、优酷视频、饿了么、卫宁健康等 30 余家企事业单位。

"新冠疫情期间，该技术的应用场景进一步拓展。随着居家办公的用户越来越多，以钉钉打卡为代表的远程办公软件也面临突变型峰值需求场景。该技术能够保障远程办公系统的正常运行。科研运算往往借助大型计算设备进行，但国内这样的设备有限，很难满足洪水般的运算需求，借助云计算解决科研数据处理难题是一种解决办法。"

把"最要命"的系统放在云上，是对这项云计算技术最形象的说明。

在2019年天猫"双十一"活动中，阿里巴巴核心系统100%上云，订单创建峰值达到54.4万笔/秒，是2009年第一次"双十一"的1360倍。当年的"双十一"，阿里巴巴把"最要命"的系统全都放在云上。"双十一"开始后十分钟，基本上消费者没有感受到任何抖动，购物非常顺畅。这是因为阿里在核心虚拟机系统、数据库、计算与存储、RDMA网络等四个方面都做了核心突破。

当天，原定的采访对象是周文超。他本科毕业于清华大学计算机系，是宾夕法尼亚大学计算机与信息科学博士，毕业后曾于美国乔治城大学计算机系任教，后升任终身副教授，现任职于阿里云数据库事业部以及达摩院数据库与存储实验室，主要研究方向是计算机系统的设计和实现，涵盖数据库、分布式系统、计算机网络和系统安全等方向。

因周文超临时有事，改由邵海涛负责接待。这个东北小伙由四川的一所大学辞职下海，因为他听说阿里的文化最欢迎三种人：第一种是体制内的"不安分者"；第二种是跨国公司的"叛逆者"；第三种是屡败屡战的创业者。而他，恰恰是那个体制内的"不安分者"。

听了达摩院和阿里云的介绍，才知道阿里如今在科技研发领域的投入已经超过1200亿元，仅次于华为，排名国内第二。这样的大手笔投入，让这家最初来自电商领域的企业，一跃成为国内研发实力非常强劲的科技企业。而这样的变化就发生在余杭。

扎根余杭，让阿里飞得更高、走得更远。北京、上海、广州、成都乃至世界各地都有阿里的办公点，一群"空中飞人"来往于美国、加拿大、新加坡、泰国、俄罗斯等地，对未来坚信不疑，他们把"未来科技"变成一个又一个的商业现实。

阿里云计算，已经成为全球排名前三的服务商，成为阿里的重要收入来源；阿里平头哥，则一直在开源指令集架构（RISC-V）领域发展，目前已经发布了超 8 款 RISC-V 芯片；阿里还发布了全球首款 RISC-V 架构开发者平台"无剑 600"，扛起了国产芯片的大旗。

的确，科技研发是一个复杂且漫长的过程，需要不断加大对科技研发领域的投入才能进步。《人民日报》曾呼吁中国科技企业要坚持自主创新，放弃靠钱买到核心技术的幻想。只有增强自主创新能力，才能在国际上占据重要的位置，推动实现中国制造向中国创造的转变。

从某种意义上说，正是余杭"我负责阳光雨露，你负责茁壮成长"这句实实在在的承诺，让包括阿里巴巴在内的诸多企业壮大后再来反哺这座城，也以强大的创新创业活力形成了"热带雨林式"的人才生态系统，让人才净流入连年排名全国第一。

曾经，阿里巴巴给杭州写了一封信："谢谢你，杭州，读懂我们最初的梦想。"

正是余杭所在的杭州这座天堂之城，和阿里有着"一样的基因，一样的坚持，一样的担当，一样的未来"。包容的营商环境、繁荣的市场经济、深厚的人文底蕴，让这里成为名副其实的造梦之城。正如信中所写着的，这座城赞许并鼓励着赤手空拳的少年阿里："你点燃了创业者的万家灯火，而万家灯火点燃了我们。"

阿里与余杭有着难解的缘分，有人说阿里花了 10 年时间，持续向余杭"表白"，写了一封"行动的情书"，只为 10 年前的一句承诺——"余杭是我梦想中创业的地方！"

首先是最初的一见钟情。这让阿里 2008 年终于在余杭落下了整个集团发展中最重要的"破局一子"。

马云说："我考察了很多区域，只有像余杭这个地方，特别适合我们企业的发展。余杭具有很浓厚的文化底蕴，环境特别优美，离西溪湿地非常近，我那天去考察的时候就发现，这个地方天生就是一块非常好的创业之地，而且我自己也觉得，我梦想中的创业就应该从这个地方起来，我们要打造一个淘宝城，把整个产业的发展都放在那里。"

这个"梦想中的创业之地"，就是如今名震海内外的人才高地杭州未来科技城。可以说，未来科技城的发展与阿里巴巴互促共进，是产城相融的最佳案例。

其次是两情相悦。自 2008 年阿里与余杭建立全面战略合作以来，双方在人才、科技、项目、产业等领域展开了全方位合作。2013 年 6 月，阿里巴巴西溪一期落成，近 12000 名员工浩浩荡荡搬入未来科技城的西溪园区，这叫倾情以对。

再次是筑巢余杭。除了把事业的重心放在余杭，马云还把家也搬到了余杭。从那以后，为了成就更多创业梦想，阿里在余杭的布局更加飞快。菜鸟总部飞入东西大道，5.6 亿元捐赠给浙大一院余杭院区，阿里巴巴创

未来科技城的发展与阿里巴巴互促共进，是产城相融的最佳案例

新中心落子南湖……

最后是相期百年。2023 年 2 月 8 日，在阿里巴巴落户杭州市余杭区 10 周年之际，余杭区人民政府与阿里巴巴签署全方位战略伙伴合作协议。阿里巴巴集团董事会主席兼 CEO（首席执行官）张勇表示，面向未来 10 年，阿里巴巴将始终扎根杭州、扎根中国，加大科研投入，将自身打造成有国际竞争力的中国公司，做出阿里生态的独特贡献。

2023 年 3 月，阿里巴巴迎来了创立 24 年来"最重要的一次变革"，构建形成"1+6+N"组织架构，即 1 个阿里巴巴集团 +6 个业务集团（阿里云智能、淘宝天猫商业、本地生活、菜鸟、国际数字商业、大文娱）+N 个业务公司（阿里健康、高鑫零售、银泰商业、盒马、夸克等）。阿里在和余杭全面战略合作的多年间，逐步将整个集团产业核心全面平移到余杭，总投资 67 亿元的全球总部也紧锣密鼓地启动上马。

10 年来，余杭在全国综合实力百强区榜单中，从 2013 年的全国第九迈进到 2022 年的全国第四。阿里巴巴西溪园区经过 10 年建设，目前在余杭的员工近 5 万人，其中 40% 以上为技术人员。过去 10 年，阿里立足余杭，服务 10 亿消费者对生活更美好的期盼。

根据协议，双方将在推进重大科研、打造高能级产业生态圈、构建高层次人才蓄水池、支持数字经济新业态等十个方面加深合作。其中，余杭区将进一步支持阿里巴巴在引领发展、国际竞争和造福社会中大显身手；阿里巴巴则将积极参与、支持余杭各领域共同富裕建设，共同打造"一老一小"（养老托育服务和婴幼儿照护）等国家级试点；并开展双碳相关合作，打造国家标杆。

双方的另一合作重点是加快推进阿里巴巴全球总部建设。目前阿里巴巴杭州全球总部扩建项目已进入收官阶段，五期工程预计于 2023 年底前全面建成并投入使用。余杭的总部经济成色不断提升。全球规模最大的全浸没式液冷数据中心——仁和数据中心已正式投入运营。菜鸟网络全球总部、达摩院一期、高桥云港数字经济创业园也即将交付，钉钉总部正在加紧建设。

从蒸汽机到搜索引擎，从工业革命到数字经济，从小小寰球到茫茫宇宙，从五千年前到五千年后，总有一些人相信未来、创造未来、看见未来。

好风凭借力，送我上青云。一只五千年前的玉鸟，至今还在余杭上空翱翔。

等风来，这阵风就意味着一种超级生产力的可能。

3　见证"速度与激情"的人

未来科技城高促会首任会长李伟，他的初衷就是汇聚人才的力量

　　"飞来山上千寻塔，闻说鸡鸣见日升。不畏浮云遮望眼，自缘身在最高层。"

　　相传，这是王安石来到杭州飞来峰时所作，说了一个最朴素的道理：你站在什么高度，就会拥有怎样的视野。其实，如果一只鸟能飞到高空，还怕什么浮云？

和李伟约在 EFC（欧美金融城）的星巴克见面，那是一个春天的下午，久违了一个冬天的阳光称得上猛烈，可以让人坐在露天的环境里，喝着咖啡慢慢聊天。

这里现在是杭州新中心，在大师们的设计下，EFC 傲踞未来科技城 CBD（中央商务区）核心，以 12 幢超百米的 LEED（美国能源与环境设计先导评价标准）金级认证写字楼为主体。其中最高的双子塔共 46 层，高达 220 米。一座座高耸入云的楼宇，华丽的玻璃幕墙，彰显着时尚格调与先见眼光。曾经，这里还是未来科技城乃至余杭区的最高建筑，如今已被 280 米的奥克斯中心赶超。未来，设计高度为 399.8 米的"金钥匙"——云城北区金钥匙综合体即将崛起。

在杭州以西的余杭，正在诞生一座摩天大楼集聚的"天空之城"，这是杭州这座城市属于当代的"飞来峰"传奇。不久的将来，这里将汇聚超五星酒店、国际会议中心、大剧场、超级总部基地办公集群、杭州第一高观景平台等多种高端业态，打造成为"杭州第三中心"发展的超强地标。生活在这里的人，都注定拥有"不畏浮云遮望眼"的超级开阔视野。

正如此刻，李伟坐在 EFC 楼下喝着咖啡，很自然地聊起余杭"越来越高了"这个开放式的话题。当你站在奥克斯中心 59 楼，透过玻璃环廊向外俯瞰，西端的南湖科创中心、之江实验室，北侧的杭州西站枢纽，南侧的阿里巴巴西溪园区、菜鸟网络总部等尽收眼底。眼前的繁华盛景诠释了余杭经济巨变，不断延展的文一西路主干道像一根着重线，标明并强调着未来科技城在城西科创大走廊的核心地位。

之江实验室里，智能计算数字反应堆运转不歇，千卡规模液冷计算机"之江天目"异构智能计算机一秒钟竟然能进行百亿亿次运算；位于地下的新一代极弱力测量科学装置，已经开启了非牛顿力、卡西米尔力、弱力计量、宏观量子态等前沿科研实验……以算力为"燃料"，在"数字反应堆"

的引擎推动下，之江实验室让异构算力资源聚合和调度成为现实。

目前，余杭正放大之江实验室、良渚实验室、湖畔实验室、天目山实验室四大省实验室以及浙大超重力大科学装置、浙大余杭脑机交叉研究院、浙江创新馆等创新平台集聚优势，让创新成为余杭高质量发展的最大增量。

李伟说，如果时光回溯到 2010 年，所有人或许都不会想到，当文一西路过了绕城公路，从蒋村到东西大道之间的这片看起来很荒凉的土地，未来会发展成什么样子。起步阶段的未来科技城，当时只有一条文一西路，只有两处建筑，一处是浙江理工大学，另一处是浙江省委党校。

"时间过得真是太快了。记得 2010 年 5 月，我们在公司筹备时，借余杭组团的二楼办公室，和余杭组团都在老余杭镇一起办公。我经常去管委会沈文南主任办公室串门请教。那时组团招商处只有三位美女一位帅哥，和我们一样也是创业期。"

在李伟的记忆里，"海曙路也就是今天的余杭塘路一带，当时都是稻田。余杭组团有五个乡镇，基地只有一个大的莲花图案作为标志。当时我们连办公室都没有，沈文南主任说：'先用我们的！'我住在城西，每天奔波于公司和住地之间，不是很方便。海创园管委会便向附近的五常街道租了几百套房子，作为海创园人才房一期"。

"这样，我们的生活轻松了许多。后来，有海归创业人员反映说，这里还缺少小孩游乐场、健身房这一类的生活配套设施。这些提议也很快被园区领导落实了下来。这就是现在的人才公寓了。接下来就连孩子玩的滑滑梯也有了，效率很高。"

时间没过多久，李伟又见证了"奇迹"的发生——2012 年 10 月 1 日到 3 日，当建工地产集团经过与未来科技城管委会长达三天的沟通，决定在城西这片荒野上建一座 CBD 时，很多人都觉得不可思议。因为这个项目的规划太超前了，当时就要用国际化的视野，建造领先 20 年的产品，做真正面向未来的项目。一组数据，就能说明这个被命名为 EFC 项目的与众不同：5 个约 1000 平方米双向 6 车道豪华转盘落客区、13 米宽豪华雨棚、亚洲苹果旗舰店同款巨型玻璃、76 台瑞士迅达 S7000 原装进口电梯……

当时这里流行一句话：做短期看似没有回报的事，才可能带来真正长久的回报。今天看起来，其实就是对这块孕育着无限可能的地方的一种预言，堪称神奇。

2013 年，阿里巴巴搬入未来科技城。在依然还是大片荒芜的土地上，EFC 的规划蓝图也正式出台。毫无疑问，这是深刻影响未来科技城的两大事件：世界一流企业的入驻、都会中心之城的诞生，相当于这个板块产业、商业、居住、生活等等全面超越的集结号。

2014 年，阿里巴巴上市，EFC 开盘，带动了整个未来科技城蒸蒸日上。10 年之后，未来科技城成了"杭州新中心"，从最初仅有两处建筑，到截至 2019 年入驻的企业既已超过 18000 家，其中处于孵化和自研状态的企业就超过了 10000 家。

回首 10 年，所有的风云际会都变成了云淡风轻。在李伟看来，唯有 EFC 这份看向未来的雄心，才能匹配快速成长的未来科技城，才能在未来科技城不断迈上更高台阶之后，依然能够成为区域的领先者，并为未来入驻的企业和个人持续提供平台。

作为未来科技城的核心金融商业区，10 年时间正好见证了余杭对四海八方人才的吸引力。作为"中国首个海归社区"，EFC 是余杭区引侨、聚侨的重点基地，也是余杭招才引智的重要平台。10 年来，EFC 已与欧美、澳大利亚等国家和地区的孵化器、加速器、风险投资机构、高校实验室等100 多家机构建立了多方战略合作伙伴关系，为国内外创新创业人士提供"一站式"的便利服务，为余杭集聚了大量海归人才。

2022 年 6 月 22 日晚，在 EFC 隆重举行了"世界人才·EFC 海归之夜——

中国首个海归社区 6 周年庆典暨万璟行政公寓启幕盛典"活动。本次活动由杭州市侨联指导，余杭区侨联、EFC（欧美金融城）共同主办，由未来科技城管委会特别支持。杭州未来科技城高层次人才创新创业促进会（以下简称"高促会"）会长、海牛环境董事长陆侨治主持了"世界人才·杭向未来"主题沙龙环节。高促会副会长、归创通桥董事长赵中，高促会会员、弈芯科技董事长黄继辉则分别代表新老海归人才，与 EFC 入驻企业代表、脸脸科技合伙人兼 VP（副总裁）杨舟晴，对话全球创新创业投资趋势、金融与高科技创新，并就当前世界人才齐聚杭州创新创业等相关内容作了主题分享。

其实，这个未来科技城高促会的首任会长就是李伟，而他创立这个团体的初衷正是看到了"众人拾柴火焰高"的力量，他要把人才们都汇聚起来。2011 年 11 月，他牵头成立了"浙江海创园企业家联谊会"；2013 年，正式更名注册为"杭州市余杭区杭州未来科技城高层次人才创新创业促进会"，简称"杭州未来科技城高促会"。

"高促会成立之后的第一场活动，就是投融资对接，为创业提供金融助力，为人才企业牵线搭桥。创会之初，我就提出希望，在未来科技城能形成几条高科技产业链。在里面的人可以依托自己的平台，建立更加紧密的合作关系，一起打造共赢局面。"

李伟连续做了 5 年的创会会长，在他看来，这是由入驻海创园的海外高层次人才和企业家共同组成的非营利性的联谊性团体，旨在建立海创园海归人士和企业家沟通与互助的平台，促进会员间信息交流、资源共享、合作发展，利用联谊会成员的海外资源引进海外高层次人才和资本，并努力成为会员与相关政府部门之间沟通的桥梁与纽带。

身兼"浙江海高会电子信息协会"副会长，李伟有个横向比较的坐标："浙江省有'海高会'，即浙江省海外高层次人才联谊会，而杭州市则有'海创会'，即杭州市海外留学归国人士创业发展促进会，那么未来科技城就应该有自己的'高促会'，这样针对性更强，会员都集中在未来科技城，更有利于促进企业家之间的经验交流与资源共享。高促会下设 7 个专业兴趣小组，覆盖了新能源新材料、电子信息、生物医药、机械装备、光电技术、环保与节能、业务流程外包等行业领域。"

回想高促会成立时，会员人数就有 121 人，企业数 63 家，会员要求必须是海归。目前，高促会已有活跃会员 300 余人，其中 80% 为创业人才。理事会成员，2016 年是 27 位，到 2022 年底已发展到 60 位，2023 年继续增加到 70 位。高促会已成为杭州高层次人才集聚度最高的组织之一。

高促会倡导"众联、众助、众创"的理念，并将人才服务工作聚焦在八个方面：引智聚才、学习分享、联系交流、协调对接、建言献策、排忧解难、公益支援、合作合伙，汇聚和发挥高层次人才群体的力量与优势，提升未来科技城人才的温度和活跃度，延伸人才服务工作的颗粒度和精准度，增强人才对未来科技城的认同感和归属感。

高促会是个活跃度很高的团体，从 2017 年到 2022 年，总共组织了221 场活动，平均每年达 37 场之多。即使在疫情防控期间，2022 年也实现了全年组织活动 40 场，累计参与人数 1450 人次。活动的形式丰富多彩，有培训，有沙龙，有座谈会，有论坛，比如财税讲堂、私董会、读书会、理事沙龙等，内容和主题大部分是围绕科技、创新、产业方面，为企业经营管理和投融资提供支持帮助，也有文化休闲、体育活动等。

每年，高促会还会和未来科技城管委会人才服务中心联合组织春游、秋游；每周一和周四网球羽毛球俱乐部定点活动；每个周末的早晨，高层次人才跑团都会在苕溪大堤上组织跑步……每次活动都由承办理事牵头、秘书处支持，活动内容覆盖公司战略规划、财税、投融资、人力资源、小额贷款、公司法律、总裁执行力培训等与企业成长密切相关的主题，同时

以梦为马的李伟（中）喜欢奔跑，带头参加首届杭州梦想小镇半程马拉松

也组织养生保健、兄弟协会联谊、红酒品鉴活动。

更具实质推动意义的是，由高促会21位理事会员共同设立了"肥水基金"。在余杭金控的支持下，2021年与赛智伯乐共同设立了天使基金，基金规模为5000万元，已全部出资到位。截至2022年12月，这个以"肥水不流外人田"为标签的基金，已经定向投资了4个人才项目：爱签科技、弈芯科技、靖安科技（阿里系）、多域生物，投资金额合计3200万元。第5个项目也已过投委会表决，要从绍兴引进海外高层次人才团队。在5个项目中，2个是高促会的人才项目，2个则是引进的新项目。这也正是体现大家做"肥水基金"，引进优质的人才项目，以老创业者带新创业者的初衷。

《咖啡馆里谈"硬科技"！创新思路拓展人才"朋友圈"》，这是一名创业者在2023年7月19日下午发出的一条朋友圈，记录了在未来科技城的一间小咖啡馆里开展的一场座谈交流会。伴随着一杯醇正香浓的咖啡，30余位青年高层次人才在轻松自由的环境中，针对当前的投融资环境，聊变化、谈趋势、做分析、提策略、讲风险、给建议，气氛活泼而热烈，给"硬科技"投融资策略这个话题增加了更充沛的激情。

在未来科技城人才服务中心的指导下，高促会不断创新活动形式，为未来科技城青年创业人才量身定制月度主题交流活动。采用年轻人喜闻乐见的社交方式，以"一杯咖啡"为载体，扩大青年人才的"朋友圈"，为创业者和投资者搭建沟通的桥梁，提供更多的创新思路，整合更多的创业资源。听听这些讨论的话题就知道这杯咖啡的"含金量"——

新药研发企业，在融资过程中如何让保密协议真正可控？

非热门赛道领域，比如化工行业的项目，如何更好地获得投融资机会？

企业获得银行贷款后，在面对投资机构评估时是更有优势还是会有影响？

美元基金当前形势如何？投资机构基于资金来源对投资标的和诉求有哪些不同？

……

不被时代的浮云遮蔽视野，最好的方式就是超越于时代，站得更高，看得更远。而这就是李伟今天之所以坐在 EFC 楼下畅谈"未来有你"的最佳理由，也配得上他高促会创始会长之外的其他光环——

李伟是国家级领军人才，"国家重大人才工程"特聘专家，复旦大学专用集成电路与系统国家重点实验室名誉教授，北京大学、浙江工业大学的兼职教授，杭州市院士专家工作站专家，中国人工智能学会人机融合智能专委会委员，中国通信工业协会区块链专委会副主任，厦门市未来产业科技顾问。

他专门从事大数据、智能控制、绝缘栅双缘晶体管、集成电路等专业的研究，发表论文 100 多篇，授权发明专利 30 多项，出版了 4 本专著。20 世纪 80 年代他去美国留学，在伦斯勒理工学院获得硕士及博士学位。毕业后，从事半导体工作 20 年，在技术研发、整合，生产制造和市场营销等方面都有着非常丰富的经验。

李伟不仅是技术人才，也是商业奇才。他曾是国际商业机器公司（IBM）研发中心的一位研究员，是 20 世纪 90 年代初进入 IBM 研发中心的少数几个大陆留学生之一。1996 年到 1997 年间，他在德州仪器（TI）担任技术经理，领导一个研发组织，运用 0.18um 的技术与设备做出 65nm 的微型电子器件，轰动当时的半导体行业，并被《固态物理技术》和《半导体国际》期刊报道为半导体工业界 1997 年的大新闻。在任职台积电公司全球营销组织资深部门经理时，他负责业务开拓与销售策略规划，个人年负责销售经营额高达 1.4 亿美元。

后来，他被自己的一颗"中国心"所感召，又出任中芯国际副总裁，创建模拟电路和功率电子市场产业化，引进高通电源管理芯片，达到中芯国际年产值的 25%。经他研究开发的集成电路多项技术，为行业创造累积产值超过 50 亿美金。

2010 年，李伟回到杭州创业，创建了浙江华芯科技有限公司（以下简称"华芯科技"）并担任总经理。他所创立的华芯科技，是一家专注于研发生产功率半导体器件和相关产品的高技术公司，是国内大功率半导体 IGBT 最早的公司之一，也是中国功率半导体领域的开拓者之一，曾获得美国真空学会（AVS）学会研究奖、IBM 杰出贡献奖等。

自改革开放以来，中国由于国民经济快速发展，对电力电子器件需求不断增加，市场规模日益膨胀。随着新能源、新型电网、电动汽车、轨道交通、家用电器及机电工业的发展等新兴应用的走热，新型电力电子器件市场继续保持了稳定发展态势。

2005 年，国内电力电子器件市场销售超过 5 亿只，市场销售额达 60 亿元；"十一五"期间，我国电力电子器件年平均增长速度超过 20%；"十二五"期间，新型电力电子器件市场年平均增长率保持 25% 以上。目前，IGBT 产品全球市场规模已超过 76 亿美元，中国市场 2010 年约为 70 亿元，现在已经达到 300 多亿元。

李伟看准了未来的大趋势：功率半导体产品在节能减排领域颇有发展空间，通过电子组件效能的改善及提升，可大幅度改善全球电力消耗的情况。功率半导体产品在电力电子、新能源、轨道交通、工业设备、航天航空等领域都有着广泛的需求，是实现电力高效转换和控制的强劲心脏。小到家用电器大到电力机车都离不开它，集高频率、高电压、大电流等优点于一身，对节约能源、实现高速自动控制，推动电子技术改造传统产业起着重要作用。

华芯科技的主要产品为 IGBT 模块和芯片。在"浙商 2010 年最具投资潜力的企业"中，华芯科技以"致力于节能减排的功率半导体产品研发制造"的推荐理由上榜，位列第六名，同时也被评为浙江"2011年度企业"之一。两年的时间，李伟的公司已经完成了一条生产线的建设。

李伟引用一位朋友的话说："海归，想要飞得高、飞得远，只有在祖国的翅膀下。未来我们的战略目标，就是成为国内电力电子产品的领导者。"

"我们企业研发的汽车点火芯片填补了国内空白，光想想中国一年要消费多少辆汽车，就知道市场有多大。"李伟说，"这个产品原先一直被美国、日本的公司垄断。华芯科技团队中有一位博士，研究了很多年。他加入华芯科技后，将研究成果产业化，不仅填补了国内市场空白，而且性能不逊于进口产品，价格还便宜许多。"

除了汽车点火芯片，华芯科技还有两款新产品，一个是用于风电、电动车的电源转换器模块，另一个是用于大功率电率控制器件的IGBT模块，目前已经全部进入试用阶段。汽车点火芯片容易懂些，后面两个产品，通俗点来说，就是减少传统电网在电力应用中的消耗量，包括让太阳能、风能等新能源发电和能够实现电能储存。

回想创业之初，李伟考察过很多地方。他去过江苏、山东等经济发达省份，也考察过浙江其他城市，还去过滨江、下沙等高新开发区。正是在余杭区人才部门的大力邀请之下，李伟决定落户在当初还是"一张白纸"的余杭。"海创园用它快速的发展证明了我最初的选择，在这里创业的决定是完全正确的。"

事后证明，李伟来到余杭创办华芯科技，天时、地利、人和要素全部齐备。

在中国最适合创业的地方，首推长三角和珠三角两个经济发达的沿海地区。2010年7月，浙江海创园正式成立。这10余年间，李伟见证了从余杭创新基地到海创园，再到杭州未来科技城的巨大变化。余杭的未来最

李伟（中）见证了从余杭创新基地到海创园再到杭州未来科技城的巨大变化

让李伟看好也最打动他的地方，缘于这里是中国唯一集城市湿地、生态绿地、人文高地、科技新地、艺术潮地为一体的创新集聚区。

李伟还是一个老杭州，虽说祖籍是东北，但他 7 岁就来到了杭州这个"人间天堂"，从小在上城区长大，漂洋过海后回杭州创业也相当于回到了故乡。在他的创业经历中，深刻体会到余杭区重视人才的力度以及全心服务的温度。

人才＋资本＝生产力。李伟提到，技术要变成产品，必须有资金的投入。余杭区领导十分重视人才，管委会负责人亲自为企业介绍投资人。在公司的建设过程中，办理工商执照这类事也都有招商处工作人员为企业一一解决，这就叫"人才全生命周期一站式服务"。

2016 年，华芯科技遇到了资金问题。当时的公司投资人是房地产开发商，在沈阳买了 2500 亩地，因为房地产形势不好，项目无法销售出去，只好抽调资金救急。有整整半年时间，李伟都只能自掏腰包给公司员工发工资。就在他难以为继想要撤出未来科技城时，管委会负责人说："我们引进的第一个国家级领军人才不能走！"

就这样，管委会出面帮他介绍投资人。在管委会工作人员间还流传着这么一句话："周六保证不休息，周日休息不保证。"这些言行都让困境中的李伟深受感动，于是毅然决定坚守下去，资金不够就边找人代工边融资。当时半导体集成电路市场很火，很快就有投资人进来了。在管委会的大力支持下，公司顺利渡过了难关，发展脚步也越来越快。

李伟说："未来科技城给了我家的感觉，我也广邀朋友来这里做客并安家。这些年我引进了好几个海归高级人才，大家来过之后都喜欢在余杭创业的氛围。因为这里提供的是'店小二'式的服务，在创业者需要时就会及时出现，而在平时又绝不会来打扰你。有一句被反复提及的口号叫'我负责阳光雨露，你负责茁壮成长'，简直太形象了。正是在这种理念的支持下，海归企业目前发展到三四百家，未来科技城引进了不少人才。"

2022年4月20日，在俄罗斯工程院院士年会上，李伟和多位华人专家当选为俄罗斯工程院外籍院士。余杭区的一位领导在评比前就对李伟说，只要你拿到院士，我就请你吃饭！事后，这位领导果然兑现承诺。在余杭区，一直有一个很好的传统：人才与领导之间沟通直接有效，可以真正落实解决各种困难，当然也会分享各种荣耀时刻。

现在，李伟已经在EFC买了房安了家。不过10年间，未来科技城的人口保守估计已经增加了10倍，达到了惊人的40万人，而平均年龄却只有30来岁，成为杭州继滨江、下沙之后第三个最年轻的"创业天堂"。从当初一家企业到如今超过2.5万家注册企业、1万+科技型企业、11家独角兽企业、38家准独角兽企业，这是未来科技城突飞猛进的10年。从一张蓝图到百万方大都会万家灯火，则是EFC的"先见之明"。

在李伟的眼中，余杭这个"杭州城市重要新中心"，不仅变得越来高了，而且变得越来越快了——杭州西站枢纽已经开通，离自己家直线距离只有2公里。从杭州西站出发，到合肥南站最快不到2小时，到北京南站只需要4小时25分！杭州地铁19号机场轨道快线，更是45分钟就可以从杭州西站直达萧山国际机场。杭州西站，正在与杭州东站、杭州城站、杭州南站以及钱塘站一起，构建起一个"五主多辅"的铁路客运枢纽体系，成为长三角一体化和对外开放新门户。

"越来越快"的余杭，与长三角主要城市"1小时交通圈"也变得更加密切——余杭牵手上海张江、合肥包河，共建梦想小镇沪杭创新中心、合杭梦想小镇，全面复制推广余杭梦想小镇整套成熟运营体系、良性发展机制、完备服务保障，发挥异地研发、资本互动、协同聚才、国际合作的纽带作用，打造杭州接沪融长桥头堡。

"越来越新"的余杭，已成为省市两级融入长三角创新一体化发展的前哨站——梦想小镇沪杭创新中心作为余杭与张江之间的桥梁，推动项目"上海孵化，杭州加速与产业化"；合杭梦想小镇则打通杭州余杭区与合肥包河区的合作"黄金路"，建设合杭两地高端产业集聚发展示范区。梦想小镇已经成功输出模式品牌，将在长三角一体化中发挥不可替代的作用。

"梦想"在余杭早已是成真的事实：迄今，沪杭创新中心已累计引进10家企业，存续企业7家；合杭梦想小镇累计引进29家企业，存续企业20余家。

正如美国诗人弗罗斯特所说：我有诺言尚待实现，还须奔行百里方能安睡。

李伟以及他所代表的创业者们，还须马不停蹄，穿山过林。

4　不惧地动山摇，给山体和建筑做 CT

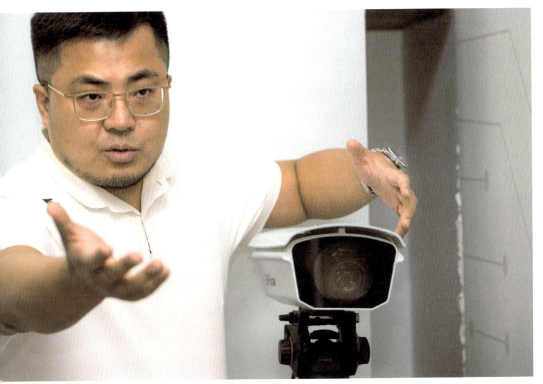

杭州鲁尔物联科技有限公司董事长胡辉

良渚博物院内，有一件国宝级文物"刻符黑陶罐"引人注目。

罐身上刻有良渚先民留下的一组神秘刻画符号，记录了一次良渚先民捕猎老虎的经历。历史学家、古文字学家李学勤曾经对此作出释读，认为这是"朱旗践石，网虎石封"八个字。五千年前曾伏虎，今日有谁来领衔？余杭一直在渴求"打虎上将"。

想在今天的大地上继续刻下打虎符号的，是杭州鲁尔物联科技有限公司（以下简称"鲁尔物联"）的创始人胡辉。

鲁尔物联究竟是做什么的？

胡辉打了一个形象的比方：一个人有没有生病，需要靠CT检查来确诊。山体和建筑物也一样，一旦暴雨来袭，山体会不会滑坡？危旧房会不会倒塌？山塘水库会不会溃坝？如果能事先做"CT"，就能了解"病患"，及早采取相应措施，避免重大灾害事故的发生。鲁尔物联就是这样一家给山体和建筑物安装"CT"的企业。

"比如，我们会在城乡的危旧房周围安装精准的传感器采集实时数据，再根据未来时数据，比如天气预报接下来的降雨量、周边工地施工带来的扰动值，还有人工描述数据等，通过我们的模型计算，分析危旧房会不会倒或者变形，以及向哪个方向变形、何时会倒、概率有多大等等。这些数据汇总到主管部门和相关专家后，再做出诊断报告。"

通过胡辉的介绍，能听得出鲁尔物联最重要的功能就是"防患于未然"。

在未来科技城人工智能小镇，鲁尔物联的办公室里，胡辉一直不停地忙碌着，仿佛随时都在接通各种信息。作为鲁尔物联的创始人兼总裁，胡辉身上有太多标签，每一个标签都足以让他忙个不停：国家级领军人才、中国安全物联网的首倡者、第三届全国公共安全基础标准化技术委员会委员、中德资源环境与地质灾害研究中心科学家、地质灾害监测预警专家、基础设施健康度监测预警专家。由杭州市委宣传部、市科技局、市科协联合评选的杭州市首届"最美科技工作者"，胡辉也同样榜上有名。

在胡辉看来，身份和标签固然重要，但科学技术的根本是"国之大者"，一定要为国效力。他的理想是，给山体和建筑都装上"CT"，让大地平安，让山河永固。

胡辉祖籍浙江金华，从小在余杭长大，所以他把创业视作"回家"。

2008 年，胡辉赴德国亚琛工业大学留学，并致力于安全物联网、环境物联网、产品开发、算法开发等方面的研究。2012 年，胡辉和团队就搞出了相当了得的研究成果——"基于无线传感器网络早期灾害识别预警"，拿到了德国国家创新金奖。

这究竟是一套怎样的系统，又在现实应用中拥有怎样的价值？简单地说，就是一套依靠物联传感器的防灾减灾智慧监测系统，主要用于地质灾害、水利水务、应急、交通、住建、能源、文旅等安全监测及预警场景。

2013 年，经过导师特许，胡辉带着这一项国际领先的技术回到国内，和几个师弟先后去了苏州、深圳、南京等很多城市考察，最终还是选择回余杭创业，"这些城市给我们的政策都很好，但我最终还是选择了家乡，这里创业创新的生态更好"。

马不停蹄的胡辉，对自己的未来始终有着清晰的规划。毕业之后，他毅然放弃入籍德国的机会，在余杭区创办鲁尔物联，并提出了"安全物联网"的概念，想要专注于安全物联网传感器、数据采集传输计算设备、标准化物联网平台和场景化安全监测预警平台、预防性诊断模型算法、应急决策系统等产品的研发和市场化，为全球提供专业的安全物联网解决方案与系统服务。

之所以打定主意回国创业，是因为他觉得中国每年因地质灾害造成的财产损失巨大，人员伤亡也时有发生，所以监测预警系统十分重要。正是在他出国留学那一年，四川发生了"5·12"汶川特大地震。根据中国地震局修订后的数据，这次地震震级为 8.0 级，地震波确认共环绕了地球 6 圈，波及大半个中国以及亚洲多个国家和地区，中国北至内蒙古，东至上海，西至西藏，南至香港、台湾等地区均有震感，中国之外的泰国、越南、菲律宾和日本等国也都有震感。

电视画面中地震现场惨烈的场景击中了胡辉，让这个年轻人急切地想

胡辉总是步履匆匆，随时准备出发

为自己的同胞做些什么，也为这个历劫不磨正在崛起的祖国做些什么。所以他很快就选定了留学的专业方向，并且从一开始就下定了学成归来报效祖国的决心。

在学习过程中，他形象地把安全物联网比作一位擅长望闻问切的老中医，可以为山体和各种建筑物、管道等设施把脉诊病，通过体检设备也就是传感器系统，把问题直接反馈给数据大脑，再形成对症药方。

学成归国后，胡辉开始没日没夜地忙碌。鲁尔物联的方向非常清晰：

安全物联网，自主开发的城市级物联网平台，支撑起安全物联网行业的多场景应用。

近几年来，鲁尔物联已经先后搭建了浙江省地质灾害监测预警系统、杭州钱江三桥结构健康度监测项目、浙江省危旧房健康度管理平台、杭新景高速边坡监测预警项目、上海东方明珠电视塔结构安全监测项目等上百个项目。光浙江省内，就先后成功监测了兰溪古城墙墙体隐患以及龙泉市官头村边坡、天台县坡体裂缝、桐庐县上峰村滑坡等地质隐患。

在创业的大本营余杭区，鲁尔物联正在集中全力打造一个"城市CT"的样板。它一共有六个应用场景，包括城乡危旧房、城市桥梁、天然气管线、道路塌陷、山塘水库堤坝、坡地地质灾害。此外，嘉兴秀洲、台州黄岩的"城市CT"也开始启动。鲁尔物联要在浙江先编好这张致力于公共安全的物联大网。

鲁尔物联的安全物联网从余杭出发，辐射整个浙江，更延展到国内17个省，还走出国门发展，输出到法国、俄罗斯、菲律宾、科威特等国家。公司的业绩快速增长，2020年营业收入达到8000多万元，第2年就营收翻倍。鲁尔物联连续三年被评为物联网行业"准独角兽"企业。

公司的高成长性也吸引了众多投资机构，不久前，鲁尔物联刚完成B轮融资，投资方包括华睿投资、台州城投、财通资本等浙江本土知名投资机构。

作为国家级领军人才，胡辉带领团队多次牵头国家、省级重大课题的研发工作；参与了两项国家标准的制定；申请发明专利100余项，其他各类专利200余项；荣获德国国家科技创新奖，河南省科技进步三等奖；先后被冠以"改革开放四十年浙江省创新人物""杭州市十大青年科技英才"等荣誉称号。

"我是余杭本土人，自回国落户家乡创业后，看着自己的公司一步步成长为准独角兽企业。回首从前儿时杂草丛生的荒地已然成为今天的智能小镇,正应验了这样一句话——彼时一见钟情,从此一眼万年。我一定要为家乡做点什么。"

这是胡辉的心声,也是他为之付出的努力。

一座现代化的城市,离不开住建、能源、交通、水利等基础设施,而这些基建设施的安全是如何监测的呢?以往,基建安全监测都只能依靠有经验的师傅,而现在鲁尔物联的安全物联网解决方案与系统服务就发挥作用了。

创业初期,公司订单很少,好在有余杭区政府的创业资金扶持,对鲁尔物联这项"烧钱"的研发项目来说起到了雪中送炭的作用,也让鲁尔团队坚持不懈。在胡辉看来,灾害超前预警是造福社会、造福百姓的事,总有一天会得到公众的认可。

胡辉在办公室里放了一张行军床,代表着他的创业精神

2015 年，鲁尔团队拿到了公司自成立以来第一个足以证明自己实力的项目——杭新景高速七里连接线高陡边坡监测预警项目。该项目在施工中，边坡出现了贯穿性滑移，存在着极大的安全隐患，而其监测治理工作直接影响到了施工进度。胡辉和团队顶着巨大的压力，用时一个月完成了监测系统的建设。经过半年的监测数据、诊断分析与报告，辅助浙江省交通规划设计研究院完成了大胆、创新、经济价值颇高的边坡永久治理方案，为政府节省了大约 5000 万元的治理费用，降低预算成本 50% 左右。

2018 年，中央财经委员会第三次会议，对提高我国自然灾害防治能力进行了专题研究。这个消息，令全体鲁尔人备受鼓舞。

2019 年，鲁尔物联作为唯一一家民营企业参与国家重大科考项目——第二次青藏高原综合科学考察研究。要在藏东南修建铁路，除了至少 1000 多亿元的资金投入外，还要克服很多自然灾害。为保障工程安全，鲁尔物联决定在那里建立安全监测站，利用科技手段为施工人员撑起一张"安全网"。胡辉的这个决定并不能为公司带来多少经济效益，但让他下定决心的，是由此产生的社会价值。

如今，鲁尔物联已成为浙江省的行业翘楚，安全物联网监测预警技术处于国内领先水平。但是在胡辉看来，未来要走的路还很长，"我们要做全球领先的安全物联网解决方案企业，要达成'让安全如影随形'的使命"。

让安全如影随形，绝不是一句空话。在杭州，以万众瞩目的亚运会为例，涉及各类场馆数十处，很多都是大跨度建筑，安全需要及时监测，鲁尔物联就在这些建筑上安装传感器，自动对采集的数据进行智慧分析，并将数据进行及时反馈。

在杭州的西兴大桥上，也安装了鲁尔物联的 287 个传感器，每天至少要传回 2g 数据，每年输出一份大桥健康报告，包括健康情况和健康分析。此外，在余杭的山区山洪多发处、城市内涝地以及西险大塘等，也都用上了鲁尔物联的智慧监测系统。通过物联网技术，在具有安全隐患的领域获取数据，利用安全专业模型和人工智能算法，诊断目标并开具"药方"。说起物联网技术，胡辉滔滔不绝如数家珍。

让胡辉感到最骄傲的事情就是安全物联网技术能够救人。鲁尔物联曾中标湖南省怀化市麻阳县栗坪村五六组庙金山不稳定斜坡监测预警项目。这处斜坡一直处于不稳定状态，在连续强降雨、坡脚人工开挖等因素激发作用下，可能发生山体滑坡。进入雨季时，该监测点的监测设备开始发出预警提醒，当地政府立即启动应急预案，组织受威胁群众紧急转移，近百人成功避险，无人员发生伤亡。

在杭州桐庐上峰村，有一处山体滑坡风险点，直接威胁到上峰村21户77名村民以及红林木业厂30多名工人的生命财产安全。鲁尔物联对风险点及时进行多维度地质灾害评估，并利用全球导航卫星系统（GNSS）多星联合定位、高精度传感器布设、监测云平台建设等系统软硬件部署的解决方案，搭建三维立体式监测网络。从2019年2月10日到3月19日，GNSS02地表数据出现较大波动，地表位移数据朝坡下方缓慢增加趋势，鲁尔物联第一时间将险情上报桐庐县自然资源局，成功预警并排除了险情。

"科学研究终究是要以人为本的，技术能救人这件事，比赚钱更重要！"胡辉说，"如今，杭州已然是全国的数字经济高地，受益的不仅是城市，还有乡村。"

在余杭，有一种向上生长的力量。这是胡辉回国创业最大的感受。

回国创业初期，胡辉和几个海归博士一起窝在办公室里，所有的钱都花在了监测设备研发、软件和算法的开发上。他每个月只给自己发3000元的工资，而在德国的时候，他的年薪合150万元人民币。面对巨大的落差，胡辉却丝毫不在意："每天有自己喜欢吃的家乡小吃，每天都能做自己喜欢做的事情，所有的事情都在向前推进，这就是幸福。"

胡辉的身后，是鲁尔物联一步步发展壮大的创业历程

今天的未来科技城荆长大道南侧，鲁尔物联的总部大楼已经奠基。从最初 5 个人窝在一间办公室里，到现在 300 多人的团队，企业营收超过 2 亿元，再到逐渐拥有自己的总部大楼，鲁尔物联的成长，见证着余杭区面向未来发展的眼光和魄力。

胡辉说，2019 年，鲁尔物联的营收仅 4000 万元，通过"一事一议"的余杭区决策机制顺利拿到了 27 亩地，这才有了鲁尔物联的总部大楼，成为事业新起点。

创业 10 余年，鲁尔物联已经先后入选杭州准独角兽企业榜单、工信部专精特新重点"小巨人"企业名单,拥有上百项核心知识产权,还先后承担和参与 11 项国家、省级标准的起草,已然成为安全物联网行业标准的制定者。

在胡辉眼里,鲁尔物联今后还要着重打造爆款传感器,建渠道、建样板、建标准,包括与三大运营商、海康威视、华为、华三以及央企和城市合伙人的合作。

未来 10 年,鲁尔物联的营收将突破 20 亿元,成功 IPO(首次公开募股),市值破 100 亿元,成为国内智慧防灾减灾领域的一张"金名片"。

拥有 20 年安全物联网、智慧防灾领域研究、产品开发以及算法开发经验的胡辉,主导研发的"安全物联网智能监测预警平台"服务于应急、自然资源、交通、住建、水利、能源、文旅古建等领域,创办的鲁尔物联始终秉承"动机至善、行动至善"的初心,正日渐发展壮大,他肩上的担子与使命更重了。

谈到创业经验,胡辉认为"时机"以及"生态"最重要。创业时机的选择背后,隐藏着创业者对政策、社会环境、自身实力的综合判断。以前,我国应对灾难,更多着眼于灾后解决,而现在,随着技术发展和理念提升,灾前防治变成了重中之重,鲁尔就有了机会。

创业的"生态",是指企业能得到什么样的生长环境。"处于起步阶段的企业如同幼苗,政府则像灌溉者或是园丁,一路扶持并引导着幼苗向光而生。"在余杭创业,相当于进入了一家全天候的"孵坊",无需你自己去讨要政策,而是有一系列产业引导制度围着企业在转,相应的政府部门对新兴行业和新兴技术会进行跟踪评估,不断给企业提供机会和舞台,各种创业服务也就应运而生了,如窗口机制、评级机制、引导机制、优胜劣汰机制等,这让企业能够长久生存下去。

在鲁尔物联的成长过程中,胡辉非常感谢余杭区这一方宝地的帮扶与支持。这些不仅不需要创业者在百忙之中花精力去准备材料、层层争取，反而是政府部门主动上门提供服务。

胡辉感慨地说："我在杭州能从政府的专门服务中获得许多中肯的建议。创业本来就是'九死一生'的事情，但只要政府这个'大管家'精心培育创业的花圃，就能有效降低创业的失败率。"

杭州第 19 届亚运会火种在余杭区良渚古城遗址公园成功采集　杭州亚组委官方摄影团队 / 供图

第二章

五千年并不遥远

当个人的生命

与人类的生命融合

五千年也许并不遥远

穿过那间

宋代酒肆的残垣断壁

从汉代人的墓地前经过

我们便可以望见

那片五千年前的篝火

生命仅仅是一次次的路过

经历了两百次的传递

我们便可以亲临

那良渚圣王的殿前

五千年依稀如梦

仿佛只是昨天

回首山河依旧

白鹭如前……

这是良渚古城遗址发现人刘斌先生的一首诗，他从泥土中发现了古老与未来交织的诗意，也把我们带入了一架时光穿梭机当中，让我们去衡量五千年的长度。

刘斌先生说："5000 年也许并不遥远，如果我们以 25 年作为一代人计算，那么 5000 年也只有 200 个人排在你的面前。"

可是，你知道"数字孪生"是什么吗？你又理解什么叫"未来已来"吗？

按照余杭区政协委员、杉帝科技创始人虞洋的说法：未来，上下五千年可能就是一瞬，我们还将拥有一个数字孪生的世界。或许，时间真的是不存在的，过去和未来只是意识的错觉而已。在良渚先听过去五千年，再看未来五千年，一万年都只不过是弹指刹那。

近千年前的北宋，余杭良渚曾经诞生过一位百科全书式的科学全才：沈括。

此人天文地理、音乐医药、律历占卜等学问无所不通，其著作《梦溪笔谈》更被誉为"中国科学史上的坐标"，还被英国剑桥大学李约瑟博士评价为中国整部科学史中最卓越的人物。1979 年，一颗新发现的小行星也以这个余杭人的名字来命名。

今天的我们，应该感谢近千年前余杭就有了沈括这样的科学家，如果用现代的学科分类作标准，可以把沈括最杰出的几项成就概括如下：

在数学方面，他发明了隙积术和会圆术；在物理学方面，做了共振研究与弦共振实验、发现了磁偏角；在天文学方面，他发明了十二气历，研制出新的浑仪、浮漏等仪器；在地理学方面，他解释了雁荡山与华北平原的成因；在技术方面，他记录了毕昇的活字印刷术、制作了立体模型地图；在治水方面，他疏浚了沭水以及汴河；在军事方面，他主持军器监工作，在武器制造、战术阵型以及修筑城垒等方面都有非常好的业绩。

中国人从来都不缺乏科学所必需的好奇心。慧眼独具的余杭人沈括就是个对"生活的技艺"充满巨大好奇的人：举凡炼钢、种茶、问药、奏乐、务农、做工等各行各业的专门知识，无论士大夫之家，还是隐逸者之庐，他无不一一登门求访。

中国工程院院士王坚，正在沈括的家乡发起创办"梦溪论坛"，打造一个沉浸式的科学创新策源地，建立全球科学家的未来社区，让全世界都来续写"梦溪笔谈"。王坚院士想要打造以融合发展为最大特色的"世界科学大会"模式，同步举办"2050"年轻科学家创造营与工作坊，邀请全世界各种有奇思妙想的科学人才来到余杭，以包容开放的心态欢迎各种跨界对话与无界探索。

梦想成真，其实就是所有科学的初心与愿景。沈括的《梦溪笔谈》正如同今日余杭科创发展之缩影，更是科技发展无可更替的独有文化标签，让跻身"中国百强区"前五名的余杭，能凭中国科技鼻祖沈括之"梦"而勇占鳌头。

余杭区欲成为世界级科创高地，这就是文化基因上的"神来之笔"。

今天的余杭，有人想用脑机接口改变世界。作为首位就脑机接口技术接受福布斯专访的华人科学家，韩璧丞与埃隆·马斯克一同被美国媒体评为脑机接口领域五位创新者之一，并吸引了国务院总理李强在亚运会闭幕式后前来调研，希望这些高科技产品造福于民，彰显科技创新的意义和价值。

今天的余杭，有人在用三维扫描技术扫描万物，突出重围成为全球高精度工业三维数字化技术领域的一匹黑马，完美演绎了民族科技品牌一步步走向国际化的进程；还有人让光参与到数据搬运中来，奇迹般地去突破摩尔定律算力极限——就像是给原来只有马路的城市，一夜间增加上了地铁、隧道和高架桥。

余杭之"括"，既是囊括英才之雄心，也是触发梦想之机栝。

用脑机接口改变世界

浙江强脑科技有限公司创始人兼 CEO 韩璧丞

韩璧丞很忙，忙到他不仅在减重上努力，也在生活的减法上不遗余力。

他曾经发明了一种头环，只要戴上便可以将脑电波转换成信号，之后再传递给智能手机，再通过无线网控制家里的智能家居设备，堪称一个胖子的"最偷懒发明"。

按照韩璧丞的说法，"人类现在对于大脑的认知，其实还停留在非常初级的阶段。任何一项对大脑信息识别仪器上的提升，以及对于大脑认知上的升级，都会对很多事情产生巨大的增量和改变”。

他创办的浙江强脑科技有限公司（以下简称“强脑科技”）扩张迅速，已经覆盖到波士顿、杭州、深圳、北京四座东西南北完全不同的城市，加上要参加各种商业活动，他不得不做好随时穿行于世界各地的准备。

在这颗不停旋转的星球上，他觉得做公司一定要快，一定要让陀螺超级快才不至于倒下来。所以，无牵无挂最重要，轻逸迅速最重要。他现在经常随身备着一只登机箱，里面常年装着两套衣服、两双鞋——一双运动鞋一双正装皮鞋，随时随地说走就走。无论去哪里都住酒店，两天以内的行程就是一个双肩包，跨国行程就是一个双肩包加上一只登机箱。

为了简单无需选择，他专门只盯着一家酒店住，住成酒店“代言人”级别的金牌会员，现在在国内只花 500 多块钱就可以直接住酒店套房了。原本，他在美国还有个房子，但因为他忙到没时间打理，房子逾期未缴纳税金，结果还为此上了法庭。他一气之下，就索性把房子卖了，从此彻底住在酒店。

韩璧丞这个空中飞人实在太忙，以至于采访只能采用腾讯会议室方式，先和哈佛大学法学院法律博士、强脑科技高级副总裁何熙昱锦来聊聊。通过她的讲述，为韩璧丞创立的强脑科技画出了一个清晰轮廓。

在《福布斯》发布的“2022 福布斯中国·青年海归菁英 100 人评选”中，何熙昱锦入选。本着科技向善的初心，在科技革命和人工智能浪潮席卷的当下，她从海外归来，与团队多次主导发起慈善公益项目，用科技的力量帮助真正有需要的人，与强脑科技一同点亮可以燎原的星星之火。

2022 年 9 月，东南卫视与优酷合拍的科幻综艺《不要回答》节目中，嘉宾韩璧丞戴着一副黑框眼镜，和导演贾樟柯、学者刘擎同桌而坐。

“我们这个脑机接口领域，其实就做两件事情：第一个事情就是造人，或者叫修复人；第二个叫造超人。”在这个跨界对话中，他这样对着镜头介绍自己的事业。

1988 年出生的韩璧丞，今年刚刚 35 岁，曾在哈佛大学脑科学中心读博士。2015 年，他回国创办了强脑科技并任 CEO，开发以脑机接口技术为基础的义肢等产品。他和团队所研究的脑机接口技术是世界的风口行业之一，马斯克等商业巨擘早已进场，脑科学的巨大延展空间意味着他们有能力做到超越想象的事情。不管是"修复人"还是"造超人"，听起来都有一种独属于未来的"超人"能量。

电视节目给出了"在未来之境，论现实之题"的口号，来抛出一些看似棘手的问题。眼下，韩璧丞与强脑科技所最关心的"现实问题"，是如何去用技术改善残障者的生活。比如，用他们生产的义肢，让失去手的人重新拥有一只手。

在 2022 年发布的《中国数字公益发展研究报告》中，9 个公益领域中的 24 个数字公益典型案例被公布。其中在医疗健康领域，强脑科技以其研制的 BrainRobotics 智能仿生手成为仅有的两家入选企业之一。强脑科技作为该报告的支持单位，全力助推数字公益领域的研究和传播工作，助力中国数字公益领域持续创新、持续被看见，让中国数字公益实践为全球公益创新贡献中国样本。

近年来，致力于科技向善、服务全社会的强脑科技，利用脑机接口技术，毅然投身慈善事业，积极履行企业社会责任，助力数字公益的发展，发起参与了"爱尔科技助残""手望相助·重掌人生""守护星星的孩子"等多场公益慈善活动，真切实现了"公益场景越来越丰富，公益创新越来越多元，行业越来越规范"的盛景。

中国残联公布的数据显示，我国约有 2400 万人具有肢体残疾，其中上肢肢体缺失患者约有 300 万。这中间能够得到基本辅助器具适配服务、拥有适合自己假肢的人仅占少数。2022 年 9 月，韩璧丞为广大残疾人工作者、社会工作者带来主旨分享"脑机接口——开启生命的更多可能性"，揭示脑机接口技术在助残领域的创新应用，同时宣布强脑科技与爱尔公益基金会达成战略合作，共同发起"展翼新动"公益计划，用100只仿生手帮助残疾人解决实际困难。截至目前，公司已通过与基金会合作等方式，为近千名残疾人免费提供了智能仿生手。

BrainRobotics智能仿生手，它有10个活动关节和6个驱动自由度，能够实现5根手指的独立运动和手指间的灵活操作。它采用非侵入式脑机接口技术，将脑机接口技术与人工智能算法高度集成，内置传感器系统会通过实时检测佩戴者的神经电和肌肉电信号，识别其运动意图，经过算法处理后转化为指令，控制智能仿生手的动作，从而实现灵巧智能、手随心动。

脑机接口的使命，是开启生命更多的可能性

智能仿生手不仅能为上肢截肢患者重建运动功能，辅助上肢截肢患者的生活，还能通过重建感知反馈，让上肢截肢患者体会到肢体"重新生长"的本体感，给他们带去心理上的安慰。

此外，强脑科技也在持续守护着"来自星星的孩子"（孤独症儿童），其研发的"开星果脑机接口社交沟通训练系统"，针对孤独症谱系儿童本源性的脑神经发育障碍，进行镜像神经 μ 波智能脑控反馈训练，促进大脑神经可塑性。通过脑机训练和行为训练的内外合力，能够提升孤独症孩子最核心的社交沟通和思维能力，帮助孤独症儿童更好地抓住康复黄金期，为孤独症人群融入社会带来创新的突破口。

2022 年 11 月 7 日，强脑科技发起"星星点灯，百千万行动"计划：承诺捐赠 100 套"开星果"脑机接口产品给爱尔公益基金会，在全国范围内资助 100 名来自困难家庭的小龄星宝，帮助他们获得最大化的早期干预效果，并以此提高社会对孤独症群体的关注、支持和深度接纳。此外，还将公司所属的深圳开星果儿童成长中心和杭州开星果儿童成长中心开放 1000 个免费名额，赠送 10000 课时的脑机训练课程，帮助两个城市 1000 名 2—8 岁的星宝。

在脑机新格局——强脑科技 2022 年度发布会上，肢体残疾的小林穿戴强脑科技智能仿生腿惊艳亮相，完成了攀岩这项看似不可能完成的任务。随即强脑科技也宣布与王石创立的深潜公司达成合作，鼓励和支持残疾人开展赛艇、攀岩等运动，并呼吁更多用户的加入，共创健康美好的生活方式。

让科研成果走出实验室，解决真实世界难题，是强脑科技一直以来的坚持，其投身慈善公益的脚步从未停止。

韩璧丞说，科技向善，我们终将开启生命更多可能性。他把脑科学的功用概括为"修复人"和"造超人"。

"修复人"，是指对于那些有神经疾病或身体残障的人，通过脑机接

韩璧丞（右）希望，智能仿生手能让残疾人重新回归社会

口等干预手段，帮助他们填补残缺。比如没了手或脚的人，帮他们装上"意念控制"的仿生手脚；对于抑郁症、孤独症、阿尔茨海默病，通过一些大脑训练和干预促进恢复。

《中国慈善家》杂志曾写过这样一篇报道：男孩古月用电子琴给大家弹奏《我和我的祖国》。他把双手放在键盘上，左手是机械手，泛着金属的冷光。

古月用左手弹琴。没有和弦，只弹主旋律，那只机械手能按出他脑中所想的音符，但节奏还没有那么随心所欲，熟悉的民歌旋律磕磕绊绊地流淌出来。

古月的左手，就是韩璧丞的强脑科技开发的智能仿生手。几年前，古月的左手意外地被卷入大型机器的卷闸里，他的左小臂被迫截肢了。出事之后，他就一直在家闷着，心理负担很重，觉得自己从此成了废人，这辈子都完蛋了。日常生活变得无比艰难。挤牙膏、系鞋带，这些他以前从来没有费心思索的惯性动作，在失去一只手之后变成了难以完成的任务。洗漱的时候，妈妈或弟弟会提前帮他把毛巾打湿，牙膏也先挤好，再由他单手完成开水龙头、刷牙等动作。

2019年，古月听说市面上出现了一款智能仿生手，可以让使用者通过"幻肢想象"的方式，去控制手的各个手指与关节活动。这听上去很不可思议，但韩璧丞的团队已经把它变为现实。他们研发的机械手能接收大脑发出的肌电信号，通过传感器算法分析，倒推去接收这个人从大脑发出的命令，即他想做什么样的动作，再随之去进行呼应。

残障者的肢体残缺，实际上就是切断了肌电信号的传递流程，而补上一只捕捉信号的机械手，就有可能重新把信号桥搭起来，从而实现"接回断臂"的神话。

古月联系上韩璧丞的团队，得到邀请去深圳体验产品的后期测试。测试的时候，机械手的中指和无名指显得有点粘连，单独的动作不太能区分出来。韩璧丞想出了一个办法：自己录一个动手指的视频，让使用机械手的人看，重新建立一套记忆和想象。

古月的测试很顺利，仅一个月后就装上了新做的智能仿生手。他和公司签了合同，作为员工入职强脑科技，专门负责为产品后期测试提供关键经验，这只智能仿生手的费用也由公司全额负责。

在韩璧丞看来，一只智能仿生手，是一个很好的支点。如果把它和慈善结合，让更多残障者用上，就能让他们重新回归社会，像正常人一样坦然地生活。

2020年10月，广东省人民医院与珍惜生命基金会启动了贫困残疾儿童救助项目。医院方面主要为大病患儿提供手术治疗；韩璧丞的团队也参与其中，为残疾的贫困儿童免费安装智能仿生手，配套后续的康复、训练、跟踪、软件升级等服务。

2021年，强脑科技和厦门、杭州残联先后达成"手望相助"项目合作，由政府出资，为当地适配的残障人士安装智能仿生手。2022年冬残奥会，火炬手贾红光也用上了仿生手。

现在，古月在公司里当上了产品经理。去年，他结了婚。"他很愿意去帮别人装手，教人怎么用，教人找工作，教人恢复正常生活。"韩璧丞说起古月的现状，就特别兴奋。目前，已经有数百位肢体残障者用上了他们的仿生手。

很多人不知道，仿生手项目的研发投入是上亿元级别的。目前，欧洲公司生产的智能仿生手市场价约为50万元—70万元，而强脑科技的价格是10万元—20万元。韩璧丞的目标是在未来把它降到几万元，这样更多的残疾人才真正能用得起。

2019年，BrainRobotics智能仿生手被美国《时代》周刊评选为年度百大发明，还登上了杂志封面。2020年5月，这只仿生手又获得德国红点奖最佳设计奖。

回忆起来，韩璧丞与脑科学亲近的过程有几个关键性节点。

第一个节点，发生在他读高中时，那时他拿到了全国生物科技竞赛一等奖。他在大多数人还在千军万马挤上高考的独木桥时，就跑到了韩国去读本科。当时吸引他的，是韩国科学技术院的国际生本科项目。这所学校位于韩国大田，如今在国际上拥有不错的认知度，尤其是工程科技学科大类。2006年，韩裔美籍的徐南杓开始担任校长，这位70岁的教授出身麻省理工学院，同时还兼任麻省理工机械系主任。徐南杓上任后，对学校进行了大刀阔斧的改革，其中一个重要的举措就是提高学校的国际化程度。当时这位校长在全世界招生，组成了一个特殊的班级，一共二十几个人，英语授课，只要有奥林匹克竞赛成绩的人就可以申请。校长对这些学生很宽松，可以自由去很多实验室做实验，甚至不怎么需要上课。韩璧丞幸运地入选了这个项目。

第二个节点，出现在本科期间。2008 年，美国匹兹堡大学的神经生物研究团队成功地让猴子通过脑机接口技术控制机械臂，实现给自己喂食。韩璧丞大为惊叹，决心把接下来的研究方向定为脑科学。2011 年，韩璧丞加入了美国西雅图福瑞德哈金森癌症研究中心，在那里做了一段时间的神经科学研究和医疗设备开发。之后，他又考进哈佛大学脑科学中心，在那里攻读博士学位。

读博期间，韩璧丞就毫不犹豫地选择走出象牙塔去创业。在他看来，实验室里解决的问题和企业解决的问题是完全不一样的，"实验室里解决问题，不在意对这个世界会不会产生真实影响，在意的只是这个事以前有没有人发现过，是要探索新大陆。但是企业不一样，企业是要解决真实世界的问题的"。

2015 年，韩璧丞在波士顿创建了 BrainCo，后来回到国内，落地在深圳和杭州这两个国内离生产端更近的城市，最大可能压低成本、生产出高性能脑机接口设备，从而让仿生手投入量产，率先改善中国残障人士的生活质量。

他找到哈佛的校友们，说服他们加入自己的团队。他的观点是，美国一个实验室一年的经费可能是几十万美金，少有顶尖的能达到百万、千万美金，但我们每年的投入都是几千万美金，去研发解决问题的新产品，这种想象与效率都是非常高的。

韩璧丞说出这一番话的底气，在于他的 BrainCo 和马斯克投资的Neuralink 有的一拼，目前是全球仅有的 2 家获得超过 2 亿美元融资的脑机接口企业。

当前，脑控产品的技术发展大体分为四个阶段：第一阶段是捕捉状态，BrainCo 做的提升专注力的脑控环就是利用的这一技术；第二阶段是捕捉情绪，比如看电影的时候，了解人们的喜怒哀乐；第三阶段是控制，比如能够找到脑疾病的一些生理指标；最高级阶段是捕捉语言，这是当今的脑机接口公司前仆后继的前沿领域。在日常生活中，人们实现正常交流需要用到的单词是 3000 个左右。而 3000 个单词，其实就是 3000 个能够被识别的指令信号。基于在智能假肢对于手臂肌肉群组识别上积累的经验，现在 BrainCo 也在实验室开始模拟人的声带和舌头的肌肉群组。

面对空前的创业压力，韩璧丞会找一个完全"不动脑"的排解出口。每年无论多忙，他都会花几天时间去一个相对原生态的地方。他去过北美黑石沙漠上的火人节，七八万人几天时间建一个临时之城"黑岩城"，走的时候一把火烧了，一点痕迹都不留。那里远离现实生活，每个人都很热情、很放松。他接下来的计划，是去丹麦看北极光。

只有听他聊到这些的时候，才会让人意识到，韩璧丞只是一个刚满 35 岁的年轻人。

2023 年 2 月 8 日，杭州市余杭区"强信心、拼经济"高质量发展大会在未来科技城学术交流中心举行。强脑科技荣获余杭区人才创新创业企业，创始人兼 CEO 韩璧丞受邀就余杭区打造"人才创新新高地"发言。

本次大会是余杭区顶层谋划、紧锣密鼓全力推进的新春第一场大型经济工作会议。现场，余杭区 3 大产业平台、39 家金融机构代表、500 家重点企业代表与创新创业人才代表等 1000 余位嘉宾参会，多个部门、企业、重点园区负责人等超 25 万人在线参与大会。

会上，余杭区领导向高质量发展突出贡献、数字经济创新发展、制造业创新发展、服务业创新发展、科技创新示范、人才创新创业等领域十强企业以及优秀助企服务员代表颁奖。阿里巴巴集团、之江实验室、华立集团、华润万象生活及强脑科技的企业代表，分别就余杭区"全面支持新中心""就地转化新成果""制造业创新发展""提升商业新高度""人才创新新高地"

主题展开了精彩发言。

　　作为国内非侵入式脑机接口独角兽企业，强脑科技荣获余杭区人才创新创业企业十强。韩璧丞在围绕"人才创新新高地"的发言中着重强调了人才的重要性："脑机接口产业发展的核心是人才。来到余杭近 5 年来，'世界脑机接口之父'米格尔教授成为我们的首席科学顾问，《自然》杂志首席作家、麻省理工学院脑与认知科学博士也加入了我们的团队。来自哈佛、麻省理工、北大、清华、浙大等高等学府的优秀校友在 BrainCo 的核心研发团队占比超 70%。"

　　针对科研成果，他接着分享道："我们开发的脑控义肢，让没有手的残疾人重新开始写字、画画、弹钢琴，并登上《时代》周刊封面；我们的孤独症脑机接口系统帮助孤独症儿童提高社交功能，并获得工信部人工智能医疗器械揭榜挂帅；去年，我们实现了全球首个高精度脑机接口产品单品 10 万台量产的好成绩……"

戴上智能仿生手后，残障人士也能写出一手漂亮的毛笔字

"脑机接口作为脑科学的重要底层技术，被列为"十三五"和"十四五"规划中的七大前沿技术领域。而这项技术的攻坚，关键在'人才'。未来，我们将与余杭区携手引进更多国内外优秀的科学家，联合脑科学上下游企业，形成脑科学高地产业。"

演讲最后，韩璧丞对中国人的创业精神做了生动的诠释："8 年前，在哈佛大学脑科学实验室，如果到了凌晨两点还有一盏灯亮着，那一定是BrainCo。8 年后，在余杭区未来科技城，强脑科技的灯依然亮到两点，我们正全力以赴做出震惊世界的产品。"

强脑科技的发展，正是余杭众多科技创新企业成长的缩影，背后则是余杭区在研发补贴、人才认定、知识产权保护等方面提供的强大支持。目前，BrainCo 和马斯克的 Neuralink 是世界上募集资金最多、研发投入最大的两家脑机接口公司。

当前，余杭大力推进"创新策源工程"，为脑科学和脑机接口技术研究以及产业化方面积累了得天独厚的优势。一方面，余杭区建立起了数个国家级前沿科学中心和国家重点实验室；另一方面，也涌现出了一批具有产业化转化能力的新兴高技术企业。随着行业高层次人才的孵化引入、脑机接口技术的不断突破，强脑科技会帮助更多肢体残疾人重拾生活，帮助孤独症、阿尔茨海默病患者得到康复。强脑科技也将持续努力，代表余杭成为世界级别的公司，迎战世界级别的竞争。

独木不成林。早在 2021 年 12 月 30 日，余杭区举行四季度重大项目集中开工暨集中签约活动。在总投资超 500 亿元的 93 个项目中，由浙江大学和余杭区政府合作，总投资 25 亿元的浙江脑机交叉研究院项目备受瞩目。该项目将为余杭孵化一批具有示范作用的脑机新产业高科技企业，计划建成一支 1000 人左右理工信医结合的多学科交叉研究队伍，其中引进 D 类以上人才 400 名。

杭州第 4 届亚残运会开幕式上，中国代表团游泳队员徐佳玲是最后一棒火炬手，她戴着智能仿生手点燃主火炬
杭州亚组委官方摄影团队 / 供图

　　所以，关于科技与创业，韩璧丞特别喜欢提到"影响世界"这个话题。"这可能也和哈佛的教育有关。哈佛教育非常特别的地方，是很关注学生对这个世界产生的影响力。我就开玩笑说，如果 5 年聚会、10 年聚会，大家见面时千万不要谈自己赚多少钱，而是要谈自己对这个世界产生了什么样的正向影响。"

　　2023 年 10 月 7 日至 9 日，国务院总理李强在浙江调研，先后走访了海康威视、强脑科技、广立微电子。这三家企业蕴含着浙江的三个发展关键词：数字经济、新型工业化、科技创新。在强脑科技观看了针对残疾、孤独症、睡眠障碍等脑机接口产品演示后，李强总理希望这些产品今后能造福于民，彰显科技创新的意义和价值，更好地为人民生命健康服务。

2023 年 10 月 22 日晚，杭州第 4 届亚残运会开幕式上，中国代表团游泳队员徐佳玲是最后一棒火炬手，她戴着智能仿生手，五指并拢后稳稳地握住"桂冠"，点燃了主火炬。

韩璧丞说，今天的中国正在影响世界，如果能让自己的能力结合济世情怀，用"强脑"实现"强国"，那才是最酷的事。

2 | 万物皆可扫描

思看科技（杭州）股份有限公司董事长兼总经理王江峰

2022 年北京冬奥会上，中国雪车运动员飞一般驰骋于赛场上，其中头盔是保障雪车运动员安全的重要防护装备。对竞速类运动员来说，速度提高 0.01 秒都相当宝贵。所以，头盔的设计除了基础防护作用外，还必须综合考虑减阻问题。

来自余杭区的思看科技（杭州）股份有限公司（以下简称"思看科技"），

正是承担了这项工作的技术支持。在国家体育总局的组织下，思看科技携手东莞理工学院 3D 打印与智能制造研究中心，综合 3D 扫描—设计—3D 打印技术，参与国家雪车队运动员头盔装备定制研究项目。

"设计的关键之处，在于是否能够精准获取每个运动员整个头部的三维数据。"思看科技创始人王江峰说。iReal 三维扫描仪 1 分钟内就可以获得被测量运动员的数据，并能将误差控制在 0.1 毫米内。然后，设计团队根据运动员的头型，结合战术特点进行个性化定制设计，再利用 3D 打印技术产出最终头盔成品，实现头盔与头部完美贴合。

由于人体头部轮廓特征丰富，适合采用非接触式不贴点拼接技术，此次选用 iReal 2E 三维扫描仪来完成运动员头部三维数据的获取。

iReal 2E 三维扫描仪精度高，能精准获取运动员头部的三维数据，做出来的头盔贴合度好。同时，人像扫描专属模式下，可自动去除人体晃动叠层。此外，其组合阵列结构光技术创造性地解决了头发和眼睛数据难以获取的问题，使得头部数据更为完整。

除了冬奥会运动员头盔制作外，还有华南理工无人车赛事模型、水上独木舟开发设计、运动跑鞋 3D 扫描 + 打印项目——在运动领域，思看科技三维扫描技术已脱颖而出。

那么，思看科技究竟是一家怎样的企业？

思看科技，顾名思义：想一想，看一看；也是英文"scan"的音译，意思就是扫描。

万物皆可"思看"，也就是万物皆可"扫描"，由此成为数字化链接的入口。正因如此，坐落于余杭的思看科技凭借领先独创的技术实力，逐渐成为全球高精度工业三维数字化技术领域的一匹黑马，完美演绎了民族科技品牌一步步走向国际化的进程。

无论是庞然大物如飞机机翼，还是小小不言如纽扣电池，思看科技都可以随时随地进行 3D 立体全方位测量。在每秒 202 万次不可思议的测量速度下，一辆轿车只需 25 分钟便可以完成整车车身扫描，由此快速建立汽车整体数字三维模型。而且，只要你愿意拆卸开看个究竟，整个汽车内部的变速器、转向机、曲面螺纹等，通通都可以被这几十束蓝色交叉激光线"一览"无余。

2022 年 11 月 5 日，第五届中国国际进口博览会在上海国家会展中心盛大开幕。思看科技受邀参展，携全球最小三维扫描仪——SIMSCAN 亮相本次展会。

在浙江馆展台前，工作人员用一台袖珍机器扫描面前的物体，很快就生成了三维数字图像，这种强大的功能让众多参观者叹为观止。这台机器的中文名叫作"便携式蓝光三维扫描仪"，研发生产厂家就是思看科技。

自 2015 年成立以来，思看科技坚持深耕智能视觉检测领域，以创新驱动发展，为行业提供领先的三维检测产品与技术解决方案，打造领先的 3D 数字化品牌。

2016 年，成立仅一年的思看科技就推出了红蓝双色激光三维扫描仪，此前市面上的三维扫描仪多为单色，在精度和技术上有明显劣势，由此也成为思看科技的突破口。

"公司坚持自主研发，努力掌握更多核心技术，力求把产品做到极致。"王江峰说，他们不断努力，最终研发出兼具速度和精度的红蓝双色激光三维扫描仪。该产品具有更强大的细节捕捉能力，内置的摄影测量系统模块扩展了仪器所能支持的最大扫描尺寸和扫描精度，可以用于扫描不同类型的物体。产品背后是技术，技术背后是研发，这种永不止步的创新基因一直植根于企业发展的全过程中，由此才成就了今天的思看科技。

为提高创新能力，思看科技持续完善创新体系，形成良好的创新研发生态，并通过加大研发投入，提高技术水平，不断推出新产品；还与多家高校开展产学研深度合作，促进企业科技成果转化和高层次人才孵化，为企业高质量发展积蓄动能。

多年来，思看科技对于创新研发和技术改造的投入从未间断，也已经取得了丰硕成果。截至目前，公司研发人员数量占到员工总数的 45%。这支年轻又充满活力的研发队伍攻克了一项项技术难题。思看科技已掌握了手持式激光三维扫描平台、光学三坐标测量平台和全局摄影测量平台等平台技术，产品体系涵盖手持式三维扫描仪、跟踪式三维扫描仪和自动化三维扫描系统等多种智能扫描检测设备。

在王江峰看来，打破高精度工业三维数字化技术领域国外垄断局面，推动中国制造智能检测数字化水平，正是思看科技始终践行的职责使命。这个在余杭成长起来的"黑科技"企业，旗下产品已远销全球 50 多个国家和地区，服务于波音、中国商飞、宝马、劳斯莱斯、苹果、华为、西门子、三一重工等知名企业及研究机构。

这支以"浙大系"为基干的创业力量，已经成为海创园和未来科技城的骄傲。

余杭"两廊一轴"的城西科创大走廊上，思看科技正是一个排头兵。

王江峰 2006 年毕业于浙江大学，获得机械工程专业硕士学位。研究生毕业后，他一直从事智能检测领域的研发和应用工作，并于 2012 年组建团队走上创业之路。

"都说美国创业从车库开始，中国创业往往从居民楼起家。居民楼里生活方便，房租便宜，推开防盗门，进去就是我们昏天黑地编写代码的团队。"王江峰笑言，日子很苦，但他们甘之如饴，从未想过放弃。

2015 年，王江峰带领团队入驻海创园，并成立思看科技。公司入驻海创园当年就获得第一轮融资，次年与挪威知名光学计量企业迈卓诺（Metronor）成立联合研发中心，向工业自动化检测领域发起一次又一次冲刺。

实际上,核心技术成员最早投身数字三维技术研究早在创业初期就开始了。那就是王江峰所说的"居民楼"时期。当时他们就栖身在浙大紫金港校区附近万家花城小区的一套毛坯房里,埋头于软件算法研究,一干就将近 4 年。

创业至今,思看科技已经获得了 50 多项国内外专利,相继推出了全球首创的红蓝双色激光扫描技术、复合式全局一体扫描技术、红外激光扫描技术、在线三维检测系统等相关产品,广泛应用于航空航天、船舶、汽车等高端制造领域,并在教育、医疗、文博和 3D 打印等行业场景中发挥作用。当下,结合 5G 无线传输、云计算和人工智能,已经可以实现自动化和智能化在线高精度检测,这对于中国制造业产业优化升级大有裨益。

三维数字化技术应用领域非常广泛,尤其是在走上全球智能化竞技台的工业领域,三维数字化技术更是渗透到了产品设计开发、生产制造、售后维护等各个阶段。在智能制造推进过程中,产品数字化和检测智能化是不可或缺的一环。

面对工业检测市场这个主流应用场景,思看科技自创立伊始就快速切入。从 2017 年开始,向在线自动化检测方向不断投入研发,其第一代在线检测方案 AutoScan 已成功应用于航空领域。当飞机在飞行过程中,机翼上下方的气流对机翼产生的压强致使机翼发生形变,然而这种形变无法被直观地检测出来。传统方法是根据经验设置标准,记录该机翼的累计飞行时间,飞行时间达到一定量后就需要更换机翼,使得资源利用效率低下。在有了思看科技的"黑科技"产品后,就可以先使用全局摄像测量系统获取机翼的空间定位点,再搭配手持式激光三维扫描仪进行三维数据获取,最后扫描的三维数据与机翼的数字模型进行 3D 比较,计算出飞行后发现的形变量以及关键部位尺寸,确保飞行安全。

　　数字化三维扫描技术对于汽车制造的助益也是类似。利用思看科技的三维扫描系统，汽车制造商可以快速建立夹具固定装置，缩短汽车产品研发过程中的沟通时间，大大提升产品设计和修正效率。汽车研发设计阶段就需要大量用到数字化三维技术，从造型设计、逆向设计、油泥模型三维建模到整车机械架构布置设计、车身造型数据生成、样车试验等等，各项性能试验效率都可以借此得到大幅度提升。在生产制造阶段，冲压模具的质量检测、总装过程中的虚拟装配、质量管理等，更是都可以靠激光三维扫描技术提效。

　　在三维检测领域，思看科技提出了更为精准的概念——体积精度。体积精度越高，测量大物体的优势就越明显。适应大型工业制造产线检测需要，思看科技推出的智慧产线检测方案可以 24 小时无间断进行批量三维检测，精准数据采集分辨率达到 0.02 毫米。思看科技一直追求在扫描精度、扫描视野、测量速度、操作便携等各方面实现全线突破，引领工业检测设

在王江峰看来，万物皆可"扫描"，由此可以成为数字化链接的入口

备革新换代，用数字化助力工业制造生产效能跃升。

这支"浙大系"团队拉高了三维扫描技术标杆，正在成为三维数字化赛道的领跑者。而在他们身后，则是来自企业所在地余杭区的"助跑者"与"喝彩者"——未来科技城，它见证了这家面向未来的企业的初生和成长。在未来科技城管委会的大力支持下，思看科技在海创园的驻地根据实际需要调整过一次，发展空间更大了，员工数也从刚入驻时的 8 个人迅猛增加到 180 多人。

"思看科技在这些年的发展当中，一直受到余杭区政府全方位的大力扶持。"王江峰由衷地说。

在孵化阶段，公司就已经获得了园区租房补贴，之后相关补助政策到期后又获得了延期，让他觉得特别暖心且踏实。落地余杭以来，余杭区政府积极协助公司建设"以企业为主体、市场为导向、产学研相结合"的创新技术体系。同时，思看科技获得国家各项高新技术企业奖励，省市研发中心、专利申请、区企业研发投入等的补助，累计达到上百万元。

人才创新创业"全生命周期"一件事体系，更是发挥了巨大的作用。在场地提供、资源对接、公司宣传等各方面，余杭区政府提供了无微不至的一条龙服务，一路陪伴着思看科技从初生到茁壮成长的全过程。

有实力就有定力，有作为就有地位，这是思看科技这几年最大的体会。

2020 年以来，突如其来的疫情考验，让制造业面临复杂的内外部环境。思看科技却逆风飞扬，凭借非凡实力把有利因素放大，全年营收仍保持 35% 的增长，针对 5G、新能源、轨道交通、芯片等新兴领域检测需求显现出快速增长趋势。

多元化场景应用，是思看科技始终立于不败之地的法宝，其产品在工业领域之外的社会化应用方面也有不少成功案例，其中之一就是协助中央电视台《正大综艺·动物来啦》节目的制作。广州动物园有一只名叫朋克的银颊噪犀鸟，它的喙天生畸形，无法自主进食，自出生起就必须依靠父母饲喂才能获取食物。如果不及时进行人工干预做换喙手术，它一旦断了来自父母的饲喂渠道，就会活活饿死。

专家们慎重考虑后，决定帮这只犀鸟进行手术，换一个3D打印的喙。问题在于，犀鸟的喙极不规则，且有一定弧度，一般的测量方法很难获取精准数据。经专家多轮讨论，最终确定使用思看科技的双色激光三维扫描仪。于是，思看科技团队受命来到现场，对犀鸟喙进行三维扫描以及数字建模。之后由其他团队使用聚醚醚酮树脂材料3D打印犀鸟喙，再进行手术安装。国内首例犀鸟3D打印换喙手术就这样成功完成。思看科技为犀鸟换喙提供了便捷、快速、精准的三维扫描解决方案，帮助犀鸟回归更自然的生活。

步入2021年，思看科技继续朝自动化、智能化方向发展，与5G、云计算等前沿科技深度融合，开拓更广泛的三维数字化应用场景与空间。2022年4月，思看科技德国子公司在被誉为"汽车摇篮"的斯图加特成立，以此来顺应海外日益增长的三维数字化需求。

在王江峰的构想中，"思看科技未来将进一步加强产品开发、技术提升、平台建设、产业链组建等方面优势，产品线将更为丰富多元；根据不同的用户分层，加强三维测量产品细分化、定制化，打造特色三维数字化服务体系；巩固国内市场、扩大国际市场，在全球三维测量市场建立起更大的品牌影响力，为三维数字化领域带来更先进的技术支持"。

"数字化的底层逻辑，是把我们日常可知可感的物体转化为网络世界的数字信号。"

在王江峰描绘的蓝图里，以元宇宙为例，要进入元宇宙中，先要生成一个虚拟个体。思看科技在数字世界与真实世界之间就扮演了"接口"的角色，同时也是一个放大器。三维数字化技术应用领域非常广泛，尤其在

思看科技的使命，是把日常可知可感的物体转化为网络世界的数字信号

工业领域，三维数字化技术应用于产品设计开发、生产制造、售后维护等各个阶段。

思看科技还与浙江大学文化遗产研究院合作，共同对文化遗产开展数字化保护工作，通过三维扫描技术为文化遗产建立数字档案，同时结合3D打印技术等比复刻文化遗产实物模型，通过建立数字档案，还原文化遗产本来面目，助力文物数字化保护，还可以丰富文物展览形式，让人们在云端游览历史古迹。在科技与文化交融的过程中，借助5G、云计算、VR/AR、元宇宙等前沿技术，不断探索文化传承与保护的新方式，并丰富文物展览传播形式，让文物活起来、走出去，在更广阔的领域展示中华文化的魅力。

人才是第一资源、创新是第一动力。思看科技将继续坚持自主创新，朝着自动化、智能化方向发展，寻求与前沿科技的深度融合，不断开辟发展新领域新赛道，塑造发展新动能新优势，开拓更广泛的三维数字化应用场景与空间，向高端化、多元化方向迈进。

思看科技一路走到今天，王江峰最感恩的是余杭，是这里"店小二"式的服务。

之前很长时间，王江峰一直觉得政府和企业是甲乙方关系。而来到未来科技城之后，才听说了余杭区的那句名言："我负责阳光雨露，你负责苗壮成长。"政府和企业之间不是管辖与被管辖关系，而是服务与被服务关系。

2014 年，他第一次到未来科技城看场地，当时周围还相对比较简单，但创业环境、空间展示以及未来前景都足以让他心动。2015 年初，思看科技新注册在余杭。当时这一片已经有了省委党校、阿里巴巴以及恒生科技园，其他都还是"一张白纸好作画"的可能。

最初，思看科技 8 个人的创业团队只有 200 多平方米的办公场地。33 岁的王江峰带着一群小伙伴，觉得什么困难都可以克服。出乎意料的是，从场地到人才到住宿都有政策配套，他们想到的、没想到的事情余杭都给了支持。

有一天早上，未来科技城人才和金融服务中心主任章志芳来串门了解企业难题，觉得思看科技办公场地不够，就鼓励他们要有前瞻性提前布局，于是帮着他们把场地扩大到 800 多平方米。在章志芳看来，未来科技城是个见证奇迹的地方，自己就见过很多企业迎来爆发期，保守心态的企业会受局限，不如未雨绸缪早做打算，为未来留出空间。

领导主动来企业串门，主动播撒阳光雨露，这的确是一种余杭特质。

2020 年新冠疫情初期，王江峰从上海请来专家马振华加盟，根据相关政策，两个月内临时住宿一站式解决，拎包入住。一手抓经济一手抓防控，啥事都不耽误。

2022 年，有员工要出国，当时买不到机票办不好签证，余杭区商务局主动上门，表示可以提供政府包机等系列服务，目的只有一个：不要影响企业发展。

如今的思看科技，已经发展成为同行业国内体量最大的一家企业，上下游企业的供应链也都在为余杭引流。政府看好思看科技这家技术密集型企业，正在对接几万方土地，推动自建思看大厦，也由此希望能引进更多人才。

"创新是立区之本，人才是立区之源。"余杭是一个极其包容开放的地方，这里英雄不问出处，很少让人感到排外，所以才让各路人才都汇聚到余杭发挥专长。

王江峰把新家也安在了未来科技城，如今这里已经成为杭州"城市重要新中心"，自己的生活与生产中心都设在这方宝地了。原来这里只是工作区，很多人都住在很远的地方。在他看来，余杭有很多新入人才，这里有活力、有想象力，充满机遇，足以梦想成真。思看科技的成长过程，也正是余杭高速发展的阶段，他喜欢这边的环境，无论自然环境、建筑外观、创业氛围还是生活圈子。

2022年，思看科技又在美国旧金山建了子公司。余杭区第一时间鼓励企业走出去，提供了诸如包机、金融等方方面面的协调服务，从物流、交通、法律等各个方面为"企业出海"提供支持与帮助。

3 光，是衡量新世界的尺度

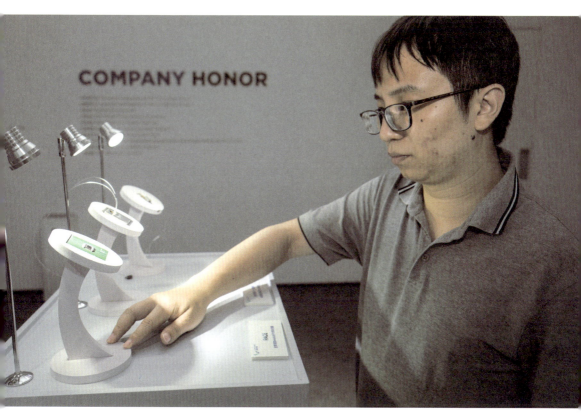

曦智科技创始人兼 CEO 沈亦晨

　　即使穷尽想象力，生活在 700 多年前的钱塘人吴自牧，也无法预知到，昔日居住了 120 万人、"鳞鳞万瓦，屋宇充满"的临安城，如今竟能容纳下 1200 多万人口。

　　但在 700 多年后的杭州青年沈亦晨看来，从前的南宋皇城临安更像是一个二维世界中的图景："要想让宋朝的一个城市，去承载一个 1000 万人口的日常运转，以那个城市的城市基建，几乎是一个不可能完成的任务。"

而现在，站在余杭区未来科技城中心位置、EFC英国中心的办公室中，曦智科技创始人兼CEO沈亦晨，正在物理世界中去完成一个曾经"不可能完成的任务"："让光参与到数据搬运中来，去突破摩尔定律算力极限——就像是给只有马路的城市，加上了地铁、隧道和高架桥。"

就在他脚下，这座以"未来"为名的城，正以肉眼可见的速度拔节生长——

天目山路留下隧道、文一西路隧道、地铁3号线、运溪高架路、杭州火车西站相继开通运行，成为城市发展的加速度曲线。

之江实验室、良渚实验室、湖畔实验室、天目山实验室等重点科研平台落地，就近布局科研成果转化空间。

全球数字经济创新高地、全球生物医药研发高地、全球未来产业发展高地、全球智能装备产业高地、全球科技企业和顶尖人才创新研发总部基地，正在被全力打造；量子科技、航空航天装备、新一代信息技术等前沿产业，也正在谋划布局。

光速，是建造物理学大厦的基础；光速，也是衡量未来新世界的尺度。

这座城，也正像沈亦晨所努力的事情那样，将以光的速度连接、聚合，并突破某种关于城市进化的想象极限。

在科幻小说《三体》中，三体人用"智子"来干扰人类的实验观测手段，以此来锁死地球的基础科学发展。在人类半导体的世界中，也仿佛存在着这样一个"智子"。

"集成电路上可以容纳的晶体管数目，大约每经过18个月到24个月便会增加1倍。"英特尔公司创立人之一戈登·摩尔的这个断言，既预言了50年之间半导体行业蓬勃发展、人类进入信息时代的"速率"，也似乎划定了半导体制程特征尺寸的极限——

　　计算芯片已经开始从 3 纳米向 2 纳米制程发展，而原子的直径约为 0.1 纳米，在 2 纳米的制程之后，物理、技术和成本的极限将无限趋近。换句话说，芯片已经很难做得再小，即便扩大面积，也会因为能耗的急剧增加而无法提高算力。

　　从 20 世纪 80 年代起，全世界的科学家们就开始努力寻找一种将光用于信息传递处理的方法，但相关的研究一直囿于高校、实验室。随着数字化与智能化的持续普及，人类对算力的需求依旧在急剧膨胀。如今，最大的神经网络模型，已经达到 10 年前的 15 到 30 万倍，对于算力的需求，已经越来越急迫。

　　2017 年，全球光学领域排名第一的期刊《自然－光子》发表了一篇封面论文，在学术界和产业界都引起了巨大的震动。这份学术成果的概念是，把传统电子信号转成光信号，让光信号通过光子芯片，并且控制这些光的干涉来进行计算，整个计算时间就是光通过芯片的时间：0.1—0.5 纳秒，这是电芯片计算时间的 1%。而这篇论文的第一作者，就是麻省理工学院物理学博士、来自杭州的年轻人沈亦晨。

　　沈亦晨的中学时光，在杭州外国语学校度过。那里给了他一个非常开放包容的环境去接触各种各样的知识。而沈亦晨最热爱的就是物理和数学，从那时起他就坚定了决心，要把热爱的东西一直做下去，做成一番非凡的事业。他也是个足球少年，在足球场上，他学会了团队协作。物理、数学和足球，似乎预示着他未来的成长轨迹。

　　"在杭外积极向上的良好氛围中，我有了这样的价值观：不会去问别人'应该做什么'，而是更多地思考我要做什么，我怎么样能做得更好。"沈亦晨如是说。

　　后来，在麻省理工学院研究纳米光学的沈亦晨，在导师的影响下开始思考：在实验室里做的东西，怎么样才能够真正为人所用？

沈亦晨（左）的研究方向，是利用光的特性来做人工智能运算

　　读博期间，正好是人工智能开始快速发展的时期，人工智能模型需要的算力越来越高。沈亦晨意识到，深度学习不同于以往的逻辑运算，它大部分都是线性运算，是否能利用光的特性来做人工智能运算？于是就有了后来的成果。

　　沈亦晨的论文，成为光子计算芯片发展的一个里程碑，在学界和业界都掀起了巨大反响，投资人、科学家纷纷登门。2017年，沈亦晨走出实验室，在美国波士顿创立了光子芯片公司曦智科技。经过两年初创期后，沈亦晨开始考虑在中国发展团队。

　　"从公司的商业规划来看，中国在全球半导体应用市场中占有很高的比例，特别是在人工智能、大数据时代，中国有非常大的算力和应用需求。杭州的数字经济发展很快，对于算力的需求也很大，对曦智科技的发展来说，是必须重视的市场。"沈亦晨说。

得知这个消息后，有很多地方都向他伸出了橄榄枝。"我本身是杭州人，现在家就住在余杭区，从中学毕业后我就离开杭州去海外求学，自然就想到了家乡。"

2020年10月，曦智科技和余杭区未来科技城签订了落地协议。

如果说，这个时代众多的科技创业者是一条条"金鳞"，那么，找到最适合自己的那片风云，正是扶摇化龙的关键点之一。从余杭再次出发，沈亦晨面对的世界有多大？

多年来，余杭区大力推进全国数字经济先行区建设，数字经济发展连续多年全省领先。其中，人工智能产业是余杭区的重要发展方向，以全力构建省域未来产业发展高地为目标，余杭逐渐形成一条规模能级不断提升的人工智能产业链。

2021年，余杭区人工智能产业规模已超百亿元。到2022年，全区共有超百家企业进入数字工厂、未来工厂培育梯队。数字工厂培育企业35家，其中5家数字经济企业入选首批省级"数字工厂"标杆企业名单；共有67家制造业企业入选省市未来工厂体系，其中，省级未来工厂试点1家，省级智能工厂（数字化车间）认定10家、培育4家，市级智能工厂认定1家、培育7家，市级数字化车间认定1家、培育43家，云端工厂培育6家。余杭人工智能产业群入选省级"新星"产业群培育名单。

而人工智能的三大核心要素之一就是算力。在人工智能技术当中，算力是基础，支撑着算法和数据，进而影响着人工智能的发展。算力源于芯片，通过基础软件的有效组织，最终释放到终端应用上。

"从产业痛点来说，我们看到现在越来越多的数据中心正在建设当中，而实际上数据中心的实际使用效率并不是很高，大家往往都是按照最高的需求来配置硬件资源，但在实际应用中，大多数时候的需求并没有那么高。"沈亦晨分析道，"同时，数据中心的能耗在社会总用电中占的比例正在越来越高，如何在提升算力的同时又能保证绿色节能，是很多数据中心都要面临的问题。"

沈亦晨和他的团队正在努力的事，就像在建造一个未来的"新型工厂"。光从物理属性来说，包括速度快，不发热，不产生能耗，在线性运算方面有着显著优势，正好契合人工智能发展的需要。利用光的物理优势，曦智科技从底层的计算架构上进行创新，利用光的特性，替代一部分电的功能，如线性运算、数据传输。

一方面，光能够提供更高的算力，提升芯片单位面积上的计算性能；另一方面，降低单个芯片内部、芯片和芯片之间、板卡和板卡之间、服务器和服务器之间、机柜和机柜之间的传输速度和损耗，大大提升整个数据中心的运行效率，使各类硬件之间的算力应用更加灵活，同时帮助整个系统来降低功耗、节约能源、符合低碳绿色的战略发展路线。

光子芯片的这些优势，与人工智能数据中心的性能追求非常匹配，更与余杭区一项重要的"未来产业"非常契合。余杭区与杭州城西科创大走廊管委会联合创建的"杭州城西科创大走廊人工智能未来产业先导区"，成为浙江省首批省级未来产业先导区，力争到2025年，形成基础雄厚、协调发展的人工智能技术、产业、应用和生态体系，建成产业竞争优势显著、创新要素高度集聚、产业配套体系完备的全国一流的人工智能未来产业先导区。

曦智科技这座"新型工厂"落地在余杭，不仅面对就近的广阔市场，还有它的上下游产业链。对于刚从实验室走出来的创业者来说，这或许就是那片最适合产业化实践的"风云"。

2021年，曦智科技不负众望，发布了高性能光子计算处理器——PACE（Photonic Arithmetic Computing Engine）——单个光子芯片中集成超过10000个光子器件，运行1GHz系统时钟，运行特定循环神经网络速度，达到目前高端 GPU（图形处理器）的数百倍。

现在，曦智科技的团队已经在全力以赴准备下一款新产品，这款产品将可以第一次实现商业场景的应用。他们将把发展重点落在技术转化和产业落地上，让前沿技术尽快实现商业化落地。

"对于我们这样从实验室走出来的学术型博士创业者，最大的挑战就是要跨越从实验室到产业化这个鸿沟。"沈亦晨说。在实验室里的科学家，往往会为了实现一项技术突破而不顾一切，而一家商业公司则要求创业者转变思维，尽早实现技术转化。

尽管曦智科技早在美国创立，但回到国内，面对不一样的环境，其实称得上是二次创业。除了创业团队在成长过程中要保持耐心，在面对不确定的风险和困难时有强大的信心，沈亦晨团队这颗"金种子"，在余杭也得到了园丁般悉心的浇灌。

早在曦智科技刚刚到来时，未来科技城管委会就非常重视，在公司选址时，管委会给予了大力帮助，不仅为曦智科技的上海团队提供了前期的临时办公空间，此后还积极为公司对接余杭区各相关单位，并专门针对半导体企业在发展中会遇到的困难进行过多次商讨，多次来公司走访和听取意见。

"未来科技城各个部门对我们做的前沿技术很感兴趣，公司早期所需要的资源支持以及对于人才的相关政策，都对我们起到了很大的帮助作用。"沈亦晨说，"余杭是一个飞速发展的区域，对于新事物的接纳与包容让我感到非常灵活。在杭州这样一个数字经济飞速发展的城市，余杭区是走在非常前面的。"

激活创新动能，离不开人才支撑。由于光子芯片不管是在科研还是产业领域都极为前沿，要找到契合的人才并不是那么的容易。曦智科技杭州公司的业务主要偏重在市场和软件方面，除了客户比较集中外，也考虑到

吸引沈亦晨在余杭创业的动力之一，是这里有着涵盖各领域的完整人才谱系

杭州的软件人才相对较多，此外，包括电子、模拟、封装等硬件工程师团队也都有所布局。沈亦晨说，余杭的人才政策梯度非常全面，不同类型的人才，尤其是海归创业人才，都能够找到相应的人群。

在余杭区，有着涵盖各领域的完整人才谱系，推行"领军人才＋创新团队＋人才项目"一体化引培模式；探索"院校＋园区＋龙头企业"协同创新合作模式，共建产业创新联合体；推行科技成果"沿线入链"创办企业模式，以人才集聚带动产业集聚。在打造最优生态上，余杭区不断推进一体化、国际化、数字化人才服务，实现人才服务一站办理，深化"人才贷＋人才投＋人才保"金融服务，迭代人才项目全生命周期管理系统，持续打造"热带雨林式"的人才生态系统。

"余杭最吸引人才的地方就是创新的氛围。人才来了之后要在这里长期发展，有这样一个良好的氛围，才有可能产生更多的化学反应，让人才真正发挥出自身的价值。"

在沈亦晨的期待中，余杭在未来能够更多地关注人才落地后的发展所需，更深入地了解不同行业的发展规律，也需要有足够的耐心去培育任何一个产业，让各种各样的人才依托这个"未来可期"的平台去发展。

人才的期待，就是余杭的目标。为了真正打造人才创新核心区，余杭区推出了"顶尖人才引领""平台重器支撑""助推产业发展""最优人才生态"四大专项举措，通过外引内培并举，加大顶尖人才培育力度，形成"头雁"蓄水池，并通过实施"青年英才引育"工程强化人才腰部力量，打造人才雁阵格局。

2022 年，余杭区政府联合《麻省理工科技评论》中国版，在杭州未来科技城共同成立了一个"全球青年科技人才杭州之家"，希望未来能够将更多优秀的青年人才与杭州产业发展深度融合，实现"双向奔赴"。

余杭区的"奢望"，是到 2025 年，全区人才资源总量突破 50 万人。

沈亦晨带领的曦智科技，正和众多瞄准未来产业的科创企业一起，如点点星光，在余杭汇聚成一条"科创动能强劲、科技精英荟萃"的璀璨星河。

"未来，科技的原始创新力，会是余杭这座蝶变之城硬实力的重要体现。"

曦智，晨曦中的智慧，也正是沈亦晨对余杭的期望。

4 让中国研制的数智咖啡香飘世界

万事达及其 JAVA 品牌，从创立之初就兼具国际视野和民族情怀

进门奉茶，一茶一坐，向来是中国人的待客之道。

2022 年 11 月 29 日晚，在摩洛哥首都拉巴特，"中国传统制茶技艺及其相关习俗"通过评审，正式列入联合国教科文组织人类非物质文化遗产代表作名录。西湖龙井与径山茶宴，作为"中国传统制茶技艺及其相关习俗"的重要组成部分，双双入选"人类非遗"，从此日月同辉，成为杭州茶界的"双子星"。

径山茶宴之所以名闻天下，其实还是与"人才"有关——唐代法钦禅师在径山开山种茶，以茶醒神助禅，茶宴逐渐形成，并流传至日本，成为日本茶道之源；28 岁的陆羽也慕名而来，在苕溪之畔隐居写成《茶经》，使茶由饮而艺而道，终成一代"茶圣"。法钦和陆羽都不是余杭人，一个来自江苏昆山，一个来自湖北天门，却都在余杭取得了巨大的成就。千年以前，余杭就是一个有着巨大包容力的地方。

茶是东方的，咖啡则是西方的，合在一起正好是"喝杯东西"的最佳意境。

只是，很少有人会想到，在余杭这样一个中国传统文化底蕴极其深厚的地方，竟然会有一家专门生产智能咖啡机的企业，被指定为 2008 年北京奥运会唯一咖啡机供应商。

2008 年，举世瞩目的北京奥运会举行前，来自全世界各地的几十个一流咖啡机品牌，展开了激烈的角逐。组委会以盲选的形式，对工艺、安全、口感等多道环节进行层层筛选，最终，一个名为 JAVA（中文品牌名为"鼎瑞"）的咖啡机品牌力压群雄，成为北京奥运会指定咖啡机供应商。一时间，JAVA 咖啡机引来诸多同行羡慕、好奇与不解的目光。

这个此前名不见经传的中国咖啡机品牌，为何能从众多国际大牌的竞争中脱颖而出？

尤其令人惊诧的是，JAVA 的出品方万事达（杭州）咖啡机有限公司（以下简称"万事达"），当时成立仅仅 3 年时间，与国外那些有着几十年甚至上百年历史的同行相比，不过是一个初出茅庐的新手。更重要的是，向来喝茶胜过喝咖啡的中国人，怎么会把咖啡机这种"洋玩意儿"也搞得这么出色呢？ JAVA 咖啡机这次"一战成名"的品牌传奇背后，究竟只是命运的一次偶然垂青，还是有着值得深入探究的奥秘？它是从哪里冒

万事达（杭州）咖啡机有限公司董事长杜伟

出来的呢？

"我一直想做一种可以融合中西方文化的产业。"万事达的创始人杜伟如是说。他拥有加拿大硕士学位，在北美有过将近 10 年的生活与工作经历，"喝咖啡"早已成了他的日常习惯。在他看来，咖啡不仅仅是商品，也是一种文化符号。他希望打造一个品牌，让国人能够从"喝咖啡"这件日常小事中实现东西方文化的交流。同时，国内智能咖啡机的自主设计研发及产业化领域的市场空白，也让他明确了回国创业的方向。

20 世纪 90 年代，杜伟曾经在机关单位里有着一份稳定工作。但他并不安于现状。在某次出国考察时，他看到了当时国内外信息技术存在的巨大差距，意识到自身知识的匮乏与短板，便萌生了出国留学深造的想法。于是，他果断辞职远赴加拿大求学，并在圭尔夫大学取得了工商管理学硕士学位。

毕业之后，杜伟希望能选择一个有无限发展前景的行业。在尝试了多份工作后，他进入了维多利亚咖啡集团（Vittoria Coffee Group）。这是加拿大连锁咖啡供应商和分销商第二杯（Second Cup Ltd）旗下品牌，总部位于加拿大安大略省，拥有 280 多家门店。

咖啡这个市场有着近乎无限的发展前景，在美国、德国、巴西、法国等全球主要咖啡市场，年人均咖啡消费杯数为 449 杯，而中国年人均咖啡消费杯数仅为 9 杯，但是增速极其迅猛。天眼查 app 显示，中国目前有超过 18 万家咖啡相关企业，咖啡市场正进入一个高速发展的阶段，预计到 2025 年，全国市场规模将突破 1 万亿元。

"这是一个充满激情的行业，一旦你冲进来就很难再出去了。"

显然，杜伟最初的选择是对的，自此他如鱼入海，潜心在咖啡行业开拓。他从基层开始打拼，凭着中国人特有的一股子勤恳坚韧的拼搏劲头，很快便崭露头角。

2004 年，杜伟以突出的工作业绩入选维多利亚咖啡集团董事会，成为公司合伙人之一兼首席运营官，负责咖啡机系列产品的研发设计，以及集团在亚洲市场数个投资项目的评估与实施。短短数年间，杜伟就成长为一个既了解产品又通晓运营，熟谙咖啡行业全产业链运作的复合型人才。身处市场前沿的丰富实践和管理经验，使杜伟对世界咖啡产业的发展脉络了然于心，也逐渐形成了自己成熟的行业理念。

在他看来，咖啡并不只是一种大众商品，更重要的还是一种文化符号，能够成为促进人际交流的有效介质。他萌生了回国创业的想法，希望在自己的努力下，能推动国人通过"喝咖啡"来与世界接轨，促进中西方文化的交融。

时光回溯到 2005 年，在杭州良渚一间普通厂房里，新成立的万事达开始了创业征程。尽管企业的"外壳"看上去颇不起眼，但它的"内核"却并不简单。起初，公司的创始人、董事长杜伟最想做的是消费端的咖啡文化而非技术硬件端的咖啡机生产。也正是那一年年底，星巴克在上海成立中华区总部，全面开拓中国市场。到 2006 年 2 月，星巴克在全球已经拥有了超过 9000 家连锁店，成为消费端的巨无霸。

杜伟几经思索，考虑到咖啡机的核心技术大多由西方国家掌控，中国在这方面缺乏专业的制造能力，特别是智能咖啡机的生产更是处于落后地位。受技术短板的制约，比喝茶复杂很多的咖啡文化难以融入普通大众的日常生活。由此，杜伟决定先走自主研发之路，立志打造中国人自己的智能咖啡机品牌，从源头上解决咖啡行业本土化发展的瓶颈，让国人能从方便快捷地做出一杯纯正的咖啡开始，感受并习惯于饮咖啡的便捷与情致。

在最初物色回国创业的地点时，恰好当时杭州各区人才办都纷纷在海外举办各种形式的活动，宣传中国的海外引才计划，为回国创业人才提供开放优惠的政策机制。身为浙江人女婿的杜伟，自然而然地对杭州情有独钟：作为一座经济发达的现代化都市，这里既有坐拥西湖风雅的秀美，又有放眼钱塘潮涌的气度，兼具闲适通达的格调，这方向来被封为"茶都"的宝地应该也不会拒绝咖啡文化。

杜伟谋定而后动，于 2005 年回国后，马上开始了智能咖啡机的自主设计研发及产业化布局。万事达就这样因缘际会地落户在杭州北部的良渚。很快，杜伟主持设计开发了具有国内完全自主知识产权的智能咖啡机，并于第 2 年正式推出了 JAVA（鼎瑞）咖啡机品牌，填补了国内全自动咖啡机市场的空白。

很多初识者都好奇，万事达研发的咖啡机品牌为何叫作 JAVA？

Java，是印度尼西亚爪哇岛的英文名称，该地因盛产咖啡而闻名。Java，也是重要的计算机程序设计语言，许多类库名称正与咖啡有关。命名为 JAVA，在国际上可以形成很高的品牌辨识度和认可度。JAVA 的图形标识设计，就是一杯正冒着热气的咖啡。

JAVA 品牌的中文名"鼎瑞"也别具匠心。"'鼎'字有'煮器'的意思，'瑞'则有'好'的寓意。我们想做一个'好的煮器'、一台'好的咖啡机'。"而这也刚好与良渚文化中悠久的农耕文化内涵有相似之处。"咖啡对很多人来讲，代表的是一种对生活品质的追求。杭州是一座生活品质之城，这与我想要打造品牌文化的初衷不谋而合。"

好的品牌必然需要好的产品支持。于是，杜伟带领他的创始团队，从技术研发到外观设计，再到产品功能，每一个环节都精益求精，取得了多项具有业内先进水平的发明专利和设计专利，成功地将研究成果转化为产品，也将 JAVA 系列品牌咖啡机推向了市场。

在北京奥运会一举夺魁后，杜伟并没有志得意满，止步不前。此时，他迎来了一次听起来很有诱惑力的机遇——当时一同参与奥运会竞标的某日本家电产业巨头，看中了 JAVA 咖啡机冲泡系统以及软件开发上的核心竞争力，主动提出想要合作。这对创业不久尚在艰难前行的万事达来说，是能够快速盈利直接套现的良机。不过，对方的要求却是让万事达放弃自有品牌，而为日方品牌进行接单代工订制。杜伟毅然放弃了这次合作，因为他的目标明晰而坚定——万事达不能只是赚钱的代加工厂，而要做一流的中国自主品牌。

杜伟以"咬定青山不放松"的劲头，潜心打造自己的咖啡机品牌。在他看来，咖啡不只是一杯消闲的饮品，还是一种文化象征。他希望能心无旁骛地生产出顶级的咖啡机，做出纯正的咖啡，让更多的国人爱上喝咖啡，丰富生活方式。他更想向世界证明中国数智咖啡机的研发及制造能力，让中国品牌的咖啡机能出现在世界各地的日用场景中。

"真正做好一个企业要有耐心，要一步一个脚印地积蓄能量，才能厚积薄发。"

为了让JAVA品牌跻身世界前沿市场，杜伟并没有急于在国内大张旗鼓地营销，而是带领研发人员攻坚克难，相继推出一系列拥有专利技术的咖啡机，力争在国际市场上提升中国品牌的话语权和知名度。为了保证产品的高端品质，杜伟从一开始就设定了国际水准的质量要求。万事达成为国内同行业中首家通过欧洲权威化学检测 REACH 法规审查的企业，通过了众多国际认证，也获得了 ISO 9001:2015，ISO 14001:2015 体系认证。

正是以这种精益求精的良渚"琢玉精神"，由万事达研制的 JAVA 全自动智能咖啡机迅速赢得了行业口碑，一个个商业合作接踵而来——国际著名公司 JDE（Jacobs Douwe Egberts）指定咖啡机供应商；首家入驻麦德龙卖场的国产全自动智能咖啡机品牌，与家乐福、国美、百盛等商业集团建立战略性合作……

凭借这种硬核实力，继 2008 年北京奥运会后，JAVA 品牌又连续在多个举世瞩目的国际盛会的供应商招标中折桂——成为 2010 上海世博会推

杜伟立志打造中国人的智能咖啡机品牌，让国人能快捷地做一杯醇正的咖啡

荐咖啡机；2014 北京 APEC 峰会咖啡机供应商；2016 杭州 B20、G20 峰会指定咖啡机供应商；2017 金砖国家领导人厦门会晤指定服务商；2018 上合组织青岛峰会指定服务商；2023 杭州第 19 届亚运会指定服务商……每一次参选竞标，都要经历严苛的遴选过程，万事达顺利地通过了食品安全、防爆、性能测试等各项检测。一杯杯方便快捷地由 JAVA 泡制出的醇香咖啡，让世界各国的参会者啧啧称赞。

经过多年的研发，JAVA 旗下产品已经涵盖了全自动意式咖啡机、半自动意式咖啡机、研磨一体式咖啡机、商用现磨咖啡机等多个品类。无论是高效萃取的意式咖啡、均衡醇厚的美式咖啡，还是浓郁顺滑的拿铁、绵密香浓的卡布奇诺，各种风味的咖啡都可经由万事达的智造科技，实现无缝切换、一键供给。

万事达的咖啡机成功打开国际市场的金钥匙到底是什么？做出一杯咖啡后面的技术到底有多复杂？

在公司的介绍里这样写着：杜伟带领团队成功开发了双锅炉加热系统、

防结块料粉搅拌系统、模块化功能控制系统等核心技术，还依托创新型智造工厂，拓展了冷热双温独立控制系统、自动落盖系统、管路自动清洗系统、远程管理系统等，由此为无人值守自助式场景化应用提供了关键性的技术支撑。掌握这些前沿技术的万事达一跃成为无人咖啡零售行业的领先企业。

尤其为业界称道的是，万事达投入 1000 多万元研发经费，历时整整 4 年攻克技术难关，成功研制出一款土耳其式多功能胶囊咖啡机。它的先进之处在于，这是全球首台运用机械手技术撕开胶囊的多功能咖啡机，能以一体化的数智技术替代传统的冲泡程序，将制作一杯土耳其咖啡的时间，从原来的 10 分钟直接缩短到了 45 秒。它以全球首创的自动去皮进料方式，在胶囊进入机器后自动拆除密封，将里面的咖啡粉全部投入冲煮器内，让咖啡粉能得到 100% 的利用。通过背靠背测试，其调制的咖啡口感和人工冲泡的几无二致。

咖啡机有多复杂都不重要，关键是要让人用起来觉得很简单。这台机器之所以能打开国际市场，就因为它把做一杯土耳其咖啡的时间节省了整整 9 分 15 秒，全球独一份！

也正因如此，这款胶囊咖啡机被称作"填补了世界咖啡行业的技术空白"。在米兰国际咖啡展会上，它获评"最佳创新产品奖"，树立了中国品牌在国际上的领先地位。它被誉为"颠覆性地改变了千百年来饮用土耳其式咖啡的传统方式"，可以满足中东国家 4 亿多人的实际需求。凭借这款咖啡机，万事达顺利打开了"一带一路"沿线市场，短短半年时间便销售了几万台，其专利技术还出售到该区域的相关国家，实现了服务贸易的新突破。

万事达及其 JAVA 品牌，从创立之始就兼具国际视野和民族情怀。

"一带一路"之外，万事达智能咖啡机已经铺设了四通八达的海外销售渠道，覆盖欧洲、南美、南非以及美国、加拿大、澳大利亚、土耳其、韩国、日本等 90 多个国家和地区。

在国际市场上逐步站稳脚跟后，近年来，万事达重新开始布局国内市场，谋划通过品牌建设、科技创新协同发力，实现国内国际"双循环"的发展战略。

这样的创新故事乃至产品传奇，在万事达其实层出不穷。在坚守技术创新之路的同时，杜伟始终要求将提升用户体验作为研发的第一方向。

比如，针对新时代青年对咖啡口味、颜值、趣味花样翻新的高要求，万事达推出了一款全自动手冲咖啡机，其外观设计是超酷的工业极简风，可自由调节水温、水量与流速，低速研磨的陶瓷磨盘可让使用者自由调控磨豆粗细，匀速旋转注水萃取环节加上了经典的 V60 滤杯设计。既能保障出品稳定、萃取高效，又充分满足了年轻人的个性化需求。

此外，万事达还推出了一款意式研磨一体半自动咖啡机，它不仅能够实时感应和调控温度，还能在强劲蒸汽作用下打出绵密奶泡，让消费者轻松体验咖啡拉花的乐趣。伴随着 5G、VR/AR 等新技术的进一步成熟与应用，万事达把握智能消费的风口，对智能产品的开发进行重构，以智能全自动咖啡机等硬件设备为基础，积极构建无人服务的咖啡饮用场景新生态，通过强化"让现磨咖啡无处不在"的品牌主张，努力带动咖啡消费方式的革新。

正是这种"让创新无处不在"的精神，真正让这家位于余杭的企业做到了"万事达"。

在浙江省经济和信息化厅公布的人工智能典型应用场景和优秀解决方案（产品）名单中，万事达的"智能无人售卖现磨咖啡机"成功入选。这款咖啡机以智能零售终端为载体，融合物联网、人工智能、大数据应用技术，切合智能零售时代趋势，实现无人工参与、无接触流程、IOT 智能物联网监控，直观诠释了"智能、便捷、品质、科技"的现磨咖啡消费理念。

有过多年北美生活经历的杜伟（右），一直想做一种可以融合中西方文化的产业

它不止亮相于中国国际进口博览会、博鳌亚洲论坛等重量级盛会，还入选了杭州第 19 届亚运会智能应用项目清单。它围绕亚运智能服务场景，分别在杭州亚运村与运河亚运公园提供了便捷科技的高品质现磨无人咖啡机服务，以"AI+ 制造"的硬核为"智能亚运"助力。

创新的背后是人才。万事达的核心研发团队目前有 25 人，他们来自世界各地：在意大利米兰有设计工作室，在美国洛杉矶、底特律开设了海外子公司，在加拿大也有专门的研发团队，一直在世界各地网罗着咖啡机研发设计领域的优秀人才。

谈到万事达未来的发展战略，杜伟特别强调了"轴心力"，那就是紧紧围绕"价值创造"，坚持在核心技术上不断突破，精心打磨企业的"定海神针"。万事达将在智能制造与数字化应用领域持续发力，积极探索并拓展新产品、新技术、新应用。在产业发展模式上，以咖啡行业全价值产业链运营为特色，在智造升级、核心技术、产品设计及质量方面跻身全球行业一流水平，同时发力部署上游原料产业和下游服务销售端产业，继续积极布局相关渠道、拓展经营模式与消费场景。

全自动咖啡机不像其他品类的家用电器，拥有普及化的生产、销售、使用、维护环节和完善的供应链。它在国内算是新生事物，还有很多难关呕待打通，而且国人对咖啡及咖啡文化还有一个适应的过程，各供应链也需要发展、维护和扶植。杜伟表示，当前万事达最重要的任务就是继续在技术上保持领先地位，在市场上体现出真正的高性价比。

"我们必须阻击国外品牌对国内市场的掠夺性占领，我们有责任给国内消费者更好的产品。不光是销售设备，我们还应该提供全产业、全链条服务。"

2021 年 5 月底，在余杭区政府的大力推动下，总建筑面积达 45000 平方米的万事达咖啡文化产业园在良渚新城正式开工。项目总投资 2.2 亿元，将打造集设备研发制造、咖啡产业设计中心、咖啡机实验中心、国际品牌展示等为一体的综合性产业服务平台。

杜伟从创业之初便念兹在兹的"咖啡文化产业"，逐渐从理想的愿景变为正在实施的蓝图。这个咖啡文化产业园位于寸土寸金的良渚新城，依托创新浙江互联网＋智造优势、杭州湾大湾区国际化优势与城北新区良渚天然人文优势，将打造集设备研发制造、咖啡产业设计中心、咖啡机实验中心、国际品牌展示等为一体的高质量综合性产业服务平台，为万事达打造国内咖啡行业全价值产业链生态提供硬核支撑和强力引擎。建成之后，这里可承接万事达旗下智能咖啡机的生产，年生产规模能逾 30 万台。

万事达立志通过升级产业布局，将咖啡文化产业园项目建设成为行业全产业链数字化智慧运营平台，为区域咖啡产业发展提供云平台、大数据，构建咖啡产业的大数据服务生态圈、就业创业生态圈、金融生态圈，着力打造咖啡文化大数据产业，助力社会经济协调发展；力争以品牌化、数字化、高端化形象，在国内外市场上亮出杭州咖啡文化的新名片。

回顾自己扎根良渚的创业历程，更见证着良渚古城遗址 2019 年申遗成功，成为实证中华五千年文明的圣地，杜伟由衷赞叹这块土地的巨变，也感恩这方土地给予的滋养与支持。

"我很喜欢良渚这个地方，"杜伟说，"在这里，我可以专心做我喜欢做的事情。"

10 多年来，余杭区历任领导都十分重视和支持万事达的发展。各级部门对口服务，及时宣讲相关政策，介绍外部资源，提供资金扶持，落实生活保障。还对企业聘用人员给予外国专家和引进人才补贴，提供住房和房租补贴，解决子女上学问题等等，真正解决企业困难和员工的后顾之忧。在政府相关部门的组织申报下，万事达荣获"杭州市企业高新技术研究开发中心"以及"国家高新技术企业"称号。这些认定均为万事达持续创新产品技术、提升产品开发能力、提高企业综合竞争力提供了有力支撑。

2020 年开始，因全球蔓延的新冠疫情，万事达的海外业务受到严重影响，企业发展遇到了前所未有的瓶颈。余杭区政府雪中送炭，帮助万事达解决了 1000 万元额度的信用贷款，并给予了贷款贴息的优惠政策支持；还帮助企业搭台阿里巴巴淘宝直播平台，举办各类直播带货活动，加快了万事达产品"出口转内销"的步伐，有效助力万事达开拓国内市场，解决了企业面临的最具体的困难。

2023 年 11 月，第六届中国国际进口博览会在上海国家会展中心盛大开幕，超过 3400 家参展商报名，其中有近 300 家世界 500 强和行业龙头企业参展。来自余杭区良渚新城的万事达携旗下 JAVA 品牌全线咖啡机产品再一次精彩亮相，这也是万事达连续第六年参展进博会。展台上，JAVA 全自动意式咖啡机、半自动意式咖啡机、意式胶囊咖啡机、土耳其胶囊咖啡机、商用现磨咖啡机、无人售卖咖啡机、桌面制冰机、磨豆机、奶泡机等产品一应俱全。

如今，咖啡在消费端火了，越来越多的创业者开始投身咖啡行业，连锁品牌、创业品牌以及个人咖啡门店如雨后春笋般涌现。到 2023 年 6 月，瑞幸门店数量已经开到超过 1 万家，星巴克超过 7000 家，库迪咖啡、幸运咖等门店数量都超过了 2000 家。开店热潮的背后，赛道中的创业者越来越多，行业也越来越卷。

咖啡哪有创业苦？这是许多投身咖啡行业的创业者的内心独白。而杜伟和他的团队从没觉得苦，他们在良渚这方热土上研制出中国品牌的数智咖啡机，让人可以随处快捷地品尝一杯香浓的咖啡。

他们的体会是，余杭的创业氛围也像万事达的智能咖啡机，是用最温暖的心思和最快捷的效率，让创业者都能用最简单的方式喝到一杯最醇正的咖啡。

径山之巅的径山禅寺，自南宋起就成为江南"五山十刹"之首

第三章

天下无病，生生不息

天下无病，这恐怕是最朴素也最奢侈的人间愿望。

生命，宇宙中最灿烂的光华，值得我们用毕生的努力去守护。

医药知识的起源是人类集体经验的积累，也是在与疾病斗争中产生的智慧。自古代人类从植物、动物、矿物中发现万物相生相克的那一刻起，就对医药从未停止过探索的步伐。

良渚是中华五千年文明的实证地，这块土地上的先民们很早就形成了古老的医药观，包括医疗诊断和衣食住行等诸多方面。

骨锥、骨簇和管状针为良渚古人常用的医疗器具，其用途为针刺、放脓、放血、挑刺等，说明良渚古人会实施一些简单的手术治疗。崧泽·良渚文明一处墓地中，发掘出了一批特殊的人体骨骼，牙齿显示出人为拔除的痕迹，部分骨骼显示出墓主人生前患有颈椎疾病。

良渚古人还会使用药用植物来防病驱虫，食用煮熟或烤熟的食物；为预防血吸虫病，还大量挖井，以得到干净的饮用水。

衣着是卫生文明的标志，湖州钱山漾良渚文化遗址中发现了丝织品残片，开启了世界丝绸之源，对人类的进化和社会的嬗递意义深远。

由于气候潮湿炎热，良渚古人学会了建造干栏式木结构建筑，房屋周边开挖水沟，使用苇席、席箔和竹席等，可使上层居室干燥、透气，有益于人们的身体健康。

在今天，如何让普通的中国百姓都能用得起生物新药？是摆在生物制药领域这群海归面前的一道难题，也是埋藏着巨大空间的产业未来。

要知道，生物医药产品的研发是一个复杂、漫长且成本高昂的过程，需要大量的人才、资金、设备和数据来支撑。据统计，一个创新药品从发现到上市，平均需要 10—15 年时间，耗费 20 亿—30 亿美元资金。而且研发成功率很低，只有约 10% 左右的候选化合物才能够进入临床试验阶段，只有约 1% 左右能够最终获得上市许可。

1982 年的秋天，美国食品药品监督管理局（FDA）批准人类历史上第一个基因工程药物胰岛素上市，由此生物制药登上了历史舞台。经过短短的 40 多年时间，至今已有 100 余种生物药物被批准上市，用于治疗肿瘤、心脑血管疾病、糖尿病以及各种传染病等。

生物制药最大的特点，是能充分运用生物现有的这部精良机器。

在生产上，利用它们的高效能提高生产效率，比如 1982 年的胰岛素，就是运用大肠杆菌的基因工程表达取代原先效率极低的在动物脏器中提取分离。

在治疗上，也具有传统化学药物无法实现的功能，比如抗体药物，它们可以特异地识别体内的肿瘤或者病毒进行精确攻击，生物制药的高效性很突出。

2010 年，《国务院关于加快培育和发展战略性新兴产业的决定》将生物制药产业列为我国七大战略性新兴产业之一。生物制药因此成为医药产业最前沿的领域，也是当下最为活跃的创新产业之一。

近年来，我国生物制药产业整体呈现蓬勃发展的良好态势，已经实现从"仿制为主"向"跟随性创新"的转变，并先后组建了新型疫苗、蛋白质药物、抗体药物、生物靶向药物国家工程研究中心，建设了国家基因库，形成了较为完备的产业创新体系。虽然产业发展迅速，但一些关键环节的短板，仍然制约了产业高质量发展。

2023 年杭州市独角兽（准独角兽）榜单公布，来自余杭的微脉、阿诺医药、德适生物、杰毅生物、瑞普基因、畅溪制药等多家生物医药企业入选榜单。这是余杭生物医药产业阵营的一次出彩亮相，也从侧面彰显了余杭医药健康产业稳中有进的创新力。

余杭生物医药产业生态圈聚焦创新药研发、先进医疗设备及器械制造、"互联网＋"专业健康服务三大产业方向，力争到 2025 年生态圈产值规模突破 500 亿元。

为此，余杭每年安排最高 1 亿元以支持省级实验室建设，同时对生物医药企业完成三期临床试验的给予最高 7000 万元的补助，目标就是"天下无病，生生不息"。

1 与糖为敌的人

微泰医疗器械（杭州）股份有限公司创始人兼董事长郑攀

4月的一个下午，微泰医疗器械（杭州）股份有限公司（以下简称"微泰医疗"）创始人兼董事长郑攀博士在一幢红砖大楼里接受了采访。

采访过程中，他充满自豪地展示了公司的产品——动态血糖监测仪，就戴在他自己的身上。之前有一篇报道说他要"做好中国动态血糖管理的普及者"，看来，郑攀确实身体力行地在做这件了不起的事情。

在这10多年中，微泰医疗成功地研发出了全球首款"无导管、贴敷式、半抛型"的智能胰岛素泵系统，还有中国首批"14 天、实时、免校准"持续葡萄糖监测系统。这家扎根于杭州余杭区的企业正在以全球尖端糖尿病器械领域先行者的角色走向广阔的市场，越来越深远地影响着全球糖尿病管理模式。

早在 1992 年，因获普利策奖的科普名著《枪炮、病菌与钢铁》而出名的美国加利福尼亚大学洛杉矶分校医学院教授贾雷德·戴蒙德（Jared Diamond），就在《自然》杂志上撰文说："中国人的生活方式正在发生巨大改变，糖尿病将引发严重的公共健康问题。"

戴蒙德的预言在当时没有引起足够重视，今天中国人的现状却不幸被"戴蒙德预言"言中：据权威部门调查报告显示，中国不到 10 个成年人中，就有 1 个糖尿病患者；每 2 个成年人中，就有 1 个属于糖尿病前期。中国糖尿病患病率超过美国，患者人数超过印度，成为名副其实的糖尿病第一大国。

"中国成年人中有一半人已经处于糖尿病前期。你想象一下，如果这些人未来全都转为糖尿病患者，那将会对中国的医疗体系带来多大的冲击？国人目前的生活方式已经和糖尿病的发生率高度切合，每一个中国人都有成为糖尿病人的可能性。"

美国一项研究预测，到 2050 年，全球糖尿病患者与 2021 年相比将翻一番，达到约 13 亿人，各国患者都会有所增加。根据国际糖尿病联盟的数据，中国成人糖尿病患者也在逐年增加，2021 年约为 1.41 亿人，较 2019 年增长约 21.55%，位居世界首位。

这是一个惊人的数字，也因此就能感受到微泰医疗所做事业的非凡价值。

"我们落户到余杭非常幸运，海创园管委会一直非常理解和支持我们。"

2010 年 10 月，郑攀回国以后，先后到上海、江苏等省市，还有杭州的滨江、下沙、余杭等各经济开发区考察创业环境。他偶然在报纸上看到海创园的广告，就一路打听着来到了这里。当年文一西路还没有完成拆迁，海创园就只有孤零零的几幢大楼。12 月的湿冷冬天，又是下雨，又是下雪，然而招商办的小伙们却给了郑攀很深的印象——

"感觉他们也在创业之中，虽然条件艰苦，但人充满朝气，无比热情，说话直奔主题。问他们哪里有厂房？就直接带我们去看。效率很高，很有感染力。我感觉味道对了，这里创业的氛围很浓，大家都是一副劲头十足的样子。"

郑攀被这种气氛所感染，很想用笔写下当年那种场景。"其实，我年轻的时候从没想过要当企业家，相反，我非常想当个作家。直到现在，我还会去买《收获》回来看呢！"

郑攀，1971 年出生于浙江省金华市。他高考时，正是"学好数理化，走遍天下都不怕"的年代，学理比学文的吃香，所以他虽怀有一颗热爱唐诗宋词之心，却走上了理工科之路。本科及研究生毕业后，他在省级机关当了几年公务员。不甘生活的平淡，他继续求学深造，获得了美国佛罗里达州立大学的全额奖学金资助，专攻生物微米机电系统的研究，2004 年，取得机械工程博士学位。

在美国留学及工作期间，郑攀热爱户外运动，特别是一些带有冒险性的运动，比如骑山地自行车、登雪山和攀岩。他曾数次去攀登优胜美地公园那座全球最大的花岗岩巨型独石。

郑攀开玩笑说："我自己回国创业后攀岩少了，所以积劳成胖。往事只堪回忆，现在我正在全力攀登创新创业的高峰。其实，搞科研和攀岩很相似，无非是一个在户外山地，一个在工厂和实验室，都需要勇气和胆识。"

郑攀始终给人一种"正在攀登"的印象

郑攀的研究方向是微电机系统及其在医疗器械领域的应用，在医疗器械产品设计及制造方面积累了丰富的研发经验，研究成果被国际同行多次引用，项目曾获美国国家实验室等机构提供的百万美元科研资助，而且还成功研发了国际首创微米级硅泵，主持和参与研发的多种先进医疗器械及电子产品都在全球成功上市。

"其实，做医疗器械并不容易，虽然都在医疗行业，做医药的相对单纯也可以做得很深入，而做医疗器械就不同了，广度很重要，要将机械、生物、材料、电子等综合起来，是个杂家。我们掌握的核心技术全球领先，不但可以打破欧美医疗器械巨头在胰岛素泵及耗材市场的垄断，而且我们还可以掌握定价权，大幅降低产品成本。产品在投入市场使用后，受惠的首先是中国的糖尿病患者。"

国际糖尿病联合会（IDF）于2021年发布的《全球糖尿病地图（第10版）》显示，2021年，在全球的20—79岁人口中，糖尿病患病人数约有5.4亿人，全球因糖尿病导致的相关消耗接近1万亿美元。糖尿病已成为全球患病人数最多的慢性病之一，在给人类健康带来巨大威胁的同时，也给各国患者及医保体系带来了沉重的经济负担。

2011 年初，微泰医疗正式在海创园成立，主要从事第三类医疗器械研发、生产、销售及维护。郑攀的办公室就在园区办公楼的一角，无论是否周末，那盏灯经常亮到半夜。

郑攀观察到，传统血糖监测手段主要包括指血血糖监测和糖化血红蛋白检测，两者在血糖管理方面都存在一定的局限性。指血血糖监测只能提供单个时间点的血糖值，犹如盲人摸象，无法反映血糖变化全貌；而糖化血红蛋白水平反映的则是过去两三个月的平均血糖水平，无法反映日间的血糖波动以及高低血糖情况，无法对即时血糖控制方案调整提供依据。只有实时的动态血糖管理才能将连续监测的数据进行汇总分析，以此形成能提供更多血糖信息的动态血糖图谱，从而更全面地反映患者的血糖控制情况，为优化控糖方案提供有力的数据支持，对于指导糖尿病治疗有非常重要的意义。

在此之前的很长一段时间内，中国动态血糖监测系统产品主要由国外企业提供，中国患者的经济负担较大。为打破技术壁垒，微泰医疗在 2016 年开始正式立项动态血糖仪项目，并于 2021 年在国际知名期刊《糖尿病科学技术》上发表了《微泰 AiDEX® 动态实时持续葡萄糖监测系统上市前临床有效性和安全性》的研究成果。

微泰医疗的研发团队投入极大的心血和时间，打造出了中国唯一一款在欧洲和中国两个重要市场先后获批的"14 天、实时、免校准"的持续血糖监测系统（CGMS）。该系统实现了免刺手指、实时传输血糖数据等功能，能够让患者实时掌握全面、真实的血糖波动情况，并具有高低血糖报警和预警功能，在降糖安全性、准确度、患者体验度等方面均已媲美欧美一线品牌，良好的性价比在更好地帮助患者恢复健康的同时也减轻了他们的经济负担。

微泰 Equil® 贴敷式智能胰岛素泵是微泰医疗的另一款重磅产品。目前，

郑攀将自己的事业与中国人的健康关联在一起

国内 1 型糖尿病（T1DM）患者主要是通过针管注射胰岛素来控制血糖水平，每天注射次数可能会达 4 针之多，而且无法做到精准控糖。而微泰贴敷式胰岛素泵只有普通火柴盒大小，可贴敷于身体的任何部位，价格则仅为同类进口产品的 1/3，费用一般患者也能承受，经济实用。

贴敷式使用，能更好地模拟人的胰腺工作原理，无外露导管，无需每天注射，便捷且具备良好的隐私性，能在很大程度上减少患者的血糖波动，减少并发症的发生。微泰贴敷式胰岛素泵通过一系列创新技术，满足患者不同生活场景需要，如聚餐、运动等，不仅使糖尿病人生活更自由，且能够将血糖控制达到最佳化，从而更好地享受生活。这款为国内数以千万计的糖尿病患者带来精准、方便且用得起的拥有自主知识产权的民族品牌产品，引起了广泛关注。

"这不算小，我们曾经做出一毫米大小的微米泵。"郑攀自信地说，"我们掌握的核心技术全球领先，不但可以打破欧美医疗器械巨头在胰岛素泵及耗材市场的垄断，而且我们有自主定价权，可以大幅降低产品成本，让中国乃至全球的糖尿病患者受益。"

对研发型企业来说，人才补给及技术支持是重中之重。

2011年创业初始，郑攀很快组建了技术团队，人员配置非常优秀，14人的核心研发团队中，4位拥有博士学位，5位拥有硕士学位，而且主要来自美国硅谷和国内著名企业，有着良好的专业声誉、行业背景以及丰富的中美高科技企业管理经验。最有意思的，是他原来在美国的老板多尔·马克（Dore Mark），也跟着他来到中国，加入了他的团队。

"那时候，我给他看杭州的风光照片。他看到西湖的美景，得知我们创业初始就能获得资本支持，非常振奋，一个月内就从美国辞职加盟了我们，举家落户到杭州！"

余杭区近年来不断出台的人才新政，能帮助微泰医疗吸引到全球的优秀顶尖人才，对公司新一代的产品研发注入了新鲜血液。

"因为自己是首次创业，本以为创业就是自己的事情，对外部的政策支持原本不太在意，后来才发现余杭这里的引才环境真正非常不错。具体来讲，一是真金白银，只要符合相关条件要求的，直接给企业发放补贴，十分讲究诚信；二是真刀真枪，对高层次人才的支持不遗余力，包括生活上的补助政策不玩虚的，人才公寓、子女上学等等配套都会帮忙解决；三是真心真意，上上下下的领导与工作人员对人才都会高看一眼。他们有一句话，叫'我们负责阳光雨露，你们负责茁壮成长'。就是说我们为你们做什么，你们能为这座城市做什么？"

正因为如此，不断有来自国内外顶尖院校和全球医疗科技巨头企业的精英人才加入微泰医疗的技术团队，这让郑攀非常庆幸当初创业落地的

一路走来，荣誉无数，未来人类健康的星空还有待探索

选择。微泰医疗还在浙江省政府支持下成立了"糖尿病检治器械省级重点企业研究院"，与浙江大学联合成立了柔性电子联合研发中心，成为国家"十三五"重大专项子课题研究的承担单位，也为浙江当地培养了多位青年领军人物和科技人才。

"余杭有山有水，人杰地灵，有包容性有前瞻性，对于创业者来说，这些条件无比重要。因为创业千辛万苦，九死一生，包容就是最重要的支持。"回首公司在未来科技城发展的12年，作为第一批入驻企业，从当初的2幢楼到今天的8幢楼，微泰医疗与未来科技城同频共振，同生共长，许多故事至今都难以忘怀，都值得写入未来科技城的史册。

2011年1月的一天，大雪纷飞，管委会工作人员一站式服务，将公司相关材料送到临平市民中心，那时对企业注册流程尚不熟悉的他，就是在这样"一对一"的贴身服务指导下，用短短 2 天就办好了全套工商手续，让公司顺利落户。

还有一年，未来科技城为海外人才举办中秋晚会，本以为就是一般的联谊和交流，没想到现场工作人员直接拨通了创业者远在大洋彼岸的家人的视频电话，让他们和美国的家人们互诉衷肠，在惊喜之余止不住热泪盈眶。晚会现场，郑攀随口提到了自己的妻儿，结果他们竟然第一时间就出现在他的面前。原来管委会赶在晚会之前，就派人把他们从上海接到了余杭，想要给他一个惊喜，"这让我感觉很突然，园区无微不至的关怀确实让人很温暖。"

投我以桃，报之以李。作为海归创业的代表，郑攀更是不遗余力地以自己的切身经历来宣传余杭，尽自己所能多参加海归项目评审会，用自己的专业能力为在余杭建成创新创业高地积极建言献策。每每回到硅谷去参加创业聚会，郑攀也总会不厌其烦地推介余杭这片创新创业的热土。因为他的微泰医疗就在这里生根，与人分享经验时就显得格外有说服力，现在他已经为余杭引进了不少海外高层次创新创业人才。

作为省政协委员，郑攀积极参政议政。2017 年，他又出任余杭区首届新的社会阶层人士联谊会（简称"新联会"）会长，经常组织全体会员联谊学习，增强凝聚力，提高贡献力，开拓创新力。此外，作为致公党杭州市委会副主委、明志海创联盟会长，他也多次组织开展系列活动，与在杭的海归组织之间建立广泛联系，积极参与引才引智项目，产生了良好的社会影响。

在深耕糖尿病监测、治疗领域 10 余年后，微泰医疗的产品已获得了患者、专家和资本市场的广泛认可。2021 年 10 月 19 日，微泰医疗于香港联交所主板上市，成为首家在香港联交所上市的主营业务为糖尿病医疗器械的公司，也是未来科技城第 15 家上市公司。作为国内首家贴敷式胰岛素泵医疗器械公司，截至当日收盘，微泰医疗报30.5元/股，与发行价持平，市值为129亿港元。

郑攀在庆祝仪式致辞中表示："今天，微泰医疗成功在香港联合交易所主板上市，我心里充满感恩。感谢一路走来给予我们坚定支持的用户、投资者、政府各级部门和领导以及各界朋友。登陆港股，仅是我们微泰医疗迈出的一小步，未来人类健康的星空还待我们去探索，我们要以奋斗者的姿态，不忘创业初心，在这美好的时代，始终砥砺前行，驶向未来广阔的星辰大海！"

人工胰腺是微泰医疗下一阶段的重点研发方向，可实现动态血糖监测和胰岛素泵之间的闭环控制，并根据患者实时血糖水平来自动调整胰岛素输注量，从而真正模拟人体胰腺器官的功能。人工胰腺产品开发难度极大，在硬件、算法精度、临床安全性等方面要求极高，是糖尿病器械领域皇冠上的明珠。通过微泰医疗坚持的人才引领，创新驱动的理念会持续为中国的糖尿病患者更加自由健康的生活做出贡献。上市，只是走向未来的一个新起点。

微泰医疗敲钟上市的同时，郑攀也见证着未来科技城从乡下的几幢楼跃升为今天的人才聚集地、城市新中心。他说，余杭区的定位就是科技人才集聚和突破的地方，这里必将成为先进工业制造群、生物医药和新材料的创新基地。

"一个地方的发展，不是看你有多少高楼大厦，而是要看这个地方的科技水平、人才集聚和产业的引领。"

郑攀，这个名字就是"正在攀登"的意思。

2　通则不痛，这是最简单的道理

归创通桥医疗科技股份有限公司创始人、董事长兼 CEO 赵中

归创通桥——归来、创业、打通、桥梁，四个字大有深意。

通，则不痛。在归创通桥医疗科技股份有限公司（以下简称"归创通桥"）创始人、董事长兼 CEO 赵中的眼里，畅通就是运动的目标，运动就是生命的意义。运动对于创业人士来说意义相当重大，创业是个体力活，需要充沛的体力与饱满的精神去应对创业中的各类挑战。他还科普了一下运动最适合的标准——3个3，即：每周至少运动3次，每次运动至少30分钟，心跳一定要过130。

他与运动的结缘，还得从初中时被诊断出心肌炎说起。那时候国家的医学水平不如现在发达，单纯依靠激素治疗，导致他身体逐渐浮肿。他想摆脱疾病的困扰，于是开始注重体育锻炼，从跑步、打球开始，养成了良好的运动习惯并一直保持到现在。

"从前一场滑雪事故，导致我肩膀受了伤，无法再进行游泳、打球等运动，有朋友建议我去跑步。一开始跑5公里都困难，循序渐进地去训练，并找老师纠正跑姿，后面就开始参加马拉松。所以，循序渐进非常重要，有一个科学方法也非常重要。"

2012年回国，赵中在未来科技城创立了浙江归创医疗器械有限公司；关于"归创"的涵义，就是"归国创业，报效祖国"。此后几年，赵中又联合其他几位海归人才在珠海成立通桥医疗科技有限公司；"通桥"二字，有架起尖端科技与民生福祉之间桥梁的意思。后来，两家公司合并重组为现在的归创通桥，注册资金达到2亿元。

目前，归创通桥已经建立了丰富全面的产品线布局，研发了一系列具有自主知识产权、达到国内甚至国际领先水平的产品。公司自主研发的多款产品已获准在国内及欧盟上市，并计划进入美国市场，以 UltraFree®DCB 和蛟龙®颅内取栓支架为代表的创新产品获得医生普遍认可和市场欢迎。

自2012年在余杭创业以来，赵中博士和他的团队一直致力于开发血管类介入创新全产品线解决方案。现在公司已成立"血管类医疗器械省级重点企业研究院"，产品线涵盖脑血管疾病治疗和管理，特别是脑卒中、脑血管动脉瘤等重大疾病，动脉粥样硬化、深静脉血栓、髂静脉压迫综合征、血透通路等外周血管疾病。其中，包括填补国内空白的药物洗脱外周血管支架系统和药物洗脱PTA球囊扩张导管等血管类高端医疗器械，专门针对

"脑卒中"的颅内取栓支架和动脉瘤栓塞弹簧圈等。

2021 年 7 月 5 日，归创通桥正式登陆香港联交所，成为余杭区首家香港 H 股上市的人才企业。归创通桥也是国内唯一在神经及外周血管医疗器械领域获得欧盟 CE 标志并实现商业化的医疗器械公司。

转瞬之间，赵中回国创业已历 10 年。十年磨一剑，赵中既见证了未来科技城的神奇崛起，也看到自己的归创通桥取得了跨越式大发展。公司已经快速完成 A、B、C 轮融资，共募集资金超过 10 亿元。曾获 1997 年诺贝尔经济学奖的斯坦福大学迈伦·斯科尔斯（Myron Scholes）教授也是归创医疗最初的"天使投资人"。

所有这一切，都堪称"顺势而为"的中国奇迹。

赵中生于四川绵阳，从小在外婆身边长大，外公是个文化商人。他跟着外公看有关国学或传统文化的线装书，博览群书的他从小志向高远，立志做一个有益社会的人。1990 年，赵中研究生毕业，托福考了满分，成功申请到美国约翰霍普金斯大学深造学业，仅用了 5 年半时间就完成了生物医学工程硕士和博士学位，还以第二名的成绩获得最有难度的优秀学生培养奖学金。

"每个人必须尽自己所能为社会做贡献，有能力贡献三分，就贡献三分；有能力贡献七分，就贡献七分。"谈到自己选择回国创业，赵中提及，他的姓"赵"是百家姓之首，名"中"与华夏相同，这或许是一种与生俱来的家国情怀和社会责任感在驱使他。

"刚开始的一两年做得很辛苦。"赵中说。海归创业者普遍对国内的创新创业环境比较陌生，一没资源，二没人脉。赵中最终选择落户余杭，缘起于一场未来科技城海创园组织的项目答辩。当时他因为刚回国，用中文表达的语速比较慢，讲了不到 7 分钟就被打断了，但他丝毫不介意。"没关系，那我讲快一点。"很快他就把自己参与答辩的 3 个项目介绍完。项目本身都是好项目，最终也顺利落定下来。

"余杭最吸引我的地方是真诚，工作人员耐心介绍扶持政策，对接项目落地、'保姆式'办事指导，让我有足够信心实现目标。"

近几年，国内在心血管介入领域的技术相对成熟，国内支架产品也基本完成了进口替代。但在冠脉支架以外的介入产品，如外周血管支架等，我国的技术仍有待进步，存在较大的进口替代空间。随着老年化社会的到来，心脑血管和外周血管疾病患者逐年增加，对优质医疗器械产品的需求也日益增加，市场空间不断增大。

令赵中感到最欣慰的，是自己的创业初衷正在得以实现。

"目前公司开发的药物洗脱外周血管支架系统、药物洗脱 PTA 球囊扩张导管和颅内取栓支架系统三个产品，都获得了国家药监局创新产品绿色

做医疗企业，最大的价值就是让人能看到未来

通道认证。其中像外周血管支架产品，2016 年底获得 CE 认证，2017 年上半年就成功销售到法国、意大利、比利时、希腊等国家，不但有力地实现了国内市场产品的进口替代，还同步打进了国际市场，初步实现了我和团队'归创'的使命。我们要成为全球领先的医疗器械创新企业，以创新为企业的生命力，把企业不断做优做强，做民族企业中的'百年老店'。"赵中说。

在中国传统文化里，医者需以仁心悬壶济世，做好医疗器械亦是如此。生命在于血液流动。如果血管堵塞，在药物无法有效治疗下，就需要器械介入，在毫厘间架起生的希望。做好此类医疗产品，必须具备对生命的敬畏之心。

打破进口垄断，让"天价"变"平价"，既是大国市场的市场优势也是企业长久发展的根基。"在有限的生命、有限的时间内，做出患者需要的、有质量的产品来替代进口产品。"谈及愿景和初心，赵中如是说道。

"我有两个没想到：第一是没想到公司在没有创造业绩也没有贡献多少利税的情况下，仍获得了贷款和用地；第二是没想到土地划拨如此顺利。"

赵中所说的事情，是 2017 年归创通桥获得了 8000 万元贷款支持，同时也拿到了用于支持公司产业园建设的 20 多亩土地。当时，规划中的归创通桥产业园毗邻杭州西站，属于未来科技城核心区域。在众多追求者中，这块土地最终花落归创通桥，足见余杭区对人才创业及其产业方向的高度认可和殷切希望。

归创通桥产业园占地近 23 亩，3 幢主体建筑建筑面积近 38000 平方米，其中用于洁净生产的区域达 10000 平方米。园区功能配套设施不仅涵盖生产、实验和办公需求，更设有外周及神经介入全产品展览厅、多媒体多功能会议厅、员工餐厅、休闲书吧、室内健身房以及茶水间，户外设有 600

米左右的环园跑道等。依托于现代化的企业实验室与创新孵化中心，归创通桥还与浙江省以及全国的高校、医院与医疗科研机构强强联合，与血管介入领域的专家、学者共建行业领先的产学研医工结合创新平台。

"创造性地贯彻落实、创新性地转变发展"，一直以来都是余杭区人才工作的准则，并先后出台了《杭州市余杭区高层次人才分类认定办法》《余杭区关于加快中小企业"专精特新"培育提升的实施意见》《余杭区支持人才创新创业财政政策的实施细则》等文件，对于各类人才的待遇可谓诚意十足。普通人够得着的技能补贴也是全面且友好，例如，拿到保安上岗证就可享受每月千元的补贴，诸如茶艺师、厨师、汽车维修技师等技能人才都可获得相应补贴。

2022年11月6日，归创通桥迎来了自己成立10周年的纪念日。

10年前，赵中博士怀揣着为患者带来更多高质且平价产品的初心，以及为国内血管介入医疗器械行业添砖加瓦的热忱，毅然选择回国创业。

10年后，归创通桥一跃成为国产神经及外周血管介入医疗器械公司中的佼佼者，研发了一系列具有自主知识产权、填补国内外空白的产品，令越来越多的国内患者重获幸福与安康，为"国产替代"的潮流贡献力量。

为了庆祝这一值得纪念的时刻，公司举行了一系列活动，包括在全国各大城市及海外举行的畅跑活动、全员线上知识竞答、10周年庆典暨家庭开放日等。在10周年庆典现场，归创通桥发布了全新的IP形象"跃仔"，象征着公司将永葆一颗向上向前的跃进之心，在追求卓越的过程中始终不断超越自我。

来自杭州总部和珠海、北京、上海、苏州办公室及分布在全国甚至海外的同事们，都选择用奔跑为公司庆生。2022年11月2日，归创通桥举行了"畅跑！杭州站"活动。公司管理层及员工从创业初期位于科技大道（云联路）的"老厂"出发，沿途一路跑进公司刚刚投入使用的归创通桥产业园，

赵中最喜欢跑步，办公室里有许多不同款式的跑鞋和运动手表

寓意着归创通桥走过的 10 年创业之路。

　　奔跑，是一种姿态，更重要的是选准最适合自己的赛道。那么，归创通桥奔跑创业的 10 年，是一个怎样的赛道？

　　归创通桥是国内唯一一家在神经及外周血管医疗器械领域获得欧洲共同市场的安全标志（CE）并实现商业化的医疗器械公司。目前的治疗领域包括急性缺血性脑卒中（AIS）、颅内动脉瘤、颈动脉狭窄、外周动脉和静脉疾病及透析相关疾病。

　　其中，急性缺血性脑卒中即所谓的"中风"，主要因脑动脉血栓或栓塞性闭塞引起。一直以来，中风是中国人与神经血管疾病相关的死亡第一大病因，每年有超过 250 万新发病例，且由于人口老龄化及生活方式问题，中风死亡人数仍在不断上升，预计 2030 年将增至 580 万例。

由此，也催生出一个巨大的神经介入医疗器械蓝海市场。归创通桥的蛟龙颅内取栓支架便是治疗中风的一种微创器械，能帮助医生准确捕获血栓。有数据表明，中国缺血性脑卒中治疗手术的数量，预计将由 2015 年的 13.5 千台于 2030 年增至 881.3 千台，市场经济规模达到 371 亿元。

脑卒中是全球高死亡率与高致残率的疾病。在中国，脑卒中是 2019 年与神经血管疾病相关的最大死亡原因。尤其是在老年人口中，中风是一种非常普遍的疾病。如果有手段可以有效治疗，那么它不仅具有商业价值，还兼具社会价值。

作为扎根高端医疗器械制造业的海归企业家，赵中深深感到了肩上的责任，同时也对行业和企业未来的发展更有信心。来到未来科技城 10 年，这里新增了超重力实验室、阿里达摩院、阿里总部等新兴科研机构，创业氛围浓厚，基础设施齐备，人才配套完善。赵中真正见证了余杭 10 年的变迁，也有幸参与了余杭的蝶变。引进归创通桥，大到人才创新创业所需要的资金支持，小到人才住宿的生活环境，未来科技城用心地种下了一片梧桐树林，从政策、资金、服务、配套等多方面全方位服务，以此引来更多"金凤凰"。

身在余杭未来科技城，赵中深知自己的使命就是面向未来而生："希望在有限的生命、有限的时间内，做出患者需要的、有质量的产品来替代进口产品。"

做医疗企业，最大的价值就是让人能看到未来。

3　用激光精准消融病灶

杭州佳量医疗科技有限公司董事长曹鹏

　　"如果不是因为余杭，我可能不会去创业，也没想过成为一名企业家。"

　　第一次来未来科技城的场景，曹鹏至今还印象深刻——自己一个人拿着一份商业计划书，向在场的未来科技城管委会工作人员，介绍着自己未来的创业项目。

　　"这个项目很具前瞻性，是对传统治疗方式的一次突破。按照传统治疗手段，身患难治性癫痫、脑胶质瘤、脑转移瘤、放射性坏死等神经外科疾病的患者，需要通过开颅手术切除脑深部病灶。但我带来的新项目，是利用全新的微创激光热消融技术，借助立体定向精准穿刺技术及术中磁共振实时测温技术，实现对病灶的精准消融。"

简单理解他的创业项目，就是冰雪消融乃见春，用微创手术代替开颅手术。这也意味着，手术风险与治疗成本降低，并且可治疗的疾病类型更多。

技术突破带来的利好有多大，也就意味着难度有多大。但未来科技城的工作人员很专业，对生命健康产业的细分领域很熟悉，一听完曹鹏的介绍，就对项目很期待。短短 1 个月，他就在未来科技城的全程帮助下，完成了在海创园的企业注册。

来余杭之前，曹鹏在知名大企业 GE 医疗工作，开阔的大平台有令人羡慕的机会，优质的科研资源也碰不到太大风险。"但这样永远只能做一颗螺丝钉，我希望能有更多突破。"

2018 年 9 月，世界首例经右心房三尖瓣介入瓣膜 LuX-Valve 手术顺利实施，救治了一名无法实施外科手术的三尖瓣重度反流患者。手术中使用的正是由曹鹏团队研发的经导管人工三尖瓣置换系统。这标志着我国三尖瓣介入置换治疗技术迈上了一个新的台阶。

杭州佳量医疗科技有限公司（以下简称"佳量医疗"），由从海外归国的曹鹏博士领衔的管理研发团队创办，是一家致力于脑科学与神经外科领域前沿技术产业化的高科技平台型企业。公司建成基于先进激光技术平台 Glaser 以及基于创新脑机接口技术平台 BCMod，为多种神经系统疾病的治疗提供创新医疗器械解决方案。目前已开发的产品，包括用于微创手术的磁共振引导激光消融系统，用于治疗癫痫、帕金森、抑郁症等神经系统功能障碍的颅内植入式闭环神经刺激器，其中部分产品已进入正式临床试验阶段。同时，公司自主研发覆盖神经科学实验需求的科研仪器及耗材，为神经科学实验室提供一体化解决方案。

自 2020 年在余杭创业以来，佳量医疗发展可谓飞速，短短 3 年时间，就从 1 人发展到 200 多人团队，已申请专利超 150 项，其中申请 PCT（专利合作条约）18 项，凭借着对脑科学的深刻理解、出色的产品创新力、高效的运营执行力，引来了多家投资机构注资，目前已成为一家准独角兽企业。

而在创始人曹鹏看来，自己是借了余杭的力——未来科技城一直在打造生命健康高地，生命健康作为未来科技城三大重要产业板块之一，佳量医疗一来就享受到了这个红利。余杭的产业打造已经形成了聚集效果，生物医药的人才越聚越多。

曹鹏相信，生物医药将成为余杭区下一个发展高地。

佳量医疗的主要业务包括以下几块：一是公司以磁共振引导的激光消融系统为前提，建立了一个国内领先的 Glaser 高端激光医疗项目，首个产品 LaserRo 已经从原理样机到临床试验实现重大突破。二是神经调控板块，通过基于脑机接口平台神经调控的部门，开发出了国内首创治疗癫痫的闭环神经刺激器，目前已进入正式临床试验阶段。另外，公司还为神经科学家提供基础研究的工具和平台，比如光遗传的一些设备。

佳量医疗找到了适合自己的生态圈——余杭位于长三角"圆心地"，坐拥四大省级实验室以及多个领域的科研重器，GDP 总量领跑浙江。数字经济与生命健康等是余杭主导产业，余杭科创中心未来科技城积极推行"领军人才＋创新团队＋人才项目"一体化推行科技成果"沿线入链"创办企业，以人才集聚带动产业集聚。正是在这一引培模式下，佳量医疗不断取得突破性发展，在余杭发展可谓享尽"优惠"。

"万事开头难，对于我来说，好像一切都很顺利。"曹鹏回顾创立公司时面带微笑地说道。佳量医疗的开局可谓是"王炸"——参加 2020 年杭州市海外高层次人才创新创业大赛，获得全球总决赛二等奖（医疗器械第一名）并获奖金 300 万元，研发补助 1000 万元等。资金的大力支持让公司发展进入宽广大道。

"创办公司绝不是一件简单的事，场地选址、团队搭建、主体注册等等这些都非常烦琐，但未来科技城管委会的工作人员一直在支持和帮助我，甚至连公司的装修他们也积极参与，出谋划策。"曹鹏动情地说。在政府的帮扶下，公司迅速步入正轨，一切进展顺利。

激活创新动能，离不开人才支撑，余杭其实早就看明白、想清楚了这一点。

当前，余杭区正加大顶尖人才培育力度，并通过实施梯队人才计划，打造人才雁阵格局，高层次人才、科技领军型人才、优秀青年人才和团队的数量每年保持较大增幅。一个以高端人才、朝阳产业、未来中心为基础的科创平台由此孕育而生，从此成为新技术、新产业的孵化器。

在曹鹏看来，中国医疗器械的发展相比欧美国家相对较晚，现在医院用的高端医疗器械大多是进口，国产替代一定会是必然的发展趋势。我们过去的医疗器械发展经历了三个步骤：第一是做低端医疗器械产品；第二是从模仿逐步往中端去发展；第三是对标国外一线产品，从国外产品上轻微迭代再到全自主创新，这个过程一定离不开政府的支持。

"发展离不开科创平台的助推，一个好的创业平台是做好公司的基础。"曹鹏介绍公司发展方向时，对于余杭的"平台作用"如是评价。

以科创高地集聚顶尖人才，一直是余杭招才引人的大手笔。

2022 年夏天，余杭首次提出要建设杭州城市新中心："科技创新"居首位，推出"集聚顶尖人才""支撑平台重器""助推产业发展""打造最优生态"四方面重大举措，激发人才"源动力"，构筑创新策源高地，也为怀揣远大梦想的追梦人提供了"好风凭借力"任意翱翔的广阔天地。

一个好的科创平台是做好公司的基础

佳量医疗每年研发投入接近一个亿，资金主要来源于股权融资，目标是5年内完成企业上市。"风投机构资金的支持，一方面是对佳量未来的信心，一方面也是体现在对未来科技城的信心。"曹鹏说，对于在余杭创业的人，特别是在未来科技城落户的企业，往往自带一张金名片，那上面镌刻着信心、雄心和未来。

为进一步打造青年人才向往、产才高质量协同发展的人才新高地，余杭区还计划推出众创+创业、游学+实习、数字+就业、市场+引才的"4+"新举措。通过部门数据共享、流程再造，实现人才政策兑现"一网通办""一点即办"，多点完善人才服务专窗。优化完善区级人才分类认定目录，坚持凭能力、实绩、贡献评价人才，推动人才评价和认定工作更加科学化、体系化、精准化。

神经科学是近几年才发展起来的热门行业，目前在国内还没有一家上市公司，所以曹鹏觉得这个行业充满机会。从2021年开始，"中国脑计划"的推出意味着国家开始重视整个行业发展，有大量的科学家、创业者进入这个赛道。佳量医疗在整个赛道里算是一个重要选手，开始成为这个行业的推动者之一。

在曹鹏看来，佳量医疗相比其他同类型企业有三个重要优势：一是团队建设非常好，都是从国内外引进的高层次人才、海归博士和世界500强高管，具有非常强的执行力以及和一线优秀从业者跨境对话的能力；二是技术功底比较强，建立了Glaser高端激光平台，基于脑机接口的神经调控平台在国内处于领先地位，未来通过平台技术可以不断地诞生新的技术、新的产品；三是政策性优势，比如"中国脑计划"。公司有非常好的资源整合能力，目前正在与浙大、浙工大、华山医院、宣武医院等进行临床试验合作，相信公司能够很快在这个行业里占有特殊地位。

不过，曹鹏也清醒地认识到，佳量医疗的员工多为高学历知识分子，这么多人才聚集在这里，绝不仅仅是因为佳量医疗本身，也在于余杭科创大走廊对于年轻人才的吸引力。

事实如此，一家好的企业如果不在能吸引年轻人的地方创办，就注定不能发展成为一流企业。人往高处走，水向低处流，人才从来都向好的环境聚集。余杭区久久为功，在社会治理方面，多次取得平安建设的最高荣誉——"平安金鼎"；在环境整治方面，多次获得"五水共治"（河长制）工作"大禹鼎"。在余杭，能看到绿水青山、蓝天白云；能见识互联网"大厂"办公楼林立，科研重器虎踞龙盘，无限的创新活力似朝霞万丈；能感受日新月异的发展速度和引领未来的欣欣向荣。

"我已经说服妻子和孩子，举家从上海搬迁到余杭，把家安在了这里。未来科技城就是一座品质之城，宜业且宜居。"在谈及生活在余杭的感受时，曹鹏举了这样一个例子，相当于自己"用脚去投票"。

当初，他来到未来科技城其实是个偶然的机会，第一次来这边是因为一位朋友的引荐。最早见到的是未来科技城分管人才工作的领导们，他们建议曹鹏到未来科技城创业，认为这绝对是最好的选择。后来，他也觉得正如领导们所说，余杭区包括未来科技城在内所有的招商口、人才口、金融口等领导都是"店小二"式的服务。在这边创业确实加速了佳量医疗从落地到发展的整个过程，就是这样的契机让他真正扎根，成为一个"新余杭人"。

2020 年 3 月，曹鹏刚刚开启创业之路时，考虑到生物医疗企业的回报周期很长，需要耐心等待，余杭区给出了 5 年总共 1000 万元补助的扶持经费。这种长远眼光让曹鹏觉得很了不起。当然，想获得支持也需要严格评审，当时佳量医疗的磁共振引导激光消融微创手术系统获得了生物医疗组第一名。

此后，从研发到生产再到销售的全生命周期，余杭区都提供了相应的支持。为企业对接专业的知识产权公司提供咨询服务，举办知识讲座，还有雨露基金、产业基金等等专项基金，都用以配套解决企业融资需求等问题。

一个人口越来越多的城区，对生命健康的需求也越来越强。曹鹏所引领的这个领域，其实代表着生命与时间的赛跑——冬去春回，他的激光消融微创手术越来越多地应用到临床，就意味着能够拯救越来越多的生命、越来越多聪明的大脑……

4　数字化打造中国式慢病管理

智云健康科技集团创始人、董事长兼 CEO 匡明

"莫听穿林打叶声，何妨吟啸且徐行。"

苏东坡有首词《定风波》，其中这两句颇适用于形容智云健康科技集团（简称"智云健康"）。

智云健康，这家诞生于余杭的生命科技公司，瞄准数字化慢病管理领域，目前已成为中国数字医疗的领军企业之一，更有"中国慢病数字化管理第一股"的独特地位。

智云健康的创始人匡明出生于上海，获得上海交通大学通信工程硕士学位及剑桥大学贾奇商学院的工商管理硕士学位。作为英特尔的明星工程师，他曾发布过多项全球技术类专利。加入美国强生医疗集团后，更入选集团"全球高层次人才培养计划"，并作为强生全球战略部负责人，先后在欧洲和美国负责全球战略和新产品上市。

后来，匡明放弃百万年薪，选择余杭未来科技城作为其创业的起点。为何他选择归国自主创业，又为何锚定慢病管理？故事还要从他当年在英国剑桥大学的一段经历开始讲起。

他在剑桥大学就读期间，被安排到当地一家著名医院实习。在医院里，他被眼前的一幕深深震撼：在患者到达医院前，医生早已接收到病人在家期间的体征数据。见面后，两人却只在一间温暖的屋子里，闲话家常般轻松愉快地完成了整个就诊过程。在诊疗同时，医生对病人的下一阶段用药方案已经做出了大幅但精细的调整。

"您是如何完成诊疗过程的呢？"匡明好奇地问医生。

"事实上，慢性病治疗的关键是习惯，聊天的过程只是为了寻找数据变化的真正原因。"那个医生如此回答。

正是观察到这么一个看似简单随意，却能对病患做出更为精准诊断的诊疗过程，让匡明仿佛看到了中国医疗应有的未来。这也在匡明心中埋下了创业的种子——用创新打造中国式慢病管理，为中国医疗"减负"。

在匡明看来，互联网服务本质上就是把一个一个的信息孤岛连接起来，从而能够弥补医、患、药之间原本的信息割裂与不对称，从而提高运营效率，降低运营成本，最终能够让三者共同的治疗效果得到一定提升。

2014年，带着"数字化医疗"这样的创业思路，匡明在国内众多城市寻找企业诞生地，最终落址杭州未来科技城。

"选择杭州，选择余杭，选择未来科技城，是多种因素综合考虑的结果。首先是顶天立地，浙江医疗在国内处于领先地位，做事情有先发优势；第二是铺天盖地，浙江的互联网生态很好，杭州更是在全国处于领先地位，创业氛围好，人才生态好；第三是欢天喜地，就是余杭区政府对创业者非常欢迎，各种扶持政策非常积极且快速，领导思路开阔且灵活，创业者能实实在在地得到帮助鼓励，从生活居住到子女教育，都有很好的配套政策，让人才在这里的生活质量高于很多其他备选区域。"

截至 2022 年 6 月 30 日，已有约 2500 家医院安装了智云健康的院内 SaaS（软件即服务）产品"智云医汇"；逾 18.5 万家药店安装"智云问诊"SaaS 系统，覆盖中国逾 32% 的药店；与 23 家制药公司签约，公司合作库存单位（SKU）总数已达 29 个；互联网医院平台已拥有约 9.5 万名注册医生以及约 2650 万注册用户。

从余杭起步并发展，这就是智云健康拿得出手的亮眼数据。

匡明说："任何一家企业都无法脱离时代洪流，我们的项目能一步一步走到今天，某种程度上说是踩准了时代的脚步，我们应该感谢这个时代。"

2015 年左右，O2O（线上到线下的商业模式）发展如火如荼，任何一个领域感觉都可以插上互联网的翅膀，移动医疗也迎来了风口，数字化慢病管理甚至被称作"下一座金矿"。彼时仅专注糖尿病管理的 app 就有几百款，以至于市场称那段时期为"百糖大战"。2015 年，匡明的掌上糖医 app 问世，并在竞争白热化的移动医疗大战中脱颖而出。

随着平台积累的用户和各方面资源到了一个崭新的量级之后，匡明和他的团队意识到转型迫在眉睫。2016 年，公司转战医院"战场"，业务从糖尿病延展至慢病领域，发力医院端业务，启动医院 SaaS 系统，开始了 To H+To C（面向医院＋面向客户）模式。

随后，掌上糖医也全面升级为智云健康，并且继医院 SaaS 系统后，着手研发并上线了药店 SaaS 系统。与此同时，为了更好地满足慢病患者数字化管理需求，提升药品安全性与可及性，智云健康面向制药企业提供数字化营销服务。

彼时匡明创立的智云健康，通过自主研发的医院 SaaS 系统、药店 SaaS 系统以及先进的互联网医院平台，打通了医疗价值链上的主要参与者，包括医院、药店、药厂、保险、患者和医生，共同构建有深度的闭环生态，覆盖院内院外数字化慢病管理的全生命周期，成为数字化慢病管理行业的头部企业。

2020 年的时候，国家发改委明确要完善互联网＋医保的政策，将慢病的互联网复诊费用纳入医保的支付范围。匡明指出，此项政策给本行业注入了一剂强心针，也进一步鼓励了智云健康的发展。"国家对慢病越来越重视，这和我们智云健康希望做到医疗普惠，给予老百姓更多方便的目标是一致的。与此同时，互联网＋医保政策的落实，也能帮助智云健康真正实现慢病管理在线化的预期。这是时代给予的机遇。"

"数字化慢病管理这条赛道，一直是互联网医疗领域最具潜力的细分赛道之一。"作为一名工科男，匡明在做任何一个抉择的时候都十分理性。根据著名增长咨询公司弗若斯特沙利文的相关报告，中国数字化慢病管理的市场规模到 2030 年将达到人民币 18085 亿元，2020 年至 2025 年复合年增长率为 35.4%，而 2025 年至 2030 年的复合年增长率为 17.7%。

"我们通过赋能医院、药店、药企等医疗价值链上的参与者，最终让患者少花钱、少跑路。智云健康是做数字化慢病管理的，主要业务就是利用互联网技术对慢病管理效率和质量进行革新。多年的技术积累和应用，让我切切实实看到技术对于数字化慢病管理转型升级的促进作用，从而体现了我们自身的价值。"

一直以来，匡明都认为企业理应承担起有边界的社会责任。

医护人员以前要一个一个地统计病人的血糖情况，一个病区100多号病人，每个病人每天统计几次，这是一个巨大的工作量，而且容易出错。但智云健康的系统接入后，这个数据不用再手动统计了。这边护士测完，那边数据自动传到电脑里，自动整理追溯，而且可以同时部署到很多不同科室，去监测病人的血糖数据以及用药、医嘱等，帮医护人员省时省力。

2019年底，新冠疫情肆虐武汉后，智云健康接到火神山医院的慢病管理系统接入需求。匡明深感责任重大，当机立断组织起一个小分队，带着100台数字化慢病管理一体机和其他物资前往武汉支援。

智云健康在3天内完成系统部署，运用大数据和互联网技术帮助医务人员提升诊疗效率，极大程度地减轻了医护压力，为火神山医院提供了真

匡明（中）的理想，是做一家因创新而伟大的数字化慢病管理企业

实的数据和可靠的医疗依据；同时，开通线上免费义诊和讲座，利用互联网医院把医生和病人联系起来，解决了疫情防控期间慢性病患者就医困难的问题。这个小分队大年初六出发前往火神山医院，直到 2020 年 4 月 8日武汉解封才重新回到公司。

匡明表示："因为大家的努力，智云健康不仅挺过了疫情的冲击，也让我们创新的慢病管理系统以及便捷的互联网医院服务被更多的医院、药房、医生和普通患者了解与使用。我相信，努力肩负起更多的社会责任，这是企业经营者、商业服务者顽强的韧性之所在，也是中国的经济最终能走出困局，化危为机的希望之所在。"

新冠疫情对社会造成巨大冲击的同时也在潜移默化之间改变了人们的生活习惯。从 2020 年 1 月底至 2 月，智云健康的线上问诊量急遽增长。但在疫情逐渐趋缓后，智云健康的订单量并没有呈现大幅下降，只是出现了稍许下浮。这证明了人们已经开始习惯线上医疗诊断和疾病管理的形式，数字化慢病管理模式将在未来被更多人接受。

2022 年 7 月 6 日，智云健康在香港联交所主板正式挂牌上市，股票代码为 9955.HK。在杭州总部举办的上市敲锣仪式现场，杭州市委常委、余杭区委书记刘颖，智云健康创始人、董事长兼 CEO 匡明，董事李家聪，CFO 徐黎黎共同敲响了上市金锣，洪亮的锣声也标志着智云健康正式开启了未来发展的新征程。

匡明表示："上市是智云健康发展历程上的重要里程碑，也是新征程的起点。我们坚信，为用户提供核心价值，坚持长期主义，推动公司长远的价值成长，是绝对不会错的。我们会继续秉持我们的初心和愿景，投入研发，坚持创新，在健康中国的战略指引下，将我们的事业推向更长远的未来，做一家真正因创新而伟大的数字化慢病管理企业。"

作为一家深耕数字化慢病管理领域的公司，智云健康自 2014 年成立之初，便将技术创新、模式创新嵌入在了自己的成长基因里。从夯实底层技术基础到产品智能化升级，再到行业解决方案的应用落地，智云健康逐渐摸索构建起属于自己的慢病管理生态和商业模式，实现深度聚焦患者需求的智慧化、数字化、精细化的慢病管理服务，让优质医疗资源更加普惠可及。公司自主研发打造的医院 SaaS 系统、药店 SaaS 系统以及先进的互联网医院平台，不仅实现了医疗价值链上的互联，帮助医院提升了院内场景的慢病管理效率，而且进一步运用数字化技术、药店资源等，将医院服务延伸至院外，为诊前、诊中、诊后全生命周期的慢病管理提供应用支持，让人们日益增长与多元化的慢病管理需求得到更好的满足。

从解决慢病患者痛点的角度出发，在数字化重塑慢病管理生态的过程中，智云健康整合了医院、药店、药企、商保企业、患者和医生等医疗价值链上主要的参与者，打造上下游产业链共同参与的协同机制，形成可持续发展的新生态，一方面丰富了数字化慢病管理的标准和内涵，另一方面帮助医疗产业链上的关键参与者实现了创新和突破。

我国目前有近 5 亿慢性病人群，随着老龄化的发展，预计慢性病的人群将会进一步提升，那么慢性病管理数字化就尤为重要。从 2020 年到 2030 年，数字化慢病管理的复合增长率预计将达到 26%，数字化慢病管理市场规模的发展在未来 10 年将进一步加速。

"智云健康将始终以患者获益为核心，通过联合医疗价值链上主要的参与者，构建起以三甲医院为核心，社区服务中心为辐射点，药店及社区作为终端网点的健康服务体系，让医疗更普惠可及，辐射更多慢病患者。"

慢就是快，医疗也要"结硬寨，打呆仗"，这是匡明的心愿。

5 明天之前，我不是药神

奥默医药致力于打造一个具有国际竞争力的创新型医药企业

明天会怎样，是科学家最爱关注的话题，也是生命永远的追问。

有人说他像爱因斯坦，因为不修边幅，总是发型凌乱，像孩童般痴迷于自己喜欢的科研事业。有人说他像艺术家，气质里总洋溢着优雅而睿智的魅力。更多的初遇者会觉得他是一位科学匠人，目光睿智，质朴和善。

他就是杭州奥默医药股份有限公司创始人漆又毛博士。在他的带领下，奥默医药始终秉承"明日之药，康泽生命"的使命，致力于开发原创新药，填补麻醉、心脑血管、肿瘤等领域未被满足的临床需求，立志成为集研发、生产和商业化为一体的全球领先原创性生物医药企业。

经过 20 多年的不懈努力，奥默医药在为手术期、麻醉、心脑血管、神经和肿瘤等管线布局的多款原创新药，陆续进入正式临床前实验阶段。其中，自主研发的靶向性肌松拮抗剂奥美克松钠（Aom0498），是奥默医药的重点项目之一，是中国唯一、全球唯二的靶向性肌松拮抗剂，更是该领域的新一代创新药物。该项目曾获得国家"十二五""重大新药创制"、国家"十三五""重大新药创制"和国家"重大新药创制"科技专项 2020 的滚动支持，目前处于中国 III 期临床研究阶段，同时已开始在 FDA 申请临床研究。

奥默医药拥有国内外发明专利 30 多项，在研一类新药 10 多项，同时帮助其他药企完成了 100 多个产品的 NMPA（中国国家药品监督管理局）注册。此外，奥默医药在超分子领域建立了全球第一个也是唯一的原创新药平台 AMCDx（中国原创新药基地），公司还拥有浙江省高新技术企业研究开发中心、浙江药物一致性评价研究中心、杭州市院士工作站、"特色原料药及制剂技术协同创新中心"等多个创新研发平台，拥有基于结构生物学和计算机 AI 的药物设计与优化技术平台、超分子药物合成平台、创新药成药性评价技术平台。

奥默医药的创始人漆又毛，是一位经历坎坷、故事丰富的人。他祖籍江西宜丰，1952 年出生于杭州。出生时父亲还在厦门大学工作，护士就随便给他起了个名字"小毛"——杭州人称小男孩为小毛头，小女孩为小丫头。后来登记名字时，登记员看成"又毛"。这个名字误打误撞得来的漆又毛，长大后成为享誉海内外的生物医药科学家。

说起来，漆又毛出身于书香门第，从他爷爷开始，祖孙三代相继留洋

杭州奥默医药股份有限公司董事长、首席科学家漆又毛

并学成归国。爷爷漆璜毕业于日本早稻田大学。父亲漆竹生在法国，于巴黎大学学化学，师从居里夫人，一年后因身体原因转学法律，1940年获得巴黎大学法科博士学位，后来组织编纂了《法汉大词典》。

然而，漆又毛能够一路走到今天，却是一个小概率事件，完全凭他过人的才智和超人的拼搏，才为自己闯过了一路的无数"独木桥"：读中学时，学业中断，经历了上山下乡、修路挖矿，无论在哪一种处境里他都没有抱怨，而是拼命做得最好，总是获得工友和领导的深度赏识。在煤矿里，经过层层筛选，他获得了上大学的唯一名额。

进入江西大学后，漆又毛一边努力学习化学知识，一边做起了教辅的工作。经过与校方沟通，他获得了一次尝试考研的机会——只允许考一次，考不上就安心教学。结果，一试即中！他考上了中国科学院上海有机化学研究所，师承袁承业教授。

3年后，漆又毛硕士毕业，又顺利考取了袁承业教授的博士生。博士毕业后，漆又毛再次受到命运的眷顾。美国弗吉尼亚大学为了纪念本校第一个获得"金钥匙"的中国博士留学生袁开基（即中国科学院院士、有机化学家袁承业的父亲）毕业100周年，给了中方一个推荐留学生的名额。漆又毛幸运地获得了这个名额，并且获得了默沙东公司提供的每年1.7万美元的奖学金。多年之后，漆又毛对此依然怀有感恩之心，甚至把这份感情体现在公司名字中。

读博士期间，分配给漆又毛的课题是海风藤活性成分的提取。在订购完实验所需的层析柱和溶剂后，他便一头扎进了实验室。这一次，他一待就是7天7夜，被学校师生传说为"实验狂人"。

功夫不负有心人，漆又毛最后得到了2克提取物——海风藤酮，纯度高达90%。他用这些样品进行了化学修饰，获得了一系列可用于筛选的衍生物，顺利开展了血小板活化因子PAF受体拮抗药理实验。

　　由于实验进度快过预期，实验提前完成，漆又毛受导师推荐去往加州大学戴维斯分校开展第二段研究。这次的课题内容是天花粉蛋白的解析，水解和相关短肽合成。在这里以及后来的美国基因实验室，他先后完成了天花粉蛋白的切断、活性测试、固相合成等工作，并且还申请了抗病毒、抗肿瘤、免疫抑制等方面的多项专利。作为奖励，美国基因实验室以美国杰出人士的名义帮漆又毛申请了绿卡，并向他提供了一份终生 offer（录用通知书）。

　　因为希望接触药物研发更多环节的工作，漆又毛后来加入了美国法玛津制药有限公司，从事雷公藤活性成分的提取和衍生物的设计合成。同样，这段工作也取得了丰硕的成果。雷公藤甲素 PG490-88 作为雷公藤提取物中最有名的一个衍生物，已被斯坦福大学证实具有 P53（人体抑癌基因）相关的抗癌活性。漆又毛正是这个活性成分的发现者以及专利发明人。目前该衍生物已在美国、欧洲、日本等多个国家和地区进行临床研究。

　　历经半百岁月匆匆而过，当他看到中国的药物九成以上都是仿制药，就在想，能不能做一种中国自己创造的新药呢？

　　带着这种梦想，1997 年，漆又毛回到了祖国，来到当时的国有大厂担任总工程师。

　　然而，创新药在当时的中国就好比沙漠中的种子，缺乏萌发的土壤。新药研发人员不仅面临资金的缺乏，还面临企业战略保守等问题。在慎重考虑之下，漆又毛决定辞职创业，于 2000 年 10 月，在余杭成立了奥默医药。

　　奥默医药的理念是："明日之药，康泽生命。"之所以提出这个理念，是因为发现"今日之药"的三分毒性，公司希望发明安全、有效的"明日之药"，并且以默沙东作为公司学习的标杆。士不可以不弘毅，任重而道远。自创业起，漆又毛就将初心、愿景与祖国医学事业的发展紧紧相连。

奥默医药的理念是："明日之药，康泽生命。"

　　奥默医药成立之初，一边探索自己的创新路，一边帮助客户做仿制药。10 年间，公司为客户成功完成了约 100 个项目的 NDA（临床研究完成注册上市）工作。这些工作也为奥默医药的创新药发展起到了重要的推动作用。公司一方面培养了自己的研发人才，另一方面还积累了大量的合作资源。

　　2004 年，默沙东的舒更葡糖钠进入Ⅲ期临床，它的研发是一个里程碑事件。

　　2008 年，舒更葡糖钠在欧洲获批上市，成为首个用于逆转神经肌肉阻滞剂的选择性松弛拮抗剂，它在临床上应用非常广泛，但存在过敏反应、心脏功能异常和出血等副作用，另外还存在 0.2% 的再箭毒化，有导致再次肌松的风险。因此，FDA 一度拒绝批准。在中国，舒更葡糖钠尚未进入医保，因此在患者可承受性方面存在较大的改善空间。

聚糖结构复杂，可供反应位点多，产物杂且纯化困难，因此该研究领域少有人涉足。蛋白质和核酸领域的研发，解决了很多临床问题，但仍然存在大量未被满足的临床需求，解决方案很有可能隐藏在聚糖类这个尚未开启的宝库中。科学家做了大量的工作，开发过几百种药物，全球聚糖类相关的上市产品不足 10 个，包括低分子肝素钠、肝素钠、舒更葡糖钠、阿卡波糖、甘露特钠、硫酸软骨素等。聚糖研究极具挑战性，但同时也是空前的机遇。

自 2000 年 10 月以来，奥默医药已经走过了 22 个春秋。作为奥默医药的领头人，漆又毛博士已经在糖化学领域深耕 30 多年，对该领域有极深刻的理解。从中科院上海有机化学研究所，到美国弗吉尼亚大学；从美国基因实验室，再到法玛律制药公司；从回国担任国有大厂总工程师，再到创立奥默医药，漆又毛博士的职业造诣囊括了有机合成化学、植物药化学、心脑血管药物、抗病毒药物、抗肿瘤药物及其衍生物的设计、合成、研发、产业化等领域。

肌松是全麻手术的三大要素（麻醉、镇痛、肌松）之一，肌松药在全麻手术中不可或缺，而术后则需要及时解除肌松药的作用，否则将有肌松残留的风险，如呼吸肌无力、急性呼吸功能衰竭甚至死亡。传统的胆碱酯酶抑制剂新斯的明仅限于拮抗肌松残余，假如用于深度肌松，那么非但不能达到逆转肌松的目的，反而会加深肌松甚至危及患者的生命。

目前，奥默医药自主研发的肌松拮抗剂奥美克松钠（Aom0498）中国Ⅲ期临床研究进展顺利，已开始在 FDA 申请临床研究，是该领域的新一代创新药物。

和全球唯一的已上市产品舒更葡糖钠相比，奥美克松钠不但是全新化学分子实体，而且具备额外的临床收益和新的作用机理，在药物的有效性和安全性上全面超越舒更葡糖钠，有望成为全球最优的靶向性肌松拮抗剂。

2021 年，漆又毛博士决定让奥默医药入驻余杭区良渚生命科技园。

2022 上海国际生物医药产业周开幕式上，作为奥默医药驻站院士的陈凯先表示：中国在生物医药领域走过了从仿制为主逐渐向自主创新发展的过程。过去我们国家的新药研发能力薄弱，后来中国实施了推动创新药物研究的重大科技项目，促进新药研发。全世界一年研发成功的新药大概有几十种，多的年份七八十种，少的年份三四十种，而目前中国能够达到一年研发二三十种新药的水平，呈现出相当强劲的发展态势。

正如陈凯先院士所言，奥默医药是国际新药研发中国团队的一个典型。

未来，奥默医药将致力于打造成具有国际竞争力的创新型医药企业，朝着打造国际一流的产品和服务、构建国际一流合作平台的目标而努力奋进。

明天之前，我不是药神，这是奥默医药一直默默努力的情怀。

沿着苕溪筑起的西险大塘，已经守护了杭城 1800 余年

第四章

大禹拿什么治水

光听说大禹治水，那么他从前是拿什么工具治水？

相传，大禹一共有四件神器助他治理洪水，其中大家最熟悉的就是定海神针。这件神器之所以出名，是因为在《西游记》中成了孙悟空的如意金箍棒。定海神针原本是一根带刻度的标尺，是大禹用来测量江河湖海水位的工具。第二件神器是河图洛书，大禹利用河图推算水位变化和天气详情，又依据洛书制定九章大法，大禹凭此治理社会。第三件神器是开山斧，由五金冶炼，取天外陨铁添加打造，坚硬锋利，拥有开山填海之威力。第四件神器则为避水剑，能指水让路，斩妖除魔。

余杭之得名，传说是因大禹治水南巡，大会诸侯于会稽，禹自北方乘舟到杭州，在此舍杭（方舟）登陆，故名"余杭"，一说禹航，而后发展壮大才名为杭州。

大禹之后，又有余杭"三贤"——汉代的陈浑、唐代的归珧和宋代的杨时治理苕溪水患，历千年而筑起了一道西险大塘，余杭人民还专门为他们修建了三贤祠。

为了对抗自然的严峻挑战，余杭这块土地反复上演着各种各样的"超级工程"。余杭人一直对工具和装备情有独钟，所以在今天也延展出对新装备、新材料乃至新能源的无比重视——水锤超前钻机、纤纳光电、卡涞复合材料、华光焊接新材料、机器人等全都应运而生，代表着先进制造业的水平。

进入2023年以来，余杭基础设施建设也将密集"上新"。条条道路在铺展，都在呼唤新时代的"开山斧"与"避水剑"：杭徽高速余杭互通接线改建工程、东西大道运河大桥改建工程（余杭段）、235 国道万丈山隧道等建设稳扎稳打；5 号线西延（老余杭站）、10 号线二期三期、12 号线一期等轨道交通施工不停。公路、铁路、桥梁、隧道，四通八达。所有这些项目与工程，都需要刷新我们对"工具"和"制造"的认知。

余杭需要新装备，中国需要新智造，我们不造还有谁来造？

时至今日，这些誓言愈发显得掷地有声。

1　卡塔尔世界杯上的"中国队"

浙江海聚科技有限公司CEO孙威（中）

2022年11月20日，国际足联世界杯在卡塔尔正式拉开帷幕。

虽然没有中国足球队上场，可是场内场外的中国元素随处可见，中国制造和中国建造备受认可，既有看得见的品牌绽放，也有看不见的实力展示。其中就有浙江海聚科技有限公司（以下简称"海聚科技"）W50水锤超前钻机的身影，听起来有些"不明觉厉"的意思。

海聚科技研发的第一台 W50 水锤超前钻机，用于中铁"681 号"土压平衡盾构机，于 2018 年 10 月始发卡塔尔多哈，应用于 Musaimeer 排水隧洞项目。该项目曾创下月掘进 684 米的优异成绩，提前半年完成施工，海聚科技可谓功不可没。

最重要的是，海聚科技是一家余杭的装备制造企业。海聚科技，聚合海的能量，这家公司听着就不一般。平日里，如果不是关注国内液压技术发展动向的专业人士，根本没有机会与海聚科技产生交集。然而在业内，它的横空出世意义极其重大，相当于提升了中国装备制造业整体技术水平的高度。

作为一家卖装备更卖智慧的高科技公司，海聚科技自 2011 年成立以来，几乎就天然地具有了"专精特新"的优质基因：专注于细分市场、创新能力强、市场占有率高、掌握关键核心技术、质量效益优良。

海聚团队仅用一年时间，就凭借全球领先技术，研发出市场上最高端的 TBM 液压超前钻机，其性能远超国外同类产品，价格更是比进口产品便宜近一半，从此结束了国外公司在这一领域长达 20 年的垄断历史，甚至让海外巨头"追着我们跑"。时至今日，海聚科技几乎占领了超前钻机国内 90% 的市场份额，国际市场占有率也达到 60% 以上。

孙威拥有多种身份：为盾构施工保驾护航的国产超前钻机的研发制造者、十大回归功勋浙商、未来科技城高层次人才创新创业促进会常务理事、浙江省海创科技交流研究院院长……目前研究和投资方向更是涵盖了大型装备的智能控制、工业装备的物联网大数据和人工智能、技术转移与风险投资等领域。不过，比起企业家这个称谓，孙威更愿意用永远行走在创新路上的"创业者"来形容自己。

2001 年，孙威从浙江大学机械电子工程系硕士毕业，远赴芬兰坦佩雷理工大学攻读自动化与液压控制技术。在担任芬兰中国学生学者联合会主席期间，孙威时常受邀回国参加学术交流。他发现国内装备制造业产品所采用的核心技术大多被欧美跨国巨头垄断，一个用所学技术为中国装备制造企业出谋划策的火苗逐渐在他心中升起。

2007年，博士毕业已在坦佩雷理工大学 IHA 研究院工作 4 年的孙威，毅然放弃海外优越安逸的生活，拉着博士还来不及念完的太太，回国开始为梦想创业。

回国之初，孙威在浙江大学带领团队，主持"863计划"以及多个省级科研项目。2011年，由孙威创立的海聚科技正式落户海创园，他倾其所有，主攻液压钻机在隧道工程中的应用，也就是和世界上最硬的石头较劲，在中国装备制造领域打造属于中国人的品牌。

走进海聚科技，一眼能看到墙上醒目的一行字："装备改善劳动品质"。没有华丽的文采却力重千钧，因为它既是海聚科技的公司口号，也是创始人孙威——一个海归博士的创业宣言，更是他心怀"国之大者"的使命与愿景。

"为什么咱们国家要引进海外高层次人才？讲实话，我们这代人深知中国过去的苦难和现状。我们小时候是挨过饿的，从改革开放开始，过几年家里生活条件就变好一层，所以感受非常明显。我们知道对未来是什么样的期待。"

孙威说起他刚回国的时候，经常出现场。为探清矿井下的情况，他曾经在煤矿一待就是 20 天，一大清早进到矿井里，出来时天已经漆黑。跟着重要领导去参观工厂，他总是直接跟工程师们讲技术。一个西装革履的海归博士，也不顾多脏的环境，咕咚一下就会钻到车底下去鼓捣，真正现场解决问题。

就是这样的亲身经历，让孙威感受到，我们国家的工业发展空间之大。中国基建和制造业突飞猛进，遍布全球各地的工程项目，让世界见证了一个个奇迹，也被网友赋予了"基建狂魔"的称号。虽然我们的施工水平很高，但是还存在大量的手工操作，工人、工程师的现场施工环境很艰苦，他们也很拼命，采用很多土办法去做，不但危险也难以保证质量。

在盾构隧道施工项目中，设计线路往往会遇到空洞、水体、淤泥、流沙、破碎岩层、裂隙带等各种地质灾害，造成严重的安全事故，损失可能数以亿计。当几百吨重的钢铁盾构穿越极其复杂的岩石层向前行进时，在前面探路的超前钻机就像一道灵敏的触角，能够事先探明并采取加固措施从而最大程度上规避风险。

在海聚科技研发之前，原来进口的超前钻机操作面板相当大，操作时需要钻工手扶着钻机，在控制 20 来个旋钮的同时感知钻机的工作状态，不断进行调节，因此培养一个合格的钻机操作人员，至少需要半年以上的时间。海聚科技则是创造性地结合物联网技术和软件控制技术，把操作经验集成到软件上，打造出集机械、电子、液压、控制软件为一体的小型半自动化操作机械，所有的工作状态直接在屏幕上显示出来。这种最前端的创新，使得海聚科技开发的第一台超前钻机就成为行业引领者。

不仅如此，工程施工过程中经常会碰到特殊的地质条件，需要用新的工法来施工，海聚科技就把工程师都派到现场跟工人一起干活，了解需求，再回来探讨如何做成新的装备。

在超前钻机的基础上，海聚科技差不多一年更新一个新功能，比如后来开发出全球第一台钻注一体机，就是钻探和注浆放在一台设备上搞定，远程遥控控制，现场操作起来非常方便。一般的机器也就钻 40—50 米深，海聚的钻注一体机可以钻到 200 米，成为全世界钻探距离最深、最长的世界纪录保持者。

2021 年 2 月，凛冽寒冬里，秦岭大梁北麓地表下 1496 米处，中铁十八局集团隧道公司"引汉济渭"项目秦岭输水隧洞内，岩壁上的一串灯

孙威的目标，是"改善和提升劳动品质"

光将隧洞拉向远方。埋深最大、岩石强度最高的秦岭主脊段，属于施工过程中最难啃的"硬骨头"，一年内发生了 800 多次岩爆，高峰时日岩爆次数多达 60 余次，平均每掘进一米就会遭遇一次。突发的岩爆就像触发了炸弹，碎石像子弹一样喷射而出，让人防不胜防，一线工人"全副武装"，防弹衣、钢盔就是他们日常的工服。面对难解的地质问题，中铁十八局集团隧道公司应用了海聚科技的超前水锤钻机钻孔释放应力，降低岩爆强度，极大地保障了建设者的施工安全。

三年前，海聚科技跟国家电网合作，开发塔基动力施工平台。我国东部沿海缺电而西部水电资源丰富，通过拉电线的方式利用特高压输电技术穿山越岭地输电，沿途就需要在山顶建立铁塔。电线挂在两座山之间，风一吹就拉动铁塔受力，因此对铁塔的四个塔基要求相当高，要打很深的基础，几平方米见方的一个基坑，要挖到十几米、二十几米深。打基坑既危险又复杂，属于一个经常出大事故的极其高危的行业。同时，在崇山峻岭里打基坑，重型设备上不去，如果要上去，就要修路或者用军用重型直升机吊上去，代价很高，急需机械化。但和液压超前钻机一样，这也是一个应用场景很小的行业，技术含量又很高。

海聚科技团队毫不犹豫地承担下研发任务，不断改变完善方案，最后决定只挖一个大约一两米深的浅坑，在浅坑里面钻十几个锚杆孔，再把锚杆打进十几米、二十几米的岩石里面，打孔后下一根钢管，铆固锁定后在里面灌上水泥。这样十几个锚杆加在一起做成一个平台，受压和受拉的能力就可以赶上大基坑。这个新型的工艺在2021年通过了国家电网的评审并获奖。

钻这么深的孔，照理也是需要几吨重的大型装备的，为解决这个问题，海聚科技在2022年又给出了一个创新型的解决方案：用液压和气动技术，研发出了小型化、可组装、易操作的新型锚杆钻机，每个小模块控制在200千克以内，十几个模块运到山顶再拼装起来，用管子一接就可以变成重型、大型设备。如此巧妙的一个施工工艺方法，相当于创新性地解决了山区输电线路设备运输困难的问题，实现了山区基础的全过程机械化施工，受到整个国家电网从上到下的重视。

作为国家高新技术企业，海聚科技的专利证书挂满整整一面墙，研发的项目几乎都是围绕"改善和提升劳动品质"这一核心，创新性地解决工程施工中的问题，一次次戳破技术天花板，填补国内空白，甚至打造世界第一和唯一……

"作为创业者，振兴中华、创业创新、永不言弃、勇往直前，我们永远都是追梦人！"2019年，在杭州举办的"全国大众创业、万众创新活动周"闭幕式上，孙威作为杭州未来科技城的创业者代表激情发言。从海归科学家、电气精英到拥有数家公司的创始人与掌门人，孙威摒弃世俗诱惑，执着创新制胜，坚持用高科技产品报效国家、回馈社会，在创新创业之路上行稳致远。

谈到当初为何会选择余杭这块创业热土时，孙威用了"求贤若渴""不拘一格"两个关键词。2009年，在杭州市一年一度的海归人才大会上，孙威获悉，为贯彻国家人才战略，由浙江省委组织部牵头，余杭区要集中建设一个浙江海外高层次人才创新园。考察后他看到，为推进建设，浙江省委组织部的领导蹲点工作，海创园边规划、边建设、边引才、边服务，各项工作环环紧扣、快速推进。

2010年，海创园正式挂牌。2011年，海创园被列入中央企业集中建设的四大人才基地，以海创园为建设核心的113平方公里范围内被规划命名为杭州未来科技城。

"那时候，别的都不看，就看你的人才水平，就是看引进人才，这是余杭区最具有鲜明特色的地方。浙江省委组织部高瞻远瞩的定位也非常关键，要求这边只要引进人才就行了，不要管他接下来怎么样。人才如果水平高，项目肯定会跟着来，人才水平高了，他会把二流项目做成一流项目。高水平人才只要来到杭州，只要来到这里，总会酝酿出特别好的项目来。"这里的政府领导对人才高度重视和求真务实的工作作风，深深地打动了孙威，他立即申报了项目。2011年，海聚科技成功落地海创园。

孙威回忆说，公司创建、产品研发都很顺利，第2年他们就研制出全球最领先的超前钻机，并且投入了巨额的研发费用。但由于初出茅庐，品

孙威也曾有过孤独的"创业风险期"

牌无人认可，而购买决策者责任巨大，整整 3 年连 1 台都没有卖出去。公司研发高峰期团队有 70 多人，当时骤减到 10 多人。

　　"每走一个人，都要抱头痛哭一次，非常难受。像我们做硬件、大型装备的，也算是替代进口，前面就会有一个非常危险的创业风险期，如果没有好的创业生态环境，大部分企业都会死掉，幸好我是比较典型地受益于时代和未来科技城的政策。"孙威说。

　　"海聚科技能渡过难关，生存下来，一个很大的原因就来自政府给我们这种创新企业的资助，再加上这边的产业政策，我们研发投入的30%资金政府是给补贴报销的，这几百万元当时对我们来讲非常重要。"靠着政府雪中送炭的救命钱，海聚科技挺过了最艰难的三年。2014年，市场迎来转机，产品一炮而红，公司由此走上发展的快车道。

孙威说，创业以来，让他感受颇深的是：这边的领导要么就从来不打扰你，要么见面第一句话就说："需要我做什么？"就是在人和人的对话当中、凸显的精气神中，能感受到服务者的心态，那种被服务的温暖感受，在当下浮躁的社会氛围中创造出来的令人安心的营商环境，让孙威能够一心一意带领团队搞研发创新。

"所以组织部当时提的战略我觉得是非常先进的，现在10年实施下来，非常有效果，这里形成了一个很好的"热带雨林式"人才发展生态环境。未来科技城的领导们眼界比较宽广，不仅仅会认为引进高端人才是很重要的，他们清楚地意识到，一个地方的繁荣，不光要有高端人才，也要有普通人才。"

孙威拿自己创业的切身感受为例说明："在未来科技城，因为不断有新的人才涌入，人才一直是比较均衡的。当创建团队的时候，你总有大把的人可以招，你想招数字经济类的，包括电商类的人才，真的是振臂一呼，保证应者云集。正是形成了这样一个人才、创业的软环境生态，所以它的吸引力就比较大，有很多人创业会首选余杭。"

孙威还有一个非常重要的身份：民主建国会的会员，而且是余杭区基层委的副主委、余杭区民建企业家协会会长，同时也是余杭区政协常委。作为民主党派的一员，孙威积极参政议政、建言献策。未来科技城高层次人才比较多，孙威就经常去收集大家遇到的问题，写成提案，反映社情民意，其中有十几篇已被民建中央和省、市政协采纳。

孙威由衷地觉得这是中国特色："咱们国家有这样的机制和体制，给优秀的创业者、优秀人才提供了一个空间，一个提出自己意见和想法的正确渠道和通道。"

广泛的参与、开放的交流、活跃的互动，让参政议政更有效率，这正是余杭区政协探索提案常态化征集办理的新途径。从 2019 年起，余杭区政协就启动实施"提案办理项目化管理"，根据管理原则，内容相近的提案被分为若干个专题，由余杭区政协领导全程参与督办。2021 年，余杭区政协充分利用数字经济强区优势，开发数字政协 i 履职系统，通过数字化贯穿至委员履职全场景。

"人才引领、创新驱动"——孙威的创业之路，也是余杭区众多科技创新企业的一个缩影。"10 年前归国创业，像我这样的海归难免孤独；今天，这片创业热土上，创业者遍地开花。"正如孙威所说，求才若渴的余杭，已成为人才引领的活力之城，越来越多的创业梦想在这里实现，经过 10 余年累积而形成的科技生态，已结出丰硕的果实。

对于余杭区的战略格局与气魄，孙威用他的全球视角来解读："只要把世界最顶尖的人才、最聪明的头脑引进来，自然而然看到的是全球的大视野，看到的是产业的最前沿。整个余杭区，尤其是组织部人才办，他们的理念在全国范围内也是最领先的。他们聚集人才，给人才以空间，让人才相互激发，让人才把生产、生活落地余杭区之后，再去接触各个行业的生产实际，科技策源地就是水到渠成的事情。未来全中国科学家密度最高的地方，可能就是余杭区，小小的几十平方公里范围内，聚集着几万名科学家。"

"这些地方聚集着全球最顶尖的科学家、最聪慧的头脑，政府又搭建了很多公共的产业服务平台，像生物医药的、新能源的，包括浙能集团的研究院，OPPO、vivo 这些大厂，中电海康集团也相继在这里设立研究院，这些研发人员聚集的最终结果，就是会创造出各种各样科技策源的创新，就必然会诞生出在未来起到引领作用的新产业。"

孙威对于新技术在中国装备制造行业乃至工业界的应用充满了无限的信心:"既然我们看到了灯塔,朝着这个方向一直走就好了。"

他早已开始设想 20 年后的行业前景,以及余杭的光荣与梦想。

这里的人最善于使用舟楫渡水,也最需要灯塔指认方向。

2　我和我的机器人宝宝

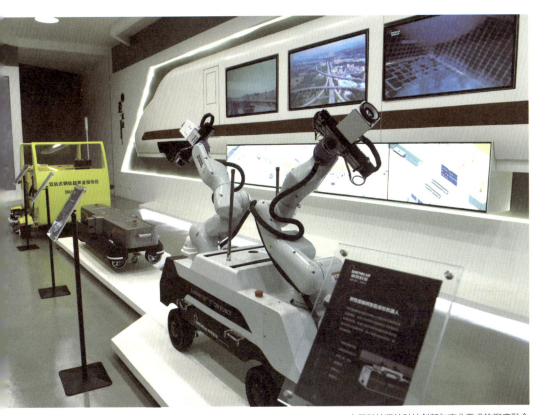

申昊科技坚持科技创新与产业需求的深度融合

　　"我们研发的机器人可以代替人类，使其不必挑战身体极限，同时，能更高效更准确地监测高危场景下的设备。"

　　杭州申昊科技股份有限公司（以下简称"申昊科技"）董事长陈如申，把自家企业生产的机器人亲切地称为孩子。"对我来说，每一款机器人问世，就好像新孕育的孩子呱呱坠地。其间当然有阵痛和纠结，但是当'孩子'

真正诞生那一刻，欣喜的程度也是非比寻常的。"

陈如申，国家级科技创业领军人才、杭州市人大代表、浙江大学学生就业创业导师、风云浙商、杭州市五一劳动奖章获得者。

2002年9月，陈如申创立申昊科技，一直以国家战略发展规划为导向，领导公司深耕监测技术与人工智能技术，坚持科技创新与产业需求的深度融合，在电力、轨道交通、石油化工、海洋等工业领域的智能运维安全保障方面实现了"数字"与"制造"的双引擎。

2020年7月，申昊科技成功在深圳创业板上市（证券代码：300853.SZ）。

陈如申介绍："申昊科技通过对工业行业的深入了解与研究，历经了传统检测到智能化监测，固定端检测到移动端监测的三次转型，逐步奠定了技术基础，才逐渐走到了现在的舞台之上。"他的机器人宝宝，正在迅速长大。

申昊科技最初起步于电动自行车检测，很快，陈如申就决定技术转型，而转型的方向，就来自对国家发展规划战略部署的学习和理解，"我始终认为，企业的发展要与国家经济大趋势相合，才能借风势腾飞。"那时正是"十一五"规划实施时期，陈如申看到了国家对电力系统故障监测需求的大力投入，果断把电动自行车检测转到了特高压监测与固定监测，围绕电力"变电—输电—配电"环节进行产品开发。

在电力领域，陈如申看到，巡检工人为查看设备是否正常运行，每天在电杆上爬上爬下；不管是热浪袭人还是风霜雨雪，巡检工人在户外长距离跋涉；工人们为排除电力障碍甚至挑战自己的身体极限。这让陈如申逐渐产生了用机器人来保障安全的想法。于是，2012年，申昊科技第二次转型，从固定端监测转向移动端监测，开始布局智能巡检机器人的研发。

第二次转型之初，申昊科技作为行业新秀并不被人看好，陈如申却坚

杭州申昊科技股份有限公司董事长陈如申

持投入人才与科研力量，不断进行技术积累与产品迭代。功夫不负有心人，2015年底，恰逢当时G20杭州峰会召开在即，申昊科技拿到浙江省的一个大单：应用于浙江电力保障的130台巡检机器人。这让申昊科技从原来固定端的在线监测，往人工智能大大向前跨了一步。

这批巡检机器人，主要适用于代替人工完成特殊危险环境下的急、难、险、重和重复性的检测工作，用后台的人工智能核心算法把它做出来，提高检测效率，及时发现设备故障隐患，将故障排除在萌芽状态，保障电力设备的安全运行。过去，特高压监测主要靠人力，一来不安全，二来因为主要依赖监测人员的经验，容易出现误差。而电力巡检机器人的出现，就是为了解决以上问题，提高效率，解放人力。

2017年，公司又开始新的战略升级：全面布局"海、陆、空、隧"，就是我们所谓的水里潜的、陆地上跑的、天上飞的、隧道里钻的各种人工智能产品，利用多传感器融合、人工智能、机器人和大数据分析等技术，为更多的行业提供智慧化的运维解决方案。

而申昊科技向轨道交通领域的拓展，同样源于陈如申对国家经济战略发展变化的把握。2019年，申昊科技正式成立了轨道及管道事业部，向轨道交通行业进军。如今申昊科技的机器人在泛工业领域"上天入地"，而陈如申的人工智能行业探索之路，从电力系统出发，到轨道交通，再到石油化工，循序渐进，正向更广阔的领域延伸，赋能更多的行业。

2020年疫情防控期间，为积极响应政府提出的"科学防疫、科技战疫"，申昊科技利用自身技术优势，用短短15天的时间，自主创新研发出健康卫士一号机器人，并迅速投入学校、医院、银行、机场等公共场所使用。该机器人无需人员接触，即可秒测人体体温，大幅度提高体温筛查效率，降低交叉感染风险，为助力疫情防控和复工复产，打了一场漂亮的"防疫战"，申昊科技也因此获得"杭州市抗击新冠肺炎疫情先进集体"的荣誉。

陈如申期待未来在深海探测领域上，申昊科技的机器人也能有更广阔的应用前景。

"我们现在的新能源风电、潮汐能等都是国家重点布局的产业，智能机器人监测可以帮助人类上天入海，解决过去很难靠人力实现的监测难题。"

2022年1月6日，浙江省科技厅发布《关于印发2022年度省重点实验室认定和培育建设名单的通知》，申昊科技的"浙江省智能运维机器人重点实验室"赫然名列其中。作为浙江的"科技大脑"，浙江省重点实验室担负着培育战略科技力量的重大责任，而申昊科技一直精心耕耘着未来中国科技力量中重要的一环——人工智能。申昊科技智能运维机器人重点实验室的研究方向，是以机器人为基础，以人工智能为导向，有机结合多信息融合检测和柔顺灵巧作业两大技术，采用临场感遥操控及人机共融协作策略，实现对泛工业系统的智能巡检和维修作业。

陈如申向创新要生产力的念头，早在他创业之初就已经萌发。"制造业的核心就是创新，就是掌握关键核心技术，必须靠自力更生，靠自主创新争取，希望所有企业都朝着这个方向去奋斗。"对于立国之本、强国之基的制造业而言，习近平总书记多次强调创新推动的重要作用，更让陈如申坚定了研发创新的信念和决心。

通过多年的研发积累，申昊科技持续攻坚克难，突破"卡脖子"技术，在核心的人工智能学习、自主导航及不同应用场景的检测技术方面成为行业的标杆，被工信部授予专精特新"小巨人"企业，并成为国家巡检机器人标准工作组的秘书处单位。

2017年，申昊科技和浙江大学签署《校企共建研究机构协议书》，联合成立特种机器人联合研究中心，开展智能特种机器人及其应用技术的研究。

智能机器人可以帮人类上天入海，解决过去很难靠人力实现的监测难题

通过打通产学研，申昊科技自主开发了一系列具有自主知识产权的智能巡检机器人及智能监测控制设备，可用于电力电网、轨道交通、油气化工等行业，解决客户人工检测效率低、强度大、成本高、不可控等难点与痛点，也为智能化运维管理提供有效的手段。

2018年，申昊科技的一款变电站智能巡检机器人入选"浙江制造精品"名单。过去要检修先停电，申昊科技的产品成功地解决了这个问题。对于陈如申而言，这只是申昊科技持续向泛工业领域推动人工智能研究中的一小步。"我们想做的，是伴随着中国先进制造的前进步伐，用人工智能的手段，成为中国泛工业系统的'眼睛''耳朵'乃至'大脑'。"

2013年，申昊科技入驻余杭区未来科技城这块创业创新的热土，在余杭区各级领导的指导与帮助下，开始了新的战略转型。

申昊科技的成功上市，离不开余杭区持续深入推进的"凤凰行动"计划的支持，更离不开余杭区的政策引导、梯度培育和精准服务。

从2016年开始的"最多跑一次"改革以及"城市大脑"建设，未来科技城就将人才企业服务的"创新链、产业链、资金链、人才链、政策链"五链深度融合，为企业发展提供灵活、便捷、有效的服务，为人才打造富有活力的工作生活环境，极大地提高了余杭地区企业家的信心，为企业的发展保驾护航。

令陈如申印象最深的，就是余杭总能根据企业的具体需求"与时俱进"，各种政策能够即时做到持续优化"因你而变"。在疫情防控期间，余杭区创新推出了"云聘会""云端博士、硕士对接会""直播带岗"等活动，申昊科技都精心准备、积极参与，在品牌宣传以及人才招聘方面取得了不错的效果。

余杭区充分利用信息化及数字化，创新提出了"亲清在线"，并通过该平台发放疫情防控期间的电费补贴、稳岗补贴、一次性吸纳就业补贴、新就业大学生租赁补贴、高层次人才租赁补贴等。其中最让人感动的就是符合条件的员工申请补贴后，补贴款项立即到账，体现了余杭区高效务实的工作作风。

在产业工人队伍改革方面，余杭区也推出了生产售后人员职业技能认定制度，给予企业相当程度的自主认定权。在此基础上，申昊科技有54名员工通过考核顺利通过认证，享受企业建立的由初级工到高级技师的对应技能津贴，为此公司也获得了人社局发放的一次性售后职业技能鉴定补贴20万元。

在创业过程中，申昊科技坚持人才强企的战略，持续吸引行业标杆人才和国内知名院校的硕士及博士，不断提升人才密度，加大技术研发投入，实现了战略的成功转型和企业的跨越式发展。在这个过程中，余杭区从创新载体、科研平台、研发投入、知识产权、人才引进、企业用地等各个方面给予公司大力的支持与帮助。

一是在创新载体方面，余杭区量身定制了产业政策，梯度式培育壮大未来市场主体。申昊科技通过政府的政策支持，获得了国家级专精特新"小巨人"企业、"双百"企业、总部企业和培育上市企业的相关扶持和奖励。

为支持公司在疫情防控期间的业务拓展，余杭区主动为企业提供应用场景，打通物料采购渠道，使科技产品能够快速广泛地应用于学校、医院等人流密集的公共场所，为疫情防控提供科学的方法，也为企业转危为机创造了机会与条件。

二是在科研平台打造方面，申昊科技自进入余杭区后，通过加强校企合作及产学研平台搭建，先后被评定为省级研发中心、技术中心、工业设计中心，重点院士工作站，重点实验室和重点企业研究院等多个科研平台，让企业的科研能力得到了大幅的提升。正是余杭区新型研发机构认定方面的政策和资金扶持，促进了企业科研能力的快速提升。

三是在研发方面，余杭区鼓励企业加大投入，对研发投入增量部分给予最高 20% 的补助，在一定程度上给予了很好的导向上的支持并减轻了企业研发投入的压力。

四是在知识产权的保护和应用方面，余杭区政府为申昊科技打通了专利快审的通道，通过省、市两级的保护中心，解决了研发产品发明专利授权时间长的问题。

五是人才引进方面，通过区科协资源支撑及区里政策扶持，申昊科技大力引进高端人才，与院士牵手建立院士专家工作站，目前已被认定为省级重点院士专家工作站。申昊科技通过这个科研平台建立了非常好的合作关系。

六是在企业工业用地方面，余杭区土地资源的导入，为申昊科技提供了产能、科研用地资源保障。正是因为有了自己的生产研发及试验园区，申昊科技吸引更加杰出的研发人才加入公司，让科研成果能够顺利转化，让生产制造满足市场需求。

"新赛道，新使命，未来我们要更加充分、有效地利用这些优势，全力打造世界级的数字科技产业和战略性新兴产业集群。"

陈如申坚信：不管外部的环境存在着多大的不确定性，但是利用人工智能、机器人技术为人类服务是确定的，利用人工智能、机器人获取的数据为人类服务是确定的。

走过了 20 年的奋斗之路，陈如申信心满满地带领申昊科技在余杭这片创业热土上再创传奇。

3 象征太阳的三足金乌

杭州纤纳光电科技有限公司创始人兼 CEO 姚冀众

　　很难用一句话说明白，杭州纤纳光电科技有限公司（以下简称"纤纳光电"）是干什么的企业。好在其 logo 上，一只象征着太阳的三足金乌给出了答案——三足金乌，中国神话传说中驾驭日车的神瑞之鸟，国有道乃现，那是一个追光者的形象。

　　在纤纳光电联合创始人兼 CEO 姚冀众看来，高效率、低成本、应用场景广阔构成了这只"三足金乌"的底座；而他与颜步一、杨旸三位钙钛矿领域的探路者，则共同张开了逐日而行的"羽翼"。

钙钛矿太阳能电池技术如日中天的时刻，是在2017年诺贝尔化学奖热门提名后，开始受到全球广泛关注，并掀起了国内外科研学者们对钙钛矿技术的研究热潮。

在中国——这个世界最大的光伏制造和应用国，也有这样一支海归博士团队，他们在余杭未来科技城创立了纤纳光电这家钙钛矿光伏技术头部企业，潜心钻研，攻克了一系列钙钛矿电池世界级技术难题，短短4年，已经5次刷新钙钛矿电池效率世界纪录。

他们总是把自己的企业比作"三足金乌"，一是定位光伏，二是目标逐日。

此前，学术界一直流传着钙钛矿太阳能电池是未来能源的颠覆者的说法。近年来，国内外越来越多的科研院所和传统光伏头部企业纷纷加入钙钛矿技术的研究，而纤纳光电正是国内首批致力于钙钛矿技术商业化探索的机构。

纤纳光电是全球首家也是目前唯一一家实现第三代钙钛矿光伏组件百兆瓦级量产和示范工程建设的机构，致力于"钙钛矿前沿技术研究、绿色低碳制造和市场化应用"。公司积极参与城市能源转型和集中式、分布式电站建设，打造近零能耗建筑、智慧交通和新农业光伏应用等多能互补、综合供能的产业化示范，助力实现国家"双碳"目标，共同推进绿色低碳发展与生态文明建设。

纤纳光电，在创始人姚冀众的带领下坚持自主创新，全球首个通过IEC61215和IEC61730稳定性全体系国内外双认证，获得全球首个钙钛矿分布式电站容量评估报告；全球累计申报了300多项知识产权专利（含多项PCT国际专利）；承担了3项科技部国家重点研发计划，3项浙江省重点研发计划和浙江省领军型创新创业团队项目。

纤纳光电被认定为国家高新技术企业

2019年，纤纳光电被认定为国家高新技术企业、获团中央主办的第六届"创青春"中国青年创新创业大赛金奖；2020年，获中央统战部、国家发改委和工信部主办的第六届中国国际"互联网＋"创新创业大赛金奖，被《中国能源报》评为"全球新能源科技创新企业50强"；2021年，被行业媒体评为"钙钛矿光伏技术创新企业"，同年12月，入选科学技术部火炬中心——全球颠覆性技术优秀项目。

姚冀众，1988年出生在杭州一个高级知识分子家庭，本科毕业于浙江大学光电系，博士毕业于伦敦帝国理工学院。从2006年进入浙江大学光电系开始，姚冀众就在全球光电半导体领域的顶尖院校内和光伏结下了不解之缘，从此开启了太阳能光伏技术探索之旅。大学期间，他获得亚太环境和能源组织提供的全额奖学金，在浙江大学和澳大利亚新南威尔士大学同时进行双学位学习，2011 年获得浙江大学光电系工学学士，同时也以"一等荣誉生"成绩获得新南威尔士大学工学学士。

姚冀众说，真正走入太阳能光伏技术这个领域是在澳大利亚学习期间，他跟随"太阳能之父"马丁·格林（Martin Green）教授在其"超高效光伏学研究中心"学习太阳能光伏技术。之后，他又从澳大利亚去往欧洲，师从著名有机光伏专家、英国皇家科学院院士珍妮·纳尔逊（Jenny Nelson）教授，在伦敦帝国理工学院学习太阳能电池技术。

读博士期间，他主要从事有机和混合型薄膜太阳能电池内的新型表征技术，寻求减少能量损失的方法；先后在世界顶级科学杂志上发表了学术论文 10 余篇。他利用模拟和实验表征方法，印证了钙钛矿是一种很有前景的半导体光伏材料，从那时起就更加坚定了将钙钛矿太阳能电池量产商业化的念头。后来，他被伦敦帝国理工学院授予布莱克特（Blackett）工业奖，以此表彰他在求学期间的研究对推进新型光伏材料商业化应用所做出的贡献。

中国虽然是光伏制造大国，但一代、二代的光伏技术在国外起步早，要突破现有技术是非常困难的，而且转换效率的瓶颈就在眼前。姚冀众想凭借自身的知识技术，为我国能源行业的绿色发展与碳中和国策尽一份力量。

姚冀众在英国读博期间，正是钙钛矿太阳能电池研究的初期。国际材料界的大公司都还未涉足这一领域，正准备一展身手的他陷入了困境。在一次机缘巧合下，姚冀众遇到了来英国海外引才的余杭未来科技城管委会团队。余杭浓厚的双创氛围深深吸引着姚冀众，让他初步达成了回杭州创业的意向。在得到导师支持后，姚冀众联合颜步一这位志同道合的浙大校友一起创业，创办了国内第一家钙钛矿新材料的商业化科技公司。

2015 年 7 月，纤纳光电成立。相比于传统晶硅太阳能电池，钙钛矿材料不仅拥有良好的光电效应而且还能溶解在溶液中。在生产钙钛矿太阳电池的过程中就可以采用类似喷墨打印的技术来打印太阳能电池，降低生产成本的同时对环境也更加友好。未来科技城凭着对科创人才"高看一眼"的原则，在纤纳光电创立初期，就提供了一笔 600 万元的创业项目启动资金，还提供了房租减免、人才落户等政策支持。

几乎每一个来到余杭创业的人，都对余杭那种良好的营商环境、创业支持政策和浓厚的创新氛围赞不绝口，尤其是管委会对创业者那种"店小二"式的服务，更是让很多海归有了"回家"的感觉。他们对余杭的第一感觉，就是这里绝对不排外，英雄从来不问出处，只要你能干、你想干、你肯干，余杭就会给你一束光，给你一个舞台。

"未来科技城为我们创业者提供的惊喜，已经远远超过了预期，人才服务做得非常温暖务实，这里为海归人才回国创业营造了良好的氛围，让创业者拥有充足的阳光雨露，能够实现茁壮成长。在此工作和生活，对创业者而言无疑是幸运的。我们愿意扎根在这里，与余杭区同频共振，一起谋求绿色低碳的高质量发展。"

姚冀众为"追光"而来，在余杭首先就得到了一束光的照亮，备感温暖与鼓励。而他的回报是这样一串跳跃的数字——15.2%、16.0%、17.4%、17.9%……21.8%，这不是一组简单的百分比数据，而是纤纳光电突破钙钛矿电池组件效率的世界纪录成绩单！

这份成绩单得来不易。要知道钙钛矿材料在 2009 年才首次被尝试应用于光伏发电领域，它不仅光电性能优异、原料丰富，且产业链短、成本低廉，大规模应用后，发电成本可以降低至传统光伏的一半左右，因而显示出巨大的商业价值。全球顶尖科研院校和大型跨国公司，如英国牛津大学，瑞士洛桑联邦理工学院，日本松下、夏普等，全都在这项研究上投入了大量的人力物力。姚冀众带领的纤纳光电团队就是在与这些全球顶尖机构赛跑。

那么，纤纳光电如此努力究竟所为何来？钙钛矿光伏发电到底能做什么？

"我们其实有一个两毛五的梦想。"姚冀众掰着手指头算了一笔账，"传统的火电上网电价，平均每度四五毛钱，水电电价则为每度两毛六到两毛八，而钙钛矿太阳能电池组件，未来可预计实现光伏电价在每度两毛五。我们的电最便宜！"

为了这个"两毛五的梦想"，截至目前，纤纳光电在钙钛矿太阳能电池研发、先进半导体生产设备和薄膜光伏检测设备等领域，已在全球累计申报了160多项知识产权专利。

在纤纳光电的生产基地，只见一片片打印着钙钛矿溶液的薄膜光伏组件，在生产线上鱼贯而出。当被问到"从实验室到生产线落地最难的是什么？你们又是怎么克服的？"，姚冀众指着自己的成果说："从实验室的小面积钙钛矿电池，到商业化大面积钙钛矿模组，生产工艺转化是最难解决的问题。我们反复尝试，屡败屡战，引入高性能的界面修饰材料，终于提高了商业化钙钛矿模组的效率与稳定性，将钙钛矿技术真正从实验室转移到了应用场景，这是我们迈出的第一步。"

眼前，一栋被浅灰色发电玻璃包裹的码头经营用房，已经正常并网发电。目前纤纳钙钛矿电池的转换效率为18.04%，下一步与晶硅太阳能光伏板叠加后转换效率可达30%以上。回想当年最早推进钙钛矿从实验室走向应用场景时，当时国内几乎没有人看好这个方向，但也始终没能动摇他对钙钛矿技术应用的信心。

姚冀众很有信心："我们做的是毫无先例可循的事，但时间会证明一切。目前公司无论是钙钛矿小组件还是大组件，转换效率都是世界第

姚冀众有一个梦想，就是将钙钛矿太阳能电池量产商业化

一，稳定性也是全球领先。我和团队一起，反复证明了别人一直不相信的事情。"

　　技术创新本来就很难，领跑全球更是难上加难。钙钛矿材料可以有上亿种排列组合，纤纳光电要做的就是在上亿种组合中找到转换率最优的组合。但最优组合并非一定适合大规模生产，在产品试制过程中，常常会出现材料组合很完美，但却无法转换成产品的情况。如此一来，又要回过头对材料进行再创新。就在新材料与制备工艺的不断循环创新中，纤纳光电先后9次登上了钙钛矿组件光电转换效率世界纪录表，连续4年蝉联"太阳电池中国最高效率"钙钛矿单层领域冠军。

　　2017年，纤纳光电技术团队创下了一年三破世界纪录的佳绩。

　　"那年2月，我们以15.2%的转换效率，首次打破此前长期由日本保持的钙钛矿小组件的世界效率纪录。至今我还记得团队拆开快递看到检测报告时的那股兴奋。当天，我们团队所有人一起去吃了一顿火锅以示庆祝。"纤纳光电联合创始人兼CTO（首席技术官）颜步一至今还记得那天的快乐。

纤纳团队自主研发的钙钛矿太阳能电池组件，不含钙也不含钛，是一种有机无机杂化的人工合成半导体新材料，属于第三代薄膜光伏新技术。钙钛矿太阳能电池相比传统太阳能电池而言，一是原材料丰富，不含稀有金属元素，材料成本仅为传统光伏的1/20；二是产业链短，设备投入成本少，在产线建设时优势显著；三是发电成本低，大规模应用后发电成本可降低至目前传统电池的一半左右；四是市场前景广，可应用于大型地面电站、工商业分布式电站、建筑光伏一体化、智慧交通、低碳新农业等领域。

2017年，姚冀众凭借着新能源领域最先进的半导体新材料技术，带着一群怀揣绿色梦想的年轻人，在衢州建设了全球首个钙钛矿生产基地，让钙钛矿薄膜光伏这项创新技术在浙江这片热土上持续壮大。

在他的战略布局下，全球首条100MW钙钛矿规模化产线已于2022年初建成投产，当年5月率先发布了全球首款钙钛矿商用组件α，两个月后首批α组件就正式出货上市，率先实现了百兆瓦级钙钛矿组件商业化量产及市场端的应用示范。

对于纤纳光电作为钙钛矿光伏技术头部企业的价值，多年来从事第三代太阳能电池研究的浙江大学教授李昌治给出了这样的评价：第一代、第二代太阳能电池产业技术皆为国外先发，纤纳α钙钛矿太阳能电池组件百兆瓦级产线量产，意味着第三代太阳能电池产业化在中国率先完成，是非常具有标志性的事件，意义重大。

2023年4月19日，中国质量认证中心（CQC）和德国电气工程师协会（VDE）联合颁证仪式在余杭未来科技城举行。由纤纳光电自主研发的钙钛矿α组件顺利通过IEC61215、IEC61730稳定性全体系的国内外双认证，并获颁了全球首个钙钛矿分布式电站的容量评估报告，成为全球首家同时获得国内外双认证和钙钛矿电站实证检测的机构。

过去，业内普遍认为钙钛矿材料较软，难以经受严苛的机械与湿热等挑战，钙钛矿太阳能电池在实际使用当中缺乏稳定性。这次认证证明了纤纳光电的太阳能电池已经满足在户外稳定使用的基本条件，纤纳光电全面掌握了打开钙钛矿产品稳定性的"密码"。

值得关注的是，除了双认证外，纤纳光电还获得了全球首个钙钛矿分布式电站容量评估报告，充分展现了钙钛矿量产技术的成熟度。本次双认证和电站报告的获得，真正实现了钙钛矿光伏技术从基础研究向产业化转型迭代的巨大飞跃，把钙钛矿产品推向了更高的品质和更优的性能，满足了钙钛矿产品商业化推广和市场端应用的实际需求，是钙钛矿产业化新阶段的光辉起点。

姚冀众说，"创新"和"奋斗"是公司在余杭创立的初心与文化。

纤纳光电不愿做一家纯模仿型的企业，而是要成为技术上的创新者、行业中的引领者。"我希望能通过我们青年人自己的努力，做到一些产品的迭代升级，慢慢地把一些行业的核心技术、行业核心标准制定的话语权掌握在自己手里，让世界看到中国青年的力量，让世界直视象征着太阳的三足金乌。"

这群海外归来的年轻人，默默地在余杭开始了他们"开挂"的创业人生。他们坚持原创，不断自我挑战，一次次让全世界的同行们刮目相看。其实，那些国外同行并不了解的是，在这片五千年前就有人筑城、治水、琢玉的古老大地上，人们对时间的概念总是以千年、百年为计算单位，创造是融于我们骨子和血液里的精神与文化，更是姚冀众和纤纳光电快速成长和可持续发展的动力源泉。

独行速而众行远，纤纳光电也迎来了很多志同道合的伙伴。创始人团队中，有他在浙大时的同学、同样留学海外的颜步一和杨旸。大家放弃海外丰厚条件一起创业，希望用最美的青春年华在祖国的广阔天地间真正成为飞翔的神鸟。从 2015 年公司刚成立时的 3 名博士，发展到现在的 10 余名博士，硕士及以上学历占研发团队比例的 50% 左右，更多年轻海归和技术人才的加入也让公司创业团队的知识结构更加完善。

2018 年，姚冀众入选省级领军人才；2020 年入选国家级领军人才；2021 年，获得第十一届"中国青年创业奖"。以上这些荣誉，正是他对"弄潮儿向涛头立"形象最好的注解。追光前行，唯有奋斗，方能不负韶华！

"让世界能源无忧"，是姚冀众也是每一个纤纳光电人的愿景。纤纳光电的使命就是让全世界都能尽早用上高效稳定、物美价廉的钙钛矿太阳能组件，从此降低对化石能源的依赖，减少对环境的破坏，早日实现"绿水青山就是金山银山"。在姚冀众的带领下，公司正通过不断的自我超越，一步一个脚印地向更高的目标迈进。

未来，纤纳光电将以此为基石，持续加强产品研发投入与创新力度，以领先的钙钛矿技术、产业化经验和不断迭代优化的系列产品，打造更多钙钛矿电站项目，促进我国能源行业的转型升级，推动"双碳"目标实现。

4 新能源汽车"心脏"的守护者

杭州卡涞复合材料科技有限公司 CTO 魏斌

　　魏斌在德国的时候，每次和朋友们聊到回国发展创业，总会有人向他推荐杭州。

　　此前，他对杭州的印象就是西湖，想着能在那片湖光山色中工作也是一件美事。没想到的是，真正来到杭州后，他才发现这座城市如此之大，自己工作的地方离西湖将近 30 公里，而且这座依山傍水城市里居然有三个世界遗产：西湖、运河和良渚。

　　他每天生活在良渚，工作在仁和，遥想着西湖。早出晚归行走在路上，他发现这几年各种品牌的新能源汽车越来越多，自己也会油然而生一股职业自豪感，因为他任职的杭州卡涞复合材料科技有限公司（以下简称"卡涞科技"）所生产的纤维复合材料，可以说是新能源汽车"心脏"的守护者。

"纤维复合材料具有轻质、高比强度、高比刚度、耐腐蚀、阻燃防火、可设计性强、易成形等优良性能。运用到汽车上，在保证汽车的强度和安全性能的前提下，能降低汽车的整备质量，从而提高其动力性，减少能源消耗，有助于'双碳'目标实现。纤维复合材料运用到新能源汽车电池箱体上，重量只有传统箱体的1/4，不仅可减轻车身重量实现降耗，还能极大地提高动力性能。"魏斌对自家产品充满热情。

在卡涞工厂生产线上，能看到一卷卷玻璃纤维布被裁剪为长约 2 米的片状原材料，经过预成型、拼接等工序，被制造成为新能源汽车动力电池箱上盖预制件，再通过模压成型、激光剪切等工艺，一件由纤维复合材料制成的轻量化电池箱上盖随即生产制成。车身轻量化，是新能源汽车提升续航能力的关键要素之一。相比传统金属材料，使用纤维复合材料制成的电池箱上盖，让车身实现"瘦身减重"是其最大亮点。以长 1.5 米、宽 1.2 米的电池箱上盖为例，使用金属材料制成的产品重约 20 千克，而使用复合材料制成的重量只有 5 千克，从而减轻汽车重量降低能耗，续航能力自然增强。

从慕尼黑大学毕业的魏斌博士，曾在德国工作生活了 14 年。他于 2021年回国，出任卡涞科技 CTO 兼工程研究院院长。此前，他曾是慕尼黑工业大学轻量化工程研究所副研究员、奥迪汽车集团（德国总部）研发工程师，担任过蔚来汽车德国中心轻量化工程高级经理、吉利汽车德国研发中心轻量化集成总监。正是有了在德企与中企两种工作背景与经验后，他看到了新能源汽车在中国的巨大发展前景，由此坚定了以自己所从事的复合材料科技研究回国创业的巨大信心。

回国后不久，魏斌便加入了读硕博时的同学何鹏的创业公司卡涞科技。

2020年3月9日，在余杭区商务局的引荐下，卡涞科技带着以德国工程科技结合中国规模化生产，打造国内高性能且具有竞争力的复合材料轻量化整体解决方案提供商的美好愿景，正式落户钱江经济开发区。5月底，卡涞科技与钱江经济开发区正式签署了"高性能复合材料轻量化工业平台项目"进区协议。7月6日，卡涞科技就完成了新能源汽车箱体首件交付。从入驻到首件交付，仅仅花了4个月的时间。

吸引卡涞科技落地余杭的动力，除了余杭区商务局和钱江经济开发区工作人员对政策的专业解读，以及为企业业务发展、人才引进等方面提供的支持和解决方案外，真正决定战略落子的，还是来自市场与发展的综合考量。最关键的是，钱江经济开发区的前身是仁和先进制造业基地，辖区内本身已经聚集了比亚迪汽车、华光焊接、米格电机等一批新装备、新能源、新材料产业头部企业，目前已经形成了门类较全、产业具有一定市场优势的装备制造体系。

作为连接杭州城东智造大走廊和杭州城西科创大走廊的重要节点，杭州钱江经济开发区也在努力跻身省级经济开发区第一方阵。卡涞科技落地杭州，同时也是在接轨长三角，对于打通产业链上下游，推动高性能复合材料在国内轻量化领域规模化应用，具有重要的意义。

在海外生活了10余年的魏斌，就这样在苕溪之畔的钱江经济开发区找到了自己事业的起飞点。

身为公司CTO，魏斌对余杭的行政效率之高深有体会。卡涞科技从2020年3月正式落地，只经历了1年多的时间，就完成了建厂房、买设备、招人才、生产线调试等一系列工作。而这个过程如果在别的城市，可能至少要两三年才能形成产能。在余杭的创业速度之所以这么快，跟政府主动提供了很多贴身帮助完全分不开。

"刚来的时候，我们还在酒店里临时办公，大概待了半年。后来开发区这边的写字楼建好了，给了我们 1300 平方米左右的空间，还有 3 年免租期。公司的厂房，也是在相关部门的协调下，很快确定了场地开始基建，让生产线投入使用。这样公司才在短时间内就有了产能生成。"在魏斌看来，这种为企业服务的魄力在国外几乎无法想象。

另一种魄力，是钱江经济开发区"壮士断腕"的勇气。

卡涞科技地处余杭区仁和街道，2012 年以前，獐山石矿周边分散的采石小作坊和一些高污染、高能耗企业，是制约这片区域新兴产业发展的最大掣肘。2019 年，钱江经济开发区开始"腾笼换鸟"，通过淘汰落后产业，在有效释放的土地空间"家底"中，瞄准智能制造、新装备、新材料、新能源产业链，以拟上市公司总部及基地、上市公司的募投项目、细分行业的"单项冠军"和"隐形冠军"等作为主要方向，靶向招引高端化、智能化、绿色化企业。5G 时代，数字化浪潮成为新一轮生产力变革的重要驱动力。钱江经济开发区坚持以数字化引领推进"未来工厂"建设，促进产业迭代升级，为制造业高质量发展积蓄新势能。于是，就吸引来了魏斌等一众海归创业者。

刚来到仁和的时候，魏斌没觉得身旁这条波澜不惊的河流有什么特别之处。其实，近千年前的苕溪之畔，曾经诞生过一位百科全书式的科学全才。这个余杭人名叫沈括。他的墓就在离仁和不远的良渚安溪，距瑶山祭台和良渚遗址公园不过一箭之地。沈括曾经为石油命名，阐述小孔成像原理，走遍大半个中国，编绘《天下州县图》，记述活字印刷术，管理过国家天文台，改进了历法理论与观天仪器。他的身上正体现着"原创、首创、独创、外拓"的余杭文化精神。沈括笔下的"梦溪"，据说就是身边的这条苕溪。这么一听，魏斌登时觉得自己这做科研的人有了回家的感觉。

卡涞科技的高性能复合材料产品，服务于各大整车厂和供应商，包括理想汽车、长城汽车、东风汽车、宁德时代等等。自从 2021 年来到余杭发展创业，魏斌几乎忙得脚不沾地，忙碌而又充实。

从一片凌乱不堪的矿石开采地，到日新月异的现代化产业新城，魏斌每天感受着这块土地的变化。脚下的每一块土地上似乎都装满了前进的引擎。这片以往鲜有人知的创业热土正变得日益热闹起来，不断有新人从境外飞回加入，或者从别的城市呼朋唤友辗转而来。

在这里，每天都是崭新的开始，阳光洒在创业者们年轻的身姿上，生命的能量与自身的学识汇聚在一起，迅速拉长并跃升为余杭的竞争力。

自 2019 年挂牌以来，3 年时间累计完成有效投资 50 多亿元，年均增幅 25.05%，其中工业投资年均增幅 22.5%，高新技术产业投资年均增幅 200%……狂飙突进的业绩，正是钱江经济开发区的 3 年"答卷"。

从原来的仁和先进制造业基地，到余杭打造未来产业引领地的重要载体，钱江经济开发区的高质量发展"秘诀"究竟何在？

最重要的答案，或许就是——人才。

从海外归国后，魏斌没有选择北上广这样的大城市，也没去苏锡常这样的制造业集聚城，而是一头扎进了余杭苕溪边看似一片处女地的钱江经济开发区。询问他选择来到杭州的原因，他说除了同学的召唤，自己更多的是看中了这里智能制造的发展前景，还有余杭求才若渴的服务意识与政策支持。

卡涞科技是钱江经济开发区的第一个招商对象。2019 年底新冠疫情暴发后，双方开始正式接触，年前谈了一次，年后又谈了一次，很快就把这个项目敲定下来。在招商负责人看来，这支团队非常出色，既有企业运营的实战经验，技术研发实力也不弱，11 个创始人中好几个都是博士，各方面都比较成熟，能干实事、干大事。

卡涞科技是钱江经济开发区科技型企业成长的一个缩影。每年都有一些创业团队、青年领军人才慕名来这里落地生根，短短几年时间里便枝繁

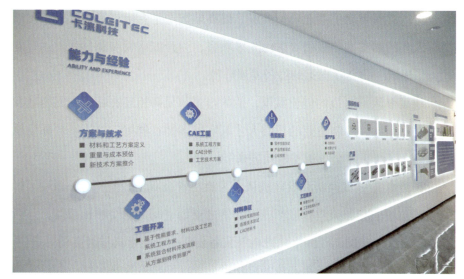

卡涞科技是钱江经济开发区科技型企业成长的一个缩影

叶茂，茁壮成长。

走进钱江经济开发区北部核心区块，可以看到坐落于智荟动力公园的余杭鲲鹏人才之家，一幢幢人才房比肩而立。

正是一条条落到实处的引才举措，让钱江经济开发区在自成立后的短短3年里，累计引进各级高层次人才504名，其中顶尖人才3名、市级人才61名，区级人才132名，博士、博士后等领军人才90名，全球名校毕业生等青年人才140名。

3年来，钱江经济开发区已成功引进摩根士丹利·乐坤杭州仁和国际产业园、杭州心血管医疗科技全球创新中心总部基地、强新科技、申威科技、润丰氢能源等重点产业项目，共计签约124个，总投资752亿元。

正是对产业功能区的准确定位，主攻智能制造方向，使得开发区持续引进一批优质企业，吸引了很多相关专业的高端人才，形成良好的人才集聚效应，进而带动了产业转型升级。以高端智造平台吸引高端人才，再以高端人才的朋友圈，吸引更多的人才项目，为开发区发展提供强大的智能动力，形成一个良性向上的经济发展环境。

魏斌很认可这边的创业氛围，他的很多师兄师姐还在德国，回内地发展的期望很大，"制造业的核心人才其实很多都在德国，这边平台和发展环境好，后续人才会源源不断地进来"。

2021年，钱江经济开发区被认定为浙江省级双创示范基地，新增了智能制造创新中心、美鸿智造产业园、紫之众创空间等6个孵化载体，与浙江大学合作共建的浙江大学先进电气装备创新中心也正式挂牌启用。

对于一些高端装备制造业孵化项目，钱江经济开发区会给予创建主体最高500万元的补助，同时将孵化器创建主体纳入让利性股权投资引导基金支持范围，引导基金投资规模最高可达1亿元。此外还支持社会力量参与创新载体建设，引进各类公共服务机构，提升创新载体专业服务水平。

在这里，除了有优越的创业条件，还有越来越便利的生活设施。魏斌发现，余杭这几年出行的速度越来越快，楼宇也越来越高了。运溪高架、莫干山路高架相继开通，地铁线路不断增多，在建的五星级酒店、商业中心、人才公寓等生活配套都已落地。从这里去杭州主城区越来越快捷，到西湖边半小时，到滨江奥体中心也只要40分钟车程。

另外，随着杭州地铁10号线、杭德城际轻轨、杭州"中环"等重大交通设施的建设与完善，叠加7条高速、2条国道、5条省道，开发区与上海、南京等长三角主要城市形成2小时经济圈，更加符合新经济人群快速出行的生活特点。

"很多人对钱江经济开发区的印象还停留在几年前，真的到这里走走看看，就会发现早已经发生翻天覆地的变化了。"

据钱江经济开发区招才分局的周景春介绍，钱江经济开发区不仅是最靠近杭州主城的智能制造集聚空间，更是余杭工业兴城的翘楚、"田园城市"的新样板。开发区周边进行了景观带整治规划，等于把所有的工厂都放到了一个巨大的公园里，这在全国来说都是首创之举。钱江经济开发区的目标，就是要做到产城人文高度融合，城市在工厂间，工厂在城市里，都不显得突兀，这才符合江南的生活美学特点，就是生产和生活其实可以做到一体化。

此外，钱江经济开发区还规划了"一轴两带双心，北智中居南创"的产城融合发展空间格局，北部聚焦智能制造，中部打造居住片区和生活服务中心，南部建设创新发展片区。杭州城北，一个全新的产业新城呼之欲出，产业氛围浓厚，居住环境适宜。

魏斌已经在设想着尽快给还在国外的妻儿置办一处理想的家园，让一家人早日团聚。

如何吸引更多像魏斌这样的高端人才来余杭发展并长久居住，是钱江经济开发区始终在思考的核心命题。目前开发区人才服务专窗已投入运行，实现人才最多跑一次、办事不出园，进一步完善了以全程代办服务为特色的"一站式"服务机制。

钱江经济开发区616套人才房项目已经主体结顶，人才服务中心建设即将完工；仁和街道卫生服务中心提升改造为区级专科医院项目已进入方案制定阶段；獐山路南延、和平路西延、奉欣路跨獐山港桥等道路改造工程有序推进。

"目前的钱江经济开发区还是1.0版，未来要慢慢发展到2.0和3.0版，真正实现产城融合，打造成为一个现代化的产业新区和人文居住园区。"

未来科技城发展到现在用了10年，钱江经济开发区的进度可能还会更快一点，"看看这两年的发展势头，自己就很有底气"。

在余杭，魏斌觉得一切皆有可能。

5 连接万物的事业

金李梅身后的《新五牛图》象征着她一路走来的拼搏精神

华光金李梅，这五个字连起来就是一句励志诗。

走进杭州华光焊接新材料股份有限公司（以下简称"华光新材"），在一楼展厅，最引人注目的就是满满一整面墙的专利证书，印证着这家企业的高科技创新型属性以及一路走来的光彩履痕。为专利墙作实证的是琳琅满目的产品展示台，陈列着焊环、焊带、焊片……林林总总的产品型号，既意味着它在国内新型焊接材料制造研发的龙头地位，也默默地告诉来访者它有不断迭代不断创造的进取心。由国务院、工信部、中国机械工业联合会、中国机械制造工艺协会、省市区各级人民政府及相关机构等颁发的各种荣誉奖牌，以及来自三菱、松下、美的、格力、海尔、三花、东方电气、中车等世界级产业巨头的各项优秀供应商荣誉证书，则是对华光新材成就的有力背书。

2020 年 8 月 19 日，在上海证券交易所，刚过完第 4 个本命年的金李梅，难得地穿上正装登场，在多年来一起栉风沐雨的创业伙伴热切的目光围绕之中，敲响了上市金锣。至此，从良渚一间租借的厂房里起步、最初只有 70 多名员工的华光新材，经过 27 年的接续奋斗，迎来了风华正茂的高光时刻——成功在上海科创板正式上市。

是什么样的机缘，让她这个大学教授的小女儿，投身于这个火石电光的工业制造领域呢？又是什么样的因由，让这个姑娘能在男人扎堆的行业里成长为领导人呢？

1992 年，还在读大学的金李梅，利用暑假去广州一家台资企业实习。实习结束返回杭州，金李梅兴致勃勃地去看望高中时的好友王晓蓉。王晓蓉的爸爸是浙江大学的老师，负责一家校办企业的技术和生产。王老师听说金李梅的姐姐和美的空调有过一次交集后，就尝试着问她："我这里有一种新研发出来的焊接材料，你去广州看姐姐时，能不能顺便帮我去问问美的能不能用？"

对工业焊接一无所知的金李梅好奇地问王老师："这个材料有什么不一样吗？"王老师简要地做了解释：工业产品的制造离不开焊接，传统焊接是焊接材料与母材共同熔解后相融以此达到组装连接的要求，但是这个新产品名叫钎焊材料，是可以在不破坏母材的情况下实现异种金属、金属与非金属之间精密连接的特种功能连接材料。

似懂非懂的金李梅初生牛犊不怕虎，接下了长辈交代的任务。1993 年，她再次登上了南下的列车。支撑她的除了友情与信任之外，还有王老师的一句话：钎焊材料用途很广，但是目前大部分都需要进口。我们中国人应该要做出自己的新型钎焊材料！

年少的金李梅和沉稳的王老师都没有想到，从杭州到广州的 K209 次绿皮火车会成为钎焊材料事业的开端。从怀着一腔勇气闯入美的集团的写字楼开始，金李梅居然在广东市场开拓了两年。她的执着与勤奋终于让美的、格力等头部企业接受了钎焊材料的进口替代。

1995 年 8 月，工厂筹建组在河西村黎明园成立。新生的企业叫个什么名字好呢？特种焊接材料表面光洁度要高、公司名字要朗朗上口……几种考虑在金李梅脑海里纷至沓来、组合旋转，让她灵光突至："新企业名字就叫华光吧！"

这个响亮而充满志气的名字，得到了一起创办工厂的王老师和王晓蓉父女以及河西村干部们的赞同。在良渚的土地上，一家新兴的焊接材料企业由此诞生。

工厂建成后开足马力运行，钎焊材料作为一种新型的"工业万能胶"，产销两旺，业务蒸蒸日上。

但因工厂在体制上还是一家村办集体企业，每年投入新产品、新技术中的研发费用有限，限制了企业的可持续发展。

2001 年，国家号召集体企业转型民营企业。为进一步激发企业活力，刚届而立之年的金李梅经过深思熟虑，在家人与同学的支持下全面接手公司。华光新材由集体企业转制成民营企业，金李梅从分管销售的副总成为公司董事长兼总经理。

她带领团队开拓市场、开发新品、强化管理、克难攻坚，以优质的产品、专业的服务、细致的管理，获得了松下、三菱、格力、美的、三花、东方电气、上海电机、哈尔滨电机等国内外知名企业的认可与好评。

杭州华光焊接新材料股份有限公司董事长金李梅

2004年，华光新材的销售收入从转制之初的1000万元增长到5000多万元，被浙江省中小企业局评为"最具成长潜力的中小企业100佳"。年轻的当家人金李梅，虽然不是机械工程类专业科班出身，但她对技术的执着信念始终如一。

作为务实的企业家，金李梅当然知道，企业要壮大空有产业情怀是不行的。要继续发展，一要有人才队伍，二要有后续资金，三要有生产用地。但是世纪初的杭州，房地产如火如荼，到哪里去寻觅扩大再生产的工业用地呢？

余杭区急华光所急，送来了甘霖。2006年，在余杭区及良渚镇两级政府的关心下，华光新材在勾庄良渚产业园拥有了自己的15亩发展用地。2008年，华光新材将原隶属关系从下城区全面迁入余杭区。从此，华光新材迎来了全新的发展。

当时的金李梅并未想到，与余杭区的深度连接，能让华光新材日后走上发展快车道，登上众望所归的国家科技进步奖领奖台，并一路托举到上海证券交易所科创板。

从一间村集体所有制企业到余杭区首家科创板上市公司，华光新材走过的道路既是产品不断迭代升级之路，也是管理不断优化与人才汇聚之路。说到政府在人才引进和管理升级上的支持，金李梅对2008年那次德国之行记忆犹新。

2008年初，西方主要国家爆发金融危机，危机之下很多企业订单不再，贷款难得，人心涣散。企业该向何处去？企业家还要不要勉为其难撑住这副担子？

越是迷茫时刻，越需要开拓思路。余杭区政府筹谋安排出资100万，组织了区内优质企业负责人17人，前往先进制造与管理的代表国家德国学习取经。培训历时21天，企业家们近距离参观了大众、双立人等国际知名企业，观察和思考企业管理。这 21 天是开阔眼界的学习之旅，也是交流思考的发展之旅。金李梅看到了大众汽车厂的工人即便是拧一个螺丝也有满满的自豪感，更看到了百年企业的精细化管理能够切实地降本增效。

2008 年的余杭区还不是全国领先的经济明星，换句话说，就是区财政并不宽裕。这 100 万在当时是一个大数字。然而，"好钢用在刀刃上"，余杭区的这笔企业家培训特别经费，后来被证明是一次极具先见之明的"天使投资"——这批出国培训过的企业家，回国后至今，已有南方泵业等多家上市企业，还有如千年舟等几家企业也在培育上市。

"我们建了个群，这个群现在还在的。"金李梅看了看手机，脸上露出了微笑。立足在余杭这片创业的沃土，金李梅从不会感到孤独。

授人以鱼不如授人以渔。余杭区的主政者深谙个中之道，对企业管理者的培训是持续进行的。2012 年，区里组织职业经理人赴京参加高级管理研修班。为了减轻企业家们舟车劳顿的负担，更便利企业家们抓紧机会深入交流，区里慷慨出资安排大家住宿在钓鱼台国宾馆。研修结束时，区领导还专程赴京看望受训企业管理人员。这一幕让同期参加研修班的其他地区企业家啧啧称羡："你们地方上的领导太重视你们了！"

余杭区对企业家的支持不止于此。区里还连续多年拨款 1000 万元专项资金用于企业各类人才的培训。区经信局人才办的干部先试听林林总总的培训课程，筛选之后再精准推荐给匹配度较高的企业，免去了企业的无效投入。区里发布引才"黄金 68 条"，为企业招聘优秀人力资源广开渠道。余杭区还承办全国性乃至国际性行业发展论坛，将企业推到前台，让企业站到聚光灯下，获得宝贵的社会影响力和业界美誉度。

现在的华光新材已经拥有 500 多名员工，其中 20% 以上是技术型人才。在杭州市的各级人才评定中，余杭区人才办也予以了直接的辅导与支持。当华光新材申报制造业单项冠军示范企业、浙江省高新技术企业、省级信

华光新材已连续 6 年承办"绿色连接与制造"高峰论坛

用示范企业等荣誉时，余杭区派出专门人员对接，上门辅导申报材料。在华光新材满满一墙荣誉证书的背后，有余杭区政府机构为企业服务的满满诚意。

一家企业有什么样的当家人，就拥有什么样的企业气质。

当华光新材逐渐枝繁叶茂，金李梅也更多地参与到行业健康发展和科技人才资源积累中去。2022 年，在中国焊接协会成立 35 周年之际，在 1300 多家会员单位中，华光新材被推选为排名第二的优秀会员单位，这是对华光新材积极支持行业协会各类学术活动的表彰，也是对华光新材作为行业发展标杆企业的认可。

在余杭区，已经连续 6 年由华光新材承办的"绿色连接与制造"高峰论坛，被列入余杭区年度十大重要活动，得到区政府的政策倾斜支持。

时间来到 2022 年岁末，董事长金李梅已经带领华光新材奔跑了 27 年。27 岁的华光新材是一位风华正茂的有志青年，而创始人金李梅年过半百却依然目光灼灼，有着一身常年在一线打拼留下的朝气和锐气。对这位女企业家而言，年龄从来不是问题，积极投入工作就是永葆青春的灵丹。

暮色四合之时，金李梅仍侃侃而谈毫无倦意。她的胸前别着一枚公司徽章，青山之中旭日光华。她身后的墙上，则有著名画家鲁光先生赠与的一幅生肖画，那是一头可爱的猪。鲁光先生题跋——大聪大慧。一个对产品负责、对员工负责、对社会做出贡献的企业家，就是典型的拥有"大聪大慧"境界的人。

从岭南的写字间，到江南的工业园；从激扬青春的大学生，到肩担风雨的企业家；从热心助人的后生晚辈，到上市公司的掌舵人；从关心员工生活的可亲大姐，到为社会发展建言的人民代表……一路走来，时代的机遇和召唤，地方的平台与氛围，这些林林总总的元素，共同让金李梅率领华光新材这家优秀的科技型企业在时代的新征程上，行稳致远，建功立业。

千余年前，南湖由东汉余杭县令陈浑开辟，至今仍体现着生态之美

第五章

绿水青山只等"贤"

如果有人问，余杭是一个怎样的地方？

余杭人会回答：这是一个美丽的地方，是一个能让人心飞翔的地方。

甲骨文中的"美"字，下部是一个大字，上部是羽毛之类的装饰物，合二为一就是一个向天而立的羽人，头上装饰着高耸飞扬的羽毛头饰，古人认为这是美。

甲骨文中的"麗"字，下面是一头鹿，上面是两张兽皮，今天游牧民族仍普遍采用这种装饰。后来，汉字简化时省去"鹿"，于是就成了现在的"丽"字。

五千年前的这块土地上，那时的人们就头戴鸟羽，食物中也有了鹿肉。解决了基本的温饱之后，先民们开始寻求"美丽"——他们造屋、筑城、治水、琢玉、制陶，把家园安置在水边的诸多小块洲渚上，于是就有了"美丽洲"，就有了后来的文明。

余杭从最初开始，文化与生态即密不可分，历史与未来就首尾相接。

余杭的先民们，既有饮食之精细，亦有衣冠之精美，还有器物之精致，更有工程之精良。所有这一切的内在动力，都是因为余杭人感恩天地并对万物充满了好奇。

余杭有着诸多的文明原点，如良渚古城遗址、径山小古城遗址、李家塘遗址、跳头遗址、瓶窑北村遗址；余杭也有着诸多的文化标点，如径山禅茶文化、荀山劝学文化、良渚杜甫文化、仓前太炎文化、五常龙舟文化、西溪洪氏文化等等，全都体现着"上下五千年未曾断流的中国"。

余杭拥有众多的科技亮点：从古代沈括包罗万象的《梦溪笔谈》，

到今天良渚实验室、湖畔实验室、之江实验室、天目山实验室的"上天入地";从未来科技城的互联互通,到生命科技小镇的万物生长,全都体现着"创新就是发展第一动力的澎湃中国"。

余杭还拥有众多的美丽景点:山有径山、王位山、东明山;水有运河、苕溪、梦溪湿地;村有青山、新港、仙宅;镇有瓶窑、闲林、径山、黄湖、鸬鸟、百丈,充分体现了余杭生态的美好,从这里可以看见"绿水青山就是金山银山"的生态中国。

2005年8月15日,时任浙江省委书记的习近平同志到安吉余村考察,首次提出"绿水青山就是金山银山"的科学论断,指出了一条"绿色生态之路"。

2023年6月28日,十四届全国人大常委会第三次会议决定:将8月15日设立为全国生态日,以钉钉子精神推动生态文明建设不断取得新成效。全国生态日的意义,在于把"这一天"变成"每一天",让生态文明深入人心。

余杭和余村,同在苕溪之畔,同样的绿水青山记录着这样一场"生态革命"。发展和环境之间,哪个更重要?生产和生活,何者为目标?面对挑战和选择,余杭的企业率先给出了自己的答案。

春风又绿江南岸,这个"绿"就是万物复苏之生态伟力。

绿水青山只等贤,这个"贤"就是生态环保之领军人物。

望得见山,看得见水,记得住乡愁。

人不负青山,青山定然不负人。

1 海牛是一头很牛的牛

浙江海牛环境科技股份有限公司董事长陆侨治

比起许多科学家，"不安分"是深入陆侨治博士骨髓的一种独特魅力。

他在工作岗位上考上浙大研究生、自费出国留学、独自闯荡加拿大、选择海外创业，还曾活跃在加拿大政坛，又在国家人才战略决策的号召下，回国二次创业——他总是能在时代的潮流到来时，站上浪尖。

在创业的路上，他也不忘报恩，用他身体里"不安分"的能量，连接着各种社会资源，活跃在余杭招才引才的舞台上，把自己当成一棵在阳光雨露下茁壮成长、又能给予大地反哺的大树。

一个生物群落的特征，来自群落里生活的所有角色。陆侨治还记得，2010 年，当他下定决心全职回国，来到余杭区考察的时候，跳入眼帘的还是遍野的稻田。如果是一个普通的商人，他可能会因为这里远离喧闹而迟疑不前。可是，陆侨治却很快就做出了决定，就在这片"希望的田野上"，开始自己全新的创业。

陆侨治祖籍在杭州的富春江边，成长于博士之乡东阳。1980 年，他考入中国石油大学炼油专业，毕业后被分配到兰州，当了 3 年老师，又于 1987 年考上浙大研究生。就在浙大学习期间，陆侨治在外语互助组里认识了一对来自加拿大、毕业于哈佛的医学博士夫妇。在这对夫妇的鼓励下，陆侨治考上了加拿大阿尔伯塔大学的化学工程专业，并取得了攻读博士学位的全额奖学金。

去加拿大求学前夕，陆侨治身上所有的积蓄加在一起只有 30 美元，连买机票的钱都是向这对夫妇借的。他至今还清楚地记得夫妇俩对他说的话："今天我们帮助你，以后有机会你可以去帮助别人。"这句简简单单的话，此后一直影响着陆侨治。

1994 年，陆侨治获得了阿尔伯塔大学化学工程博士学位，之后在滑铁卢大学任博士后研究员 1 年。在此期间，他在世界一流期刊上发表 3 篇学术论文，获得 1 项美国专利，并担任了滑铁卢大学中国学生学者联谊会主席。

但是，他并没有像大多数人以为的那样，沿着学术研究人员、科学家的道路走下去。"不安分"的他，在加拿大选择了创业，从事工程、管理和商务咨询业务，同时开始活跃于加拿大政坛，多次陪同加拿大总理、部长等政要访问中国。在这过程中，陆侨治了解到国内环保事业的发展，对国内投资创业环境有了新的认识。

2008 年 12 月，一个国家级战略，一番巨资投入，一场面向科技、面向世界、面向未来的"大戏"，悄然拉开了帷幕。国家人才战略决策出台，一大批海外高层次人才纷纷归国。北京昌平、天津滨海新区、杭州余杭、武汉光谷等四个国家级科研试点基地，勾勒出一幅宏大蓝图。

陆侨治也坐不住了，2010年，作为浙大学子，他选择回到全国四个"未来科技城"之一的余杭，创立了浙江海牛环境科技股份有限公司（以下简称"海牛环境"），主要从事石油化工、环保和节能等领域的新技术开发、服务及相关专业设备的生产和销售。

"海牛"这个词和公司的Logo，是陆侨治自己琢磨出来的。如同陆侨治所从事的环保水处理事业，海牛就像一位水下园丁，它们不停修剪水下草原，使水草保持短小健康，给鱼类和很多海洋物种提供了适宜的"水下育婴室"。身在海创园，陆侨治也给公司取了"High New"的英文名，既是海牛的谐音，也有"高新"的意义。Logo上一进一出的小三角，也象征着海牛环境通过高科技方法的处理，吸附水中的污染物，再通过化学提取，循环有效利用资源。

说到自己的创业经历，陆侨治总会说："余杭区为我们这些海归人才打造了这么好的创业环境和平台，给了这么多的扶持政策，我们创新创业、茁壮成长，离不开余杭这块万物生长的'水乡泽国'，这里的人最善于'治水'。"

有别于传统的污水处理技术，海牛环境的"化学工程原理技术"，面临着市场接受度的挑战。在余杭区政府的信任和支持下，海牛环境大胆尝试，在3个月内，以极少的新增占地面积和极小的施工工作面，完成了余杭污水处理厂应急扩容项目，使整个厂区的处理水量由以前的6万吨/日扩容至8万吨/日，并提高了出水水质标准。在这里，海牛环境使用了最新的数学建模等工具，建设成本大幅降低，获得数位院士的高度评价。

经过多年发展，海牛环境已经成为环境科技领域领先企业。公司的产

海牛环境研发了多项先进技术，填补了国内空白

品在中石油、中石化、中海油等脱硫系统上安装上百套，大大提升了炼化行业中有机胺液的脱硫效率和能力。通过与浙江大学、中国石油大学在废水处理、胺液净化及离子交换技术等方面开展科研合作，海牛环境研发了多项先进技术，填补了国内空白。

从余杭未来科技城落下第一铲建设之土开始创业，这些年来，陆侨治看着越来越多的高层次人才汇聚到了余杭，把这里当作追逐梦想、实现梦想的地方。在陆侨治看来，余杭区为高层次人才打造了优异的创业环境和平台，真正把"人才优先""人才强区"作为全区的发展战略。

保持源源不断的创新活力，人才是关键。秉持着"人才是立区之源，创新是立区之本"的理念，余杭区的人才发展新生态呼之欲出。

杭州市区划调整后，余杭专门新组建了"招才局"，进一步统筹招才引智和招商引资资源，加大对高层次人才和人才项目的招引力度。余杭区还率先建立"举荐人"人才评价制度，首创政企"共享人才官"引才机制，与风投机构建立"金融举荐人才委员会"，政保合作推出"人才创业险"，此外，余杭区还拿出真金白银，对于顶尖人才领衔项目给予亿元级别的政策资助。可以说，余杭已经形成了一个"热带雨林式"人才生态区。

在余杭区人才生态的这片"热带雨林"里，陆侨治也把自己当成一棵既能茁壮成长、又能反哺大地的树。多年来他一直坚持"创业路上也不忘报恩"，除了办好企业、多纳税、为环保事业尽一份自己力，他也深知"一花独放不是春，百花齐放春满园"。

2011年，杭州未来科技城高促会成立，创始人李伟连续当了5年会长。从2016年11月开始，改由陆侨治担任会长。

在高促会的介绍上，写着这样两句话："一个为人才提供众联、众助、共享、共赢的众创舞台，一个为创新提供高浓度、高频度、高密度的互动平台。"高促会服务工作的主线，就是组织余杭高层次人才间的各种交流活动，搭建联系平台，促进人才和项目的沟通、了解、帮扶、合作，发挥人才与政府部门之间的桥梁纽带作用。

高促会的工作人员并不多，除了会长、副会长，只有2名全职人员。不过，高促会日常的活动可不少，每个月都会在未来科技城定期举办各种培训、讲座和沙龙，开展创业教育和创业辅导，内容覆盖财税、法务、人力资源、知识产权、投融资等相关领域。

一年下来，高促会差不多要组织大约100多场活动。其中，"财税讲堂"已成为高促会的品牌活动之一，每次都有百余人参加，服务的对象就是在余杭创业的高层次人才。现在，高促会已经成为余杭、杭州乃至全国最活跃的高层次人才组织之一，也成为在余杭创业的高层次人才交朋友、了解政策的"人才之家"。

余杭区为人才创新创业提供最优发展生态圈，不仅体现在政府政策上，还体现在社会各界都有着高度重视人才、全力服务好人才的责任感。在许多关键时刻，各行各业的社会资源都不遗余力地支持着创业人才。

陆侨治回忆，在支晓华博士创立鲁尔新材的初期，可以说除了脑子里的想法和一间狭小的办公场所，手里根本没有"粮"。陆侨治和余杭区相关部门一起，帮助鲁尔新材对接资源。一直在支持高促会工作的江苏银行杭州分行得知后，根据支晓华博士的核心技术和发展前景，果断给予人才信用贷款100万元，最后增加到2000万元。事后，陆侨治自费给银行送去了一块匾额，上书四个大字："雪中送炭"。

水积而鱼聚，木茂而鸟集。余杭区提出了由"未来之星""未来之光""未来之源""未来之力"四大模块组成的"翱翔计划"，提出5年内招引集聚100名科学家、战略家等顶尖人才，1000名全球名校优秀博士、博士后为代表的领军人才，1万名全球名校毕业生为代表的青年人才，20万名各类高校毕业生为代表的储备人才。

"今天我们帮助你，以后有机会你可以去帮助别人。"当年帮助陆侨治去加拿大留学的那对夫妇的话，一直是陆侨治的人生信条。

早在回国创业之前，陆侨治就已经是一位天使投资人，先后投资过十多家公司，其中一家科技公司后来成功上市。作为一个"老天使"，陆侨治很清楚"小天使"最需要翅膀下有风才能飞起来，这个风就是托举人才起飞的条件。

高层次人才创业、初创型企业，常常会遇到一个棘手的问题：除了专业技术和一腔热血之外，没资金、没家底、没经验，苦于缺乏启动资金支撑。2020年，陆侨治联合30多家余杭的人才企业，设立了一支"肥水基金"。大家一人拿出50万元，建立了一个基金池，第一期筹集资金2000多万元，邀请赛伯乐做GP（普通合伙人），并和杭州余杭金融控股集团有限公司（以下简称"余杭金控集团")合作，专为在余杭创业的高层次人才服务。

为优秀的高层次人才的创业梦想助一臂之力，已经成为"余杭共识"。

早在2018年，余杭区就成立了天使梦想基金，以"投早、投小、投科技"为导向，更好地支持科技和产业创新。余杭金控集团负责天使基金的管理，投资对象遍布信息、生物医药、先进装备制造等重点产业，以及新能源、新材料、电子商务、文化创意、现代都市农业等重点领域的优秀初创企业，紧跟余杭区产业导向和战略发展方向。

余杭天使梦想基金定位为最前端的天使基金，对优秀人才"高看一眼"，给他们"插上翅膀"，自2018年设立至今，累计已投资121个项目，出资金额9560万元。此后，天使梦想基金又迭代升级，由政府全额出资变为联合社会资本共同出资，以政策性的投资导向、市场化的决策手段为企业赋能。2022年，余杭天使梦想基金升级为余杭区天使基金，首期规模达1.9亿元。

此外，根据产业类别和投资阶段的差异，余杭金控集团管理的政府产业基金除了以天使基金的形式，还以子基金、让利性投资、同股同权直投等方式进行运作。各类金融资金支持几乎可以覆盖企业从初创到加速发展，再到上市的全过程。

截至2022年底，余杭政府产业基金总规模98亿元；子基金合计53个，认缴总规模达545.50亿元，累计投资项目806个，累计对外投资总额190.6亿元；其中，投资余杭区项目384个，总额43.41亿元。当前在投存量项目695个，投资总额176.66亿元；其中，区内项目305个，总额36.15亿元；形成了撬动社会资本杠杆，助力余杭产业升级发展的良好局面。

此外，针对高层次人才及企业，余杭区还推出了"人才小贷""科创数贷""才金直通车"等金融产品和服务。符合"人才小贷"条件的余杭区创业人才，一旦需要资金，只需通过手机短信，全天 24 小时实时借款、还款，3 秒到账；而"科创数贷"则针对科创型企业"重智力、轻资产"特点，利用"数字技术"优势，为符合准入条件的人才及科创企业进行担保；"才金直通车"数字化应用场景，为创新创业的各类人才提供一站式、高总额、低利率、实时通的人才（项目）线上专属金融产品。

在余杭，还有一个"余杭区金融服务人才联盟"，联盟根据企业成长的四个阶段：项目孵化阶段、企业初创期、企业成长期、上市阶段，列出人才企业基金、贷款、保险、担保等金融产品清单，为人才企业提供一揽子金融服务。

陆侨治作为一个天使投资人也没闲着，他个人的投资方向，更集中在余杭区的高层次人才创业企业、高促会会员企业身上。像鲁尔新材、弈芯科技、多域生物、微慕科技、靖安科技等众多余杭区的高新企业，在发展的起步阶段，也都得到过陆侨治的助力。

"创新离不开人才，余杭区对人才的重视，对人才创业的支持，已经形成了很好的氛围。"陆侨治说，"支持人才创业的时候，要充分重视初创型的企业，每个人都是从小长大，就像在教育领域，从幼儿园到小学的阶段，其实特别重要。不管是政府还是其他部门，希望大家能够给初创企业多一些关心、爱护、支持，哪怕是他现在只是几个人的小公司。"

"未来，余杭一定能在一两个领域打造出世界级的大型企业。"

这是陆侨治对创业余杭的期待，也是他对投资余杭的信心。

2 在江南水乡做一个"水二代"

杭州上拓环境科技股份有限公司董事长谭斌

创业者谭斌有点儿"抠门"——搭个地铁都想方设法省钱。

因为公司在全国多个地区有水处理业务，所以出差是家常便饭。每次去杭州萧山机场，他总会亮出手机上的杭州人才码搭乘地铁，从杭州文一西路最西边的余杭仓前，再到东南角的萧山机场，时间被精准地控制在1小时5分钟。到机场后，他同样可以凭杭州人才码，免费到机场贵宾室候机。

人才码免除的地铁票价，是 10 块钱。

作为一个创业者，谭斌对控制"成本"这个变量有个执念："基本上，就不希望有其他的成本，最好都是研发成本。"

省下的 10 块钱地铁票价，给谭斌带来的是一种特殊的满足："人才码只是一个生活的小例子。其实对于我们来说，从中感受到的是杭州市、余杭区，对人才的那种尊重。在这里创业、生活，有一种归属感。也正因此，我们才会带有一个希望，在余杭这样一个科技创新的热土上，不仅去投入创新，也要去营建我们的生活。"

谭斌创立的杭州上拓环境科技股份有限公司（以下简称"上拓环境"）是一家以高盐水处理技术为核心，致力于研究发展海水淡化、废水零排放、垃圾渗滤液、特种分离等领域的水处理企业。

他在自己的微信账号上，特意写了一个前缀："水二代"。

"中国有很多受父母影响成为'二代'的。按从事职业分，有军人、教师、音乐家、企业家等的'二代'。但是，在科学技术上的'二代'，可就不多了。"

谭斌的父亲谭永文，是全国海水淡化及水处理领域领军人物，国务院政府特殊津贴获得者，从事膜法水处理技术研究近 40 年，在水处理技术和膜法海水淡化技术发展方向，为我国海水淡化工程技术进入世界先进行列及其产业的发展做出了突出贡献。

谭斌从小随父母在杭州这个江南水乡长大，在父亲身边的耳濡目染，让他在心里种下了一颗种子。如今，他把这标签打在名字前面，袒露着自己的心志：成为一个传承科技的"水二代"，在父辈研究成果的基础上，去寻求更新更大的突破。

当然，他传承的方式，更带着时代的光芒。

从学校毕业后，谭斌顺利落户北京并在央企工作。后来，在创业创新的热潮中，他毫不犹豫地辞职，放弃北京户口回到了杭州创业，于 2013

年 6 月成立了上拓环境。就在水处理领域、在从小生活的杭州，谭斌用成为"创一代"的方式，去完成"水二代"的传承。

选择将公司落址在余杭仓前，是因为"从小生活在杭州的城西，对这片美丽的地方，有自己的感情在里面"。

也是从这个月起，阿里巴巴浩浩荡荡的 1.2 万名员工向西迁移，开始陆续搬进坐落在余杭的淘宝城总部，那是未来科技城历史上的标志性事情。

余杭仓前有着上百年历史的传统美食"掏羊锅"远近闻名，不少人提到仓前，就会不约而同地想起"羊锅村"。杭州市民去仓前品尝掏羊锅，要从武林门乘 506 路公交车到余杭街道，再转一趟车才能来到仓前。那一年的"双十一"，杭州《钱江晚报》还在报道里写道："村里搬来了淘宝城，虽然它家的'双十一'名声大，但羊锅村的'双十一'可是已经办到了第八年。"

正是从这时起，属于余杭的另一块大幕已经徐徐拉开。2013 年的 5 月 28 日，一片北至杭长高速公路、东至杭州绕城高速公路、南至杭徽高速公路、西至南湖，规划总面积达 113 平方公里的核心区块，正式启动建设。它有一个令人畅想联翩的名字——"未来科技城"。

在创业之路开始的第一步，谭斌和他的团队，就要开始挑战自己的"舒适圈"。因为和他一起创业的几个伙伴，都是技术出身，在公司开业之初，他们不但缺乏雄厚的资金，也没有任何既有的客户资源。

这道题，到底该怎么破？这个头，究竟要如何开？

一棵"小苗"入地，最初的"甘霖"就来自余杭区。政府方面除了给予公司 3 年 600 万元创业补贴经费，还给了谭斌个人一笔人才安家补助。这笔钱，最终被他全部投入了创业启动资金里。

但最关键的还是，他们凭借自己过硬的技术和行业口碑，打开了市场局面。

这也坚定了谭斌对公司发展路径的判断：在创业的底层逻辑中，技术创新是第一位的。环保产业是持续向上发展的，只要技术过硬、保持不断领先，一定可以在这片蓝海中破浪前行。

"在水处理环保领域，客户的需求从购买设备发展到购买服务，对技术提升有了更高的要求，研发也就变得越来越重要。"谭斌举例说，采用更先进的技术将废水浓缩到更小的量，废水处理的耗电量更低、效率更高。同时，上拓环境也在不断引入更数智化的软件和设备，通过数智化管理对不同行业的废水进行分析，更快、更精准地发现和判断问题，同时还能减少人员配备和值守时间。

每一个技术进步，都将带来三赢：客户得到了性价比更高的服务，公司自己也有了更大的利润空间，更重要的是，技术的进步对社会资源的消耗更低，也更低碳。此前，上拓环境委托开发的水处理设备巡检和数据分析的系统，通过进行数智化管理，能够帮助客户至少提升 20% 运营效益。

这种依靠技术进步和领先来"节省成本"的方式，意味着要确保核心竞争力，就要在研发和人才上不断投入。当初选择在余杭创业的准确性，也就展现了出来：

2017 年，位于未来科技城的中国（杭州）人工智能小镇的之江实验室正式成立，以"打造国家战略科技力量"为目标，实行"一体两核多点"的运行架构，主攻智能感知、人工智能、智能网络、智能计算和智能系统五大科研方向，重点开展前沿基础研究、关键技术攻关和核心系统研发，建设大型科技基础设施和重大科研平台。

同时，余杭区还打造了良渚实验室、湖畔实验室、天目山实验室等重点科研平台，成为浙江省实验室布局最多的区县市。而余杭的未来科技城，也成为杭州城西科创大走廊的核心地带。这条杭州"举全市之力"发展的城西科创大走廊，未来将建设成为高质量发展引领区、城市现代化先行区、

上拓环境致力于研究发展海水淡化以及特种分离等高盐水处理技术

整体智治示范区，成为创新力、竞争力、影响力卓著的高水平现代化引领示范区。

余杭不止有如此波澜壮阔的创新脉搏，还有渗透进日常的创新基因。

"即使是在日常的交流中，我也常常发现，领导干部们应该平时上了很多课，他们说起数智化，包括具体的技术路线等等，都有很深的认知。"

这给了谭斌越来越强的信心，要依托余杭的科研资源，不断进行研发和成果转化。上拓环境在发展过程中，在研究方面不惜重金投入。包括水处理设备的膜元件等各种要件，或自行开发，或与高校产学研结合。其中，与浙江大学、杭州师范大学等当地高校合作的产学研项目，约占上拓环境研发成果的 20%。围绕节能、低碳、绿色的水处理技术，上拓环境已经取得了 200 多项专利，以及众多省、市、区重大科技计划项目。2022 年，又牵头获得浙江省重点研发项目中最高水平的"尖兵"项目 1 项，联合浙江省生态文明中心获得"领雁"项目 1 项。

2022 年初，上拓环境在余杭又新设立了一个研究院，分别针对减污、减碳、资源化、数智化四个水处理科研方向设立研究小组，从业务出发，将废水中的资源进行分离、提取、浓缩，并进行数字化收集、数字化管理。目前，研究院已经有 20 多位包括博士、硕士和大学教师在内的研究人员。

正因为有了持续、强大的研发和服务能力，上拓环境的业务，已经拓展到横跨亚非拉的 18 个国家。即使在全球疫情的背景下，"海水淡化"为主的海外业务受到一定影响，但上拓环境的业务，迅速转向以内需为主。随着国内新能源领域市场的爆发，新能源汽车锂电、光伏行业，天然气页岩气的各种水处理，都成为上拓环境大展身手的领域，新能源行业服务的合同金额，也占到了上拓环境营收的一半。

从 7 个人创业开始，企业不断从小到大，如今把水处理业务发展到世界各地，谭斌的切身感受是，在招商、引才方面，余杭区的格局开阔、富有前瞻性。

"余杭不仅有阿里巴巴这样的'大树'级的企业，更有许许多多小微企业，从创业开始就在余杭发展的'小树苗'。而阿里巴巴这样的'大树'开枝散叶，又长出了更多的有活力的'小树苗'。整个余杭的中小微企业活跃度，是非常高的，他们的根在这片土地上扎得非常牢。"谭斌说。

不仅追求"顶天立地"的高精尖企业，更要保护"铺天盖地"的小微企业。在这种指导思想下，多年来，余杭区有效推动小微企业稳步发展，小微企业指数曾连续保持全省领先，综合贡献力、成长活跃度等各项指标，均居全杭州第一。在全省"小微企业三年成长计划"工作中，余杭区连续三年获评浙江省"小微企业三年成长计划"工作优秀区，也是杭州市唯一连续三年获此荣誉的地区。

2022 年，余杭区中电海康海创园、浙江大学校友企业总部经济园、风尚智慧谷、杭州未来健康科创园、浙富科技园等 5 家园区，上榜了浙江省级小微企业园，入选数量位居全省领先行列。全区共有省级小微企业园 40 家，数量也居全省前列。

"小树苗"们的成长，有了"园丁"无微不至的呵护培育，就有可能长成参天大树。"我负责阳光雨露，你负责苗壮成长"，是余杭区的创业者最耳熟能详的一句话。

谭斌切身感受到余杭区创业在招揽人才、研发资金方面的优势。人才安家补贴、人才服务一站办理等政策和服务，科技贷款、专利贷款等金融"造血"政策，还有各类研发项目的配套资金，都让企业的发展如同插上了一对翅膀。

"余杭区对人才的招引以及创业服务，是个系统性的东西。不管怎么样，先干起来再说。人才招引来了之后，给予一系列政策帮你把企业开起来；项目落地后，又帮你更好地申请配套资金。就像我们从一无市场二无营销开始创业，一路上都能感受到这种'和你在一起'的扶持。所以余杭的人才密度才会越来越高。"

自然而然地，谭斌也成了一位义务的余杭"引才"宣传员。这几年，他碰到一些外地的环保企业想拓展业务时，总是不遗余力地邀请他们来余杭落户。"好多环保同行来余杭创业，包括办公室选址落地，都还是我帮他们找的。"谭斌笑着说，"人家说害怕同行竞争，但我从来没怕过这个。大家都是做各自细分领域的技术，还能形成技术协作和业务合作，也让余杭的环保产业链上下游更完善，在这里大家都能发展得更好。"

谭斌也把自己的家安到了余杭区。从最初的"城乡结合部"，到经历多年的"大工地"，谭斌发现，杭州变小了而余杭变大了，身边的风景也变得不一样了。

城市，正跨过绕城高速，沿着文一西路，不断向西挺进。地铁交通网形成，运溪高架通车，杭州西站的开通运营，抹去了杭州城西西郊的界限，让余杭"城西"变得高楼林立、车水马龙，高品质高规格的商业中心，也带来了高品质的生活。

余杭，已经完成了从农田水乡到科技新城的华丽蜕变。在行政区划调整后，余杭首次提出了"杭州城市新中心"。继西湖时代和钱塘江时代之后，杭州城市从投资驱动进入创新驱动的"大城西时代"，与杭州的前两个城市中心不同，作为杭州新经济转型最为成功的区县之一，余杭的发展立足于"自"，它是内生型的资源禀赋，并促进这些资源的产业化。"杭州城市新中心"，给余杭带来的不仅仅是面积的变化，也是区域经济地理格局的改变，更是全新的发展理念在余杭开出的花、结出的果。

谭斌更相信，余杭的未来还有很大的空间。"5年、10年之后，我希望它会变为中国人才创业的一个高地。大家提到创业，首先想到杭州余杭区。"谭斌说，"今天我们会看到很多20多岁的年轻人不断地来到余杭，大家肯定是为了谋求更好的发展。我也希望，余杭能够更好地让人才在这里安居乐业，不管他是本科生、专科生，还是高学历的工匠。"

谭斌让孩子转来余杭区的学校上学，他把自己对未来期待的金种子，完全托付并种进了这个"杭州城市新中心"。

"我也很希望，在余杭这个科技创新的高地上成长起来的孩子们，他们的发展理念就是科技创新。"就像当初的自己立志要做"技二代"一样，谭斌期待着余杭的孩子们能够传承创新的文化根脉，成为"创二代""创三代"，"在不远的未来，科技创新的能量是可以源源不断的"。

3 膜界江湖，勇立潮头

浙江开创环保科技股份有限公司董事长包进锋（左二）

2023 年 3 月 23 日，第二十一届水业战略论坛在北京盛大开幕。

本届论坛以"迎接环境产业的第三次浪潮"为主题。3 月 24 日，在论坛现场举办了 2022 年度水业企业评选细分领域 10 大奖项的颁奖典礼，浙江开创环保科技股份有限公司（以下简称"开创环保"）荣登"水业市政环境领域领先企业"榜单，并荣膺"污水深度处理年度标杆"奖项。

在开创环保掌门人包进锋看来，每个行业都有自己的江湖，不同的江湖就有不同的游戏规则，不同的游戏规则就有不同的成功要素，对于膜行业也不例外。

在"膜界"江湖里，既要有产品公司，也要有产品应用公司，相互之间有一定的独立性但也需要相互协同。那么，开创环保是如何在"膜界"江湖里保持竞争优势的呢？

开创环保的做法是，从产品研发、生产、制造到应用集成，再到项目的运营服务，将整个产业链打通，同时在每个点上做到极致化，以此形成核心竞争力。

同时，开创环保在北京、广州、成都、杭州构建了四个服务中心，分别辐射华北、华南、华中和东部沿海区域。通过链接"物联网"技术，将数字化的数据与地面服务相结合，形成在线监控、维护、预警及快速反应机制，实时感知水质对当地环境及百姓健康的影响，进行及时的响应和快速服务，实时有效的治理和保护。

未来，环保行业的分工将会越来越细化。企业若想持续发展，应根据客户需求进行有效创新，做到"不求所有，但求所用"。开创环保明确行业的生存之道，因此不满足于只做技术型企业，也要做以客户为中心的企业。

开创环保成立于 2008 年，是一家以膜技术为核心，为客户提供膜组件与装备、综合技术解决方案及后端运营管理服务全流程的环保公司，属国家级高新技术企业。业务覆盖工业废水治理及零排放、市政污水治理及中水回用、市政自来水品质提升、村镇水环境治理及安全农饮水和水务智慧运营等领域。

专注深耕膜材料领域 10 多年，开创环保以科技创新为企业持续发展的动力源泉，逐步成长为具有创新能力和成长力的水业品牌企业，浙江省重点企业研究院，浙江省生态经济促进会副会长单位，浙江省水与湿地生

不求所有，但求所用，环保行业的分工未来将会越来越细化

态保护专业委员会依托单位，浙江大学膜与水处理技术教育部工程研究中心膜分离装备、膜分离材料的产业化基地。

目前，公司已拥有 100 多项核心专利，先后承担科学技术部、省、市等重大科技项目 8 项，其中"砼式超滤膜规模化制备技术及在造纸尾水处理中的应用"为国家科技支撑计划课题子课题，牵头的"面向污水清洁排放的 MBR 膜材料与装备关键技术及工程示范"为省重点择优项目，另外 4 个省重点项目涉及有机物污染物强化去除、高性能 PVDF（聚偏氟乙烯）中空纤维膜组件与高度集成膜单元制造技术、低能耗抗污染特种 MBR 膜组件及其应用技术等关键技术。

2019 年，开创环保承建了国内乃至亚洲规模最大的矿井深度处理零排放系统——位于鄂尔多斯乌审旗图克工业园区的中水回用项目，采用"脱盐＋二次浓缩＋蒸发结晶"工艺，质量标准高，工程难度大，不仅实现水资源的循环使用，且在实现盐分资源化的同时，可将分离出来的硫化钠和氯化钠所获取的市场收益反哺化工生产用水，在零排放的前提下，实现了生态效益、社会效益和经济效益多赢目标。据统计，可累计回用水量超过40万吨／天，每年为社会节约淡水资源达到4亿元。

2021年，由开创环保起草的《MBR-S2-F-56型膜生物反应器组器标准》被中国膜工业协会认定为"2021年企业标准'领跑者'"。这个"领跑者"标准制定意义重大，核心是通过奖优汰劣树立标杆，推动质量水平的提升，是企业立足行业发展、引领市场规范能力的重要体现，也是今后行业评价的依据。开创环保由此一跃大步迈入全国膜分离技术产业基地和装备制造的龙头企业行列。

2022年，开创环保实至名归，上榜由工信部审核通过的第四批专精特新"小巨人"企业。专精特新"小巨人"企业认定，是国家为引导中小企业走专业化、精细化、特色化、新颖化发展之路，增强自主创新能力和核心竞争力，不断提高发展质量和水平而实施的重大工程。开创环保入选国家级专精特新"小巨人"企业，再一次充分体现了公司科技创新能力强、市场占有率高、质量效益优的实力水准。

2023年，开创环保成功中标杭州天子岭生活垃圾卫生填埋场1000m³/d垃圾渗滤液处置项目。该项目在原有"预处理＋生化处理＋深度处理"的工艺路线基础上，增设MBR膜生物反应器，进一步强化生化处理效率，改善出水水质，为杭州生活垃圾处置保驾护航。

随着城市快速发展、人口不断涌入，生活垃圾日益增长，垃圾填埋的处理方式虽较好地实现了地表的无害化，但填埋后产生的渗滤液所造成的环境污染也不容小觑，垃圾渗滤液具有污染浓度高、盐分高、难降解等特点，处理工艺复杂，历来是环保行业的老大难问题。

开创环保上榜工信部第四批专精特新"小巨人"企业

MBR 一体化装置渗滤液处理后达标排放，是垃圾填埋场达到卫生填埋场要求的必要条件，也是避免渗滤液对地表水和地下水造成二次污染的关键措施。传统的 MBR 膜材料无法经受复杂污染物的长期侵蚀和高浓度清洗药剂的严苛考验，废水处理量低，使用寿命短。针对这一难点，开创环保采用了自主研发的高性能 SIFM-PTFE 膜产品，这是专门针对含油、溶剂等高污染性工业废水而开发的新一代中空纤维膜材料，具有优异的化学稳定性，其独特的亲水改性层在强酸、强碱、强氧化剂环境下可以自由转换形态，与综合性能优异的 PTFE（聚四氟乙烯）材料相得益彰，从而实现高难度废水处理效果与使用寿命的双重提升。

开创环保的产品已应用于生活废水中水回用和工业废水、垃圾渗滤液达标处理及反渗透纳滤预处理领域。余杭首座全地埋式污水处理厂——余杭污水厂四期项目就成功应用了相关产品，该项目采用"A2/O+MBR"核心工艺，膜产水达到一级 A+ 排放标准，成功实现与周边生态和资源的和谐发展。

开创环保董事长包进锋，工商管理硕士学位，杭州市 B 类人才，2019年浙江省领军人才，从浙江大学化工系毕业后到杭州水处理中心工作。

"很感谢老单位，让我走上了水处理这条路。我喜欢挑战，这样一走，就走到了现在。开创环保的膜产品与膜技术应用经验相互支撑，互为一体，构成了开创环保强大的技术优势。通过科技的进步来推动环境治理效果，改善我们的环境，这是我的梦想。"

"做环境人，走环保路，这个行业对个人的要求是非常综合的，又做产品，又做项目，又做运营，还要跟合作伙伴打交道，事情太多了，真是累并快乐着。我选择做环保，就要把膜产品、膜系统做好，专注做到极致。因为企业资源是有限的，对于大部分中小型企业来讲，就只能聚焦、专注在某个点上并做到极致。"

作为一家国家级高新技术企业的董事长，包进锋这样谈创新与企业的关系："科技创新是公司持续发展的动力源泉。公司广义的创新是多维的，包括技术创新、商业模式创新、管理的创新。但创新只是一种手段，创新的核心目的是让企业能够发展得更好，更有竞争力，能更好地服务于我们的客户。"

"求真务实、开拓创新这两个必须结合。如果只是非常务实，也做不到创新。创新还是要根据市场的需求来做，针对痛点解决问题，让客户能够买得起用得起，才算是把它真正解决掉了，否则没有市场需求就不现实。"

开创环保目前已拥有全面的协同创新研发体系，依托自建的省级重点企业研究院、省级院士工作站、省级研发中心，以自主创新为出发点，从产品结构调控的设计能力和运行评估能力方面进行提炼，充分体现产品设计的先进性；在用户服务方面，实行 24 小时即时响应，贴身帮助用户及时解决产品使用过程中遇到的问题。

包进锋很从容也很自信，在把膜技术应用在水处理的行业细分领域里，开创环保的核心产品、核心技术已大步走在行业的最前沿。

2013年为何会选择将企业搬到未来科技城继续创业？他的回答是，考虑到余杭这边有更大更广阔的空间。来了之后，发现这条路果然是走对了，这里的确是块创业的热土，政府部门对企业的支持力度非常大，服务意识也让人感受深刻。

开创环保人力资源部负责人刘静，总结了余杭区最吸引人才汇聚的三个方面：第一，政府部门凡事说干就干，响应速度快；第二，数字化服务水平排在全国前列；第三，人才吸引政策成为企业招聘宣传新亮点，余杭用各种方法"等你来"。

在刘静看来，余杭区的人才引进政策在杭州可以说是最好的，比如高校毕业生来企业报到上班，租了房子之后马上就可以自行申请租房补贴；

开创环保的核心产品与核心技术大步走在行业的前沿

政府还有蓝领公寓可供申请，只需要交很低的一点费用，也可以选择每年直接按规定拿补助。所以当我们企业每年出去校招的时候，都会直接把这些政府出台的补助政策作为宣传亮点。

余杭区政府每年都会搭建校企平台，提前收集各个企业的用工需求信息，然后去联系学校，比如985、211的院校，组织对应不同地区的校招。还会按照高端、普通、综合型不同的层级与专业模块组织不同的招聘会；政府甚至还会承担一部分企业的成本费用。这些举措对企业招聘来说，都是非常利好的政策。

余杭区政府还利用高科技企业多的资源优势，开发了数字化服务版块。比如办理社保等事情，以前都要跑去现场提供纸质版材料，来来回回很多趟。现在所有办事流程都走线上了，即便有问题直接退回来时也都会写清楚原因，大大提高了效率。刘静自己刚刚上报了一个杭州市高级人才评定，从申报材料到评定结果下来，一个星期时间都不到。

2023年，开创环保承接了"大径山生态文化区污水资源化项目"，根据景区特点，设计采用新型MBR工艺，共设置两套智能自适应污水净化设备（主体工艺采用AAO+MBR），单套污水处理能力为200吨/天，处理后出水水质达到一级A排放标准。

包进锋充满感情地表示，和余杭第四污水处理厂项目一样，对于家乡的环境治理，开创环保更要尽心尽力提供服务，通过运用先进、可靠和节能的污水处理技术，打造多类型的水资源化再生利用项目，以高质量产品和技术服务建立城市水系治理标杆。

对余杭未来的发展，他的思考是怎样从书架到货架，打通产业化之路。

"因为有的时候，要通过科学家、企业家和资本家三家的联合，才能实现科技最终目的——产业化，造福于社会。科技也好，未来产业也好，实际上都是比较烧钱的，都需要政府投入，所以需要更加细致地予以分析。

另外，你怎么来支撑这个未来产业？就讲我们行业吧，在杭州未来科技城这边膜产业比较集中，在全国范围都算有相当基础，规模大的有几个亿，几千万规模的也不少，未来产业这块还有很大的空间，就看怎么样能够联动起来。"

"未来城市肯定是以人为本的。怎么样利用余杭的后发优势，结合自然环境，比如鸬鸟、百丈、黄湖、径山，山与城融合，让城市与自然环境协同发展。在体制、机制层面有哪些创新的地方？现在余杭的人才比较多，除了工作以外，他一定还有生活，怎么样能够在这方面做一些更好的结合？软的方面怎么来体现？硬的方面怎么来体现？怎么样结合余杭自身的特点，将我们的优势发挥出来？"

在包进锋心里，开创环保就像自己的孩子。他把目前的开创环保比喻成一个十三四岁的叛逆期少年，起初还不够成熟，但在成长中慢慢有了自主意识，不断地起起落落，不断地调整适应，不浪费每一次机遇。

"水处理行业未来空间巨大，我们还很年轻。"

4 虎虎生风，垃圾革命

浙江虎哥环境有限公司董事长唐伟忠

虎年春节，浙江虎哥环境有限公司（以下简称"虎哥环境"）董事长唐伟忠订制了一批"虎哥"的文创偶像作为伴手礼。

每一个"虎哥"都雄赳赳气昂昂，翘起尾巴准备出发，冲向工作第一线。

虎哥环境起家于良渚，今天的良渚博物院内有一件国宝级文物刻符黑陶罐，罐身上有良渚先民五千年前留下的一组神秘刻画符号，记录了一次古人捕虎的经历。著名历史学家、古文字学家李学勤对此做出释读，认为这是"朱旗践石，网虎石封"八个字。穿越五千年漫漫长河，我们仿佛仍能听见人们的阵阵欢呼，愿山河无恙，愿你捕虎归来！

30多年前，良渚荀山村村民唐伟忠从未想过未来会把废品回收做成一份大产业。后来，从个体户到开办股份制企业，他开始对这份"收破烂"的产业有了清晰的认识。

15年前，年轻的胡少平来到浙江大学攻读环境工程博士学位。毕业后留在高校任教的他，摩拳擦掌想到产业第一线大展身手。在他看来，垃圾分类不需要"高科技"，但垃圾分类的管理需要专业化与科学化。

2015年，这两个属猴的男人一拍即合，成立了虎哥环境，专注城市生活垃圾治理服务。

垃圾是城市发展的附属物，城市和人的运转，每年产生上亿吨的垃圾。一边是不断增长的城市垃圾，一边是无法忍受的垃圾恶臭，成为城市垃圾处理中的棘手问题。高速发展的中国城市，正在遭受"垃圾围城"之痛。住建部的一项调查数据表明，全国有1/3以上的城市被垃圾包围，全国城市垃圾堆存累计侵占土地75万亩。

1983年3月，垃圾简单的填埋方式，导致北京三环路与四环路的环带区上垃圾成堆，光是50平方米以上的垃圾堆就有4700多座。为了突破垃圾重围，北京市斥资23亿元，才逐渐攻陷这座惊人的围城。

垃圾围城也在成为全球趋势。未来学家托夫勒在《第三次浪潮》中预言："继农业革命、工业革命、计算机革命之后，影响人类生存发展的又一次浪潮，将是世纪之交时要出现的垃圾革命。"

唐伟忠做了30多年的废品回收，在他眼里垃圾一直都是宝贝，是一种可重复利用的再生资源。近些年城市的发展，取缔了很多废品回收站点，路上的废物回收车少了，但是旧物回收却成了一个难题。为此，2014年，

虎哥环境自成立之初，即以中国"无废城市"建设需求为目标

唐伟忠开始组建团队，探索垃圾分类与资源利用"两网整合"之路，并在2015年7月，成立了虎哥环境。

虎哥环境立意很高，自成立之初，即以中国"无废城市"建设需求为目标。通过社区生活互联网，为老百姓的人居环境和美好生活服务，引领生活垃圾分类新时尚。通过不断探索，虎哥环境根据市场要求，建立了社区虎哥服务站，为居民和政府提供一站式服务，在保证老百姓能"做得到"生活垃圾分类减量前提下，实现全民参与"无废城市"。

唐伟忠带领虎哥环境，在垃圾分类的道路上不断尝试与探索，为解决社会环境、垃圾减量、资源再生等问题做出了巨大贡献，还为良渚当地解决了就业问题，为社会提供了1600多个就业岗位，其中超过85%为本地人。同步，他也带动了良渚周边乡村村民的环境保护意识的提升。今天当你走进茍山村、新港村等，都会为乡村的洁净美丽而叹服。

唐伟忠说，虎哥环境将尽自己所能，运用市场化力量，不断增强创新驱动力，改变中国垃圾分类现状，探索出一条真正适合中国的垃圾分类道路，打造分类回收新常态。

与时俱进，"虎哥"脚接地气，头顶数字天线，迈向"无废城市"的未来。

长三角一体化背景下，虎哥环境正在打造社会专业资源融合利用的特殊案例。

在余杭、安吉的 260 个站点里，都能看到和蔼又强壮的虎哥回收员的身影，每天为 45 万户社区居民提供垃圾分类服务。紧接着，虎哥又快步踏进了衢州社区。虎哥服务站要成为城市生活垃圾治理的基础设施，成为老百姓日常生活的一部分。

"虎哥的垃圾分类模式走的是产业互联网，产业是根基，脱离产业的客观规律，互联网就是空中楼阁。"虎哥环境副总裁胡少平对行业的思考展现了学者风度，但在他身上，可以强烈地感受到环保从业者的接地气——"余杭的居民喜欢把玻璃瓶叫作老酒瓶，每个家庭容易分错的垃圾就是那几种。"这个博士洞悉生活细节，言语间带着热气腾腾的烟火气。

垃圾分类的核心目的，是实现垃圾资源化利用，建立分类垃圾收集、运输、二次分拣和再生利用体系，这既是垃圾分类治理可持续运行的基础，也能解决分类后垃圾去哪儿的问题，更是当前城市垃圾分类急需解决的短板。

众所周知，多年来在垃圾处置中，传统模式就是把垃圾投入收集装置，通过环卫清运车分别运送到垃圾填埋场、垃圾焚烧发电厂、易腐垃圾处理厂进行填埋、焚烧、生物法处理，而虎哥环境则是在遵循垃圾分类"四分法"基础上，将"可回收物"与"有害垃圾"两个桶进一步简化，以"专用垃圾袋及支架"的方式放入居民家中，将所有可回收物（纸张、玻璃、金属、塑料、废纺、小电器等）全品类兜底收集，居民投放至垃圾袋中的可回收物，由虎哥环境的回收员上门称重回收。"四机一脑"（电视机、冰箱、空调、电脑、洗衣机）等废旧家电，按照规格尺寸在虎哥 app 或微信服务号公开环保金标准,环保金根据市场情况适时调节。通过"一键呼叫"与"一站式收集",虎哥环境破解了垃圾源头减量难题。虎哥环境垃圾分类大数据平台显示,2021 年 7 月份,余杭区实现垃圾减量达到 5629.2 吨,临平区实现垃圾减量 4178.9 吨。

由此,虎哥环境就成为余杭区的"生态金名片",也把生活垃圾分类和再生资源回收"两网融合"的实践输出到了安吉和衢州,真正为"绿水青山就是金山银山"助力。可以想见,在不远的未来,当越来越多的基层社区在"虎哥模式"加持下,生活垃圾分类处理得到一站式解决,再生资源回收利用得到提速,我们的生活环境就会越来越好。

目前,虎哥服务居民户已近 70 万户,其中余杭区、临平区占比为 65%,两区服务城镇覆盖率达到 90% 以上,两区分别建成运营 144 个和 107 个虎哥服务站。虎哥在浙江省已基本完成杭州市余杭区、湖州市安吉

基层社区在"虎哥模式"的加持下,生活环境越来越好

县、衢州市城区的覆盖，收集可回收物达到平均 500 吨 / 日，收集有害垃圾达到 130 吨 / 年，回收物资源化利用率达到 95% 以上，无害化率达到 100%。与此同时，虎哥余杭的综合运营成本也在 2 年中下降了 21%。

毫无疑问，创立以来，"虎哥"取得了显著战绩。虎哥环境作为杭州市再生资源回收骨干龙头企业、浙江省委党校公共管理硕士教学实践基地，被评为浙江省"最美建设人"集体。"虎哥案例"受到了广泛好评，其主导的垃圾革命"余杭模式"，连续被评为浙江省改革创新最佳实践案例、商务部再生资源回收创新案例、国家发改委"互联网 +"资源循环利用优秀典型案例。

莫干山路 2062 号，总面积 3 万多平方米的虎哥环境良渚总部，每天都有 200 余辆黄色的虎哥物流车频繁进出。

在大数据中心，可以实时监控所有覆盖区域生活垃圾回收的整体情况，对回收信息、用户参与、覆盖范围等情况进行全面而直观的展示，以日、月、年为时间维度，细致记录回收详情。其中物流实时监控子平台，可监控所有服务站点的垃圾实时库存，实现运输车辆载荷、路线的在线监管。当垃圾总量超过 500 千克时，系统就会自动指令物流车到达相应服务站，确保日产日清。

公司总仓入口处有一个智能称重地磅，当物流车缓缓行驶上去，2 秒后屏幕即会显示出车载垃圾重量。卸货后，对衣柜、床垫等大件生活垃圾先进行破碎，小件垃圾则直接分拣。分拣中心的 8 条流水线上，130 多名专业分拣员先将垃圾分为玻璃、金属、塑料、废纸等 9 个一级品类，再细分为 40 余个二级品类，作为再生原料进行资源化利用。

眼前这一幕幕类似工业流水线上的场景，让初见者几乎不敢相信这是今天垃圾回收的新模式。而在唐伟忠看来，垃圾分类是余杭区的头等生态大事，更是虎哥环境无论酷暑寒冬都必须坚定扛起的肩头大事。虎哥环境将持续在垃圾分类工作中深耕，为推进余杭区"全域美丽大花园"建设贡献力量。

工作人员管理和订单来源管理，这两个问题是垃圾分类监管体系中的难点，而虎哥环境则通过智能化管理平台实现实时监管。在虎哥环境总部，有一个自主研发的大数据监管平台——虎哥环境大脑。站在大屏前，围绕着"再生资源循环利用链"，八方信息历历在目。虎哥环境构建了"垃圾分类大数据平台""呼叫订单信息实时监控平台""物流实时监控平台""资源化数据平台""零售云数据平台"和"虎哥碳账户数据平台"六大板块的"虎哥智慧化管理平台"，实现垃圾分类投放、分类收集、分类运输、分类处置全过程透明化。

以生活垃圾分类与再生资源回收利用的"两网融合"模式，虎哥环境打通了从"家庭—服务站—清运车—分拣中心—下游有资质再生利用企业"的收运渠道，开创了收集、运输、分拣、利用"一条链"的全产业链闭环体系，

在虎哥环境大数据中心，可以实时监控所有覆盖区域生活垃圾回收的整体情况

最大程度实现了资源化利用精准到户的信息登记，为政府监管工作和数字城市建设提供了强有力的信息依据支撑。

由这两大网络与六大平台，唐伟忠开始讲起"虎哥"品牌命名的由来。他说，不少知名互联网企业都以动物命名品牌，比如阿里巴巴的天猫、腾讯的企鹅、京东的小狗等，而垃圾分类想要进入寻常百姓家，就想着从大家都熟悉的十二生肖中选。

虎，通福，在传统文化里代表着吉祥，所以春节时长辈会给小孩穿虎头鞋戴虎头帽。虎后面加上哥，是因为哥哥有力气，而且听起来很亲切，于是就把 logo 上的老虎设计成了有亲和力和力量感的形象。虎哥环境的英文名 Huge Environment 也想传递一种观念：环境是个巨大的体系，解决环境问题需要系统化的思维，同时也面临巨大的责任，以量级取胜的环境产业需要 Huge（巨大）。

正是在这样的理念感召下，虎哥环境已设立了4家全资子公司，初步实现了集团化运作架构。最新成立的虎哥数字科技有限公司，着眼于互联网数据服务，担负着开拓衍生科技业务的重任。虎哥电子商务有限公司则着眼于生活服务，向广大居民提供便民与惠民的服务，以促进居民垃圾分类的积极性。

未来，虎哥环境将加大创新和研发力度，依托互联网技术，努力打造"以旧换新"社区低碳产业、"循环利用"再生资源产业和"社区云生活"服务产业，将更美好与便捷的服务带到每一个社区、每一个居民家庭。

在"十四五"期间，虎哥环境将顺应长三角一体化发展战略，努力进军长三角相关省市，在数字化科技手段的支撑下，把成熟的虎哥模式带到更远的地区，把科学性、惠民性、完善性的虎哥运作体系带到全国各地。

虎年伊始，"虎哥"虎虎生威。

余杭区"一键低碳回收"正式上线"浙里办"，自元旦起，虎哥环境已覆盖的余杭居民除了可以下载和安装虎哥 app，还可以通过浙里办 app 的"一键低碳回收"找到"虎哥"。居民完成呼叫回收后，会获得"环保金"，用它可到"虎哥商城"兑换生活用品；同时也自动获得"碳减排值"，通过积攒日常"碳减排值"，可以查看自己的生活方式是不是绿色减碳。

业内人士敏锐地发现，该系统利用再生资源碳核算机制，自动测算出居民的碳减排值，为碳普惠政策落实提供了抓手，这也相当于余杭区对生态环保企业的最大支持。

2021 年 7 月，浙江省碳达峰碳中和工作领导小组第一次全体会议上提出：推进碳达峰碳中和，要创新工作方法手段，以数字化改革为引领，把碳达峰碳中和数智平台建设作为重中之重加快推进，支持探索试点，推动一批创新试点接入省级平台，直接向全省推广。

数字碳账户，是浙江省建设"双碳大脑""双碳智治综合场景"的基础细胞，特别是个人碳账户的建立，是碳排放总量精准控制的关键环节。建立个人碳账户，关键是要做到排碳和减碳行为的实时记录，并且通过科学方法，将其换算成碳当量。

2021 年 12 月 16 日，虎哥环境完成了垃圾分类回收体系碳减排的方法学评审。专家一致认为，该方法学具有科学性、合理性和可操作性，符合国内外行业规则。

作为浙江省生活垃圾再生资源回收龙头骨干企业、全力推动垃圾分类新时尚的践行者，虎哥环境目前已在浙江省设立 438 个回收站点，如在浙江全省覆盖，全年可实现减碳 330 万吨，相当于 66 亿度电。通过垃圾分类回收这个"小切口"，解决居民碳账户体系建设的"大场景"，紧跟浙江省全面推进数字化改革的步伐，配合各地政府做好"双碳"数智平台的建设，把数字化改革当作资源循环利用体系建设的"一号工程"，助力浙江省实现全域"无废城市"建设和"碳达峰碳中和"目标，随之而来的就是虎哥环境点石成金的大产业。

虎哥环境，有资格站在浙江省双碳目标的风口上，并不是出于偶然。

日拱一卒，功不唐捐。短短数年，不经意间，虎哥已经融入了杭州市民的生活，那一抹鲜亮温暖的"虎哥橙"装点着人们的诗意栖居。

虎哥环境把运输至总仓的可回收物、有害垃圾，通过分拣线实现精细分类，作为再生原料供给有资质的再生企业资源化利用。目前，虎哥环境在浙江省收集总量已超过37万吨，分拣中心日均处理量达550吨/天，可回收物的资源化利用率达95%以上，分拣总仓少量剩余残渣和有害垃圾被分别送往垃圾焚烧电厂发电与有资质的危废处置单位进行无害化处理，无害化率100%。回收是为了利用，这就是虎哥环境迅速发展的企业秘密所在。

由此不难看出虎哥环境清晰的思路：可回收物全品类兜底收集并协同收集有害垃圾，以"前端收集一站式"解决源头分类问题，降低政府体系建设成本；构建从生活垃圾投放、收集、运输、分拣和再生利用的全链条运营体系，以"循环利用一条链"解决分类垃圾的去向问题；通过互联网和物联网技术支撑，以"智慧监管一张网"解决垃圾治理全过程的监管问题。

虎哥回收有效服务于碳达峰碳中和的战略目标，实现了垃圾回收利用的新模式。其突出亮点有三：一是响应数字化改革号召，利用互联网、大数据等现代信息技术，建立线上线下融合的回收网络和交易服务平台，实现了"数字化+回收"的运营模式创新。二是推动前端垃圾减量化和后端资源化、再利用的无缝衔接，实现了"垃圾分类+回收利用"的产业链协同创新。三是通过居民参与垃圾分类、资源回收利用获得相应"环保金"，凭"环保金"进行消费，实现了"奖励回收+促进消费"的跨界融合创新。

说起余杭区给虎哥环境的支持，更多的应该来自实打实的项目。

2022年8月，虎哥环境又中了余杭区的项目，服务期3年，政府采购预算为3.69亿元，中标价为"可回收物、有害垃圾0.92元/户/日，大件垃圾 695 元 / 吨"。

有意思的是，虎哥环境向来被视为"垃圾分类企业"，但中标的项目却几乎都是"生活垃圾回收利用项目"，比如本次中标的就是"杭州市余杭区城区生活垃圾回收利用政府购买服务采购项目"。

"垃圾分类"和"垃圾回收利用"，其实内涵差异很大，从余杭这个项目的服务内容就可见一斑："本项目上门收集服务范围为纳入服务区域的居民住宅及店铺（不包括大型商业综合体等），约为 23 万户。针对生活垃圾中的可回收物、有害垃圾和大件垃圾，前端由居民分类装袋或放置，再由拟中标单位上门收集，运送至分拣中心精细化分拣，促进资源回收利用，并对全过程进行智慧化监管。"

历经多年发展，虎哥环境已经成为浙江省再生资源回收利用领域的龙头企业。近年来，虎哥环境积极响应国家循环经济体系和"无废城市"建设的号召，稳扎稳打，苦练内功，以标准化的模式逐步在浙江省内铺开。目前，虎哥回收已经在衢州正式运营，完成了衢州主城区近 17 万户居民的覆盖。过去一年，虎哥回收在全省的服务站点数量从 260 个扩展到 418 个，服务居民数量从 91.6 万增长到 123.6 万，服务区域从原余杭区、安吉扩展到了余杭、临平、安吉、衢州，日垃圾吞吐量可达 550 余吨。

目前，在绝大多数城市，虎哥环境都可以在 3 个月内完成相应的建设工作，投入运营。未来，虎哥环境将与更多城市合作，进一步助力"无废城市"建设。虎哥环境瞄准了中国环保产业中固体废物资源化的万亿级海量市场，这个市场发展的瓶颈就是渠道建设。虎哥环境的最终目标，就是打造一个再生资源点滴汇聚、从产生到再生的闭环体系。

虎虎生风，垃圾革命，这是一个与人人有关的"超级工程"。

以水为灵感的杭州城市重要新中心中轴线效果图

第六章

你好，新中心

"知君暗数江南郡，除却余杭尽不如。"

余杭之名，春秋至今两千余年从未变更，煮海为盐，采山铸钱，大禹领航，见证着年年有余的共富生活愿景。

"蒹葭苍苍，白露为霜。所谓伊人，在水一方。"

余杭之脉，全在浙江八大水系之北道的苕溪，水出天目，源分东西，福佑南北，建构起中国最早的城市格局。

从良渚出发，穿越云城，连接西站，直达未来科技城，这条一切皆有可能的纵贯线，被称之为杭州城市新中心的"千年发展轴"。

历史与现代，文化与科技，全都在此交相辉映。

即使是最好的编剧也难以写出余杭的脚本来，因为这个地方永远都在蝶变，永远都在向前疾行，所以这里几乎天天都是"现场直播"。你刚晓得了这里是杭州城市新中心，马上又有了良渚文化大走廊和城西科创大走廊，还有一条千年发展轴。你只能追随余杭，每天都充满了新奇发现。

到底什么是"新中心"，而且还是"杭州城市重要新中心"？

数字最能说明"新中心"的热度：杭州连续6年人才净流入全国第一，其中有超过50%的人才流入余杭。截至2023年10月，余杭人才资源总量已经突破了39.5万人，其中"两院"院士和海外院士80余名，国家级领军人才和省级领军人才均突破300名，成为全省数字人才最为富集的区域。

科技最能说明"新中心"的实力：余杭连续3年夺得浙江省科技创新最高荣誉"科技创新鼎"。亚残运会火炬传递中现身的智能仿生手，来自余杭企业强脑科技。这是一家全球领先的非侵入式脑机接口公司，

2022 年就已实现全球首个高精度脑机接口产品单品 10 万台量产。

集聚最能说明"新中心"的吸引力：人工智能小镇汇聚了中国信通院人工智能（杭州）研究中心等 20 个高端研发机构及 1227 个创新项目，创新创业人员近 12700 名，还打造了区块链产业园、5G 创新园、XR 空间站等产业空间，并大力推动数实融合的产业集群。

其实，余杭也并不只有"内卷"的创业场景。站在未来科技城向北眺望，一条千年发展轴贯穿杭州西站新城、和睦水乡，延伸到良渚古城遗址。这条笔直的轴线，便是余杭"两廊一轴"新格局中的古今千年发展轴。

交通最能体现"新中心"的速度：2022 年 9 月，杭州西站建成开通，成为新中心联通全国的超级枢纽。出行的便捷之外，人才、资本等创新要素也将沿着轨道加速涌入。余杭创造性地在西站打造了一个国际人力资源服务产业园，将交通枢纽变成人才枢纽。

活力最能体现"新中心"的生活：最新发布的方案里，活力中轴被划分成五个独具特色的区域，分别是溪岸公园、镜湖商务核心区、美丽河港、智慧科创水街总部园、文化湿地公园，形成一个集商业、教育、酒店、创意、创新、自然和生态为一体的宜居之地。

现在，余杭已经在对标加州尔湾、伦敦东区、巴黎拉德芳斯、深圳南山等多个世界城市名区，从生态＋产业兴城到艺术激活城市，从交通兴城到科技兴区，"新中心"正在呼之欲出的大背景之下不断确认着前行的路径。

你好，新中心，就像一部电视连续剧，每天都在上演新故事。

我们每个人，都是剧中的主人公。

1　我在余杭敢"问天"

浙江佳禾影视传媒有限公司董事长吴家平

"眼纳千江水，胸起百万兵。"

2021 年 12 月 14 日，在中国文联十一大、中国作协十大开幕式上，习近平总书记讲话中的这 10 个字为新时代文艺工作者指明了方向。

3 天之后，由浙江影视（集团）有限公司、浙江佳禾影视传媒有限公司（以下简称"佳禾影视"）等联合出品的电视剧《问天》在央视播出。该剧当年即被评为中宣部建党100周年重点献礼剧目，第2年上榜"五个一工程"作品名单。

出手即巅峰，佳禾影视的董事长吴家平始终感恩这片土地。他说：我在余杭敢"问天"。获奖对吴家平来说，已经不是什么稀奇事，他的作品总能把准时代的脉搏。

2018年，第31届中国电视剧"飞天奖"颁奖典礼上，由吴家平制片出品的《鸡毛飞上天》获得优秀电视剧大奖和优秀编剧奖。这部电视剧以艺术手法重现了义乌第一代创业者的光荣与梦想，展现出了"走遍千山万水，想尽千方百计，说尽千言万语，吃尽千辛万苦"的浙商精神。其实，吴家平也是个典型的浙江商人，与剧中男主角陈江河一样，商业嗅觉十分敏锐，眼光相当精准，不断跨界发展，每次都走在了市场发展前头。

吴家平是丽水青田腊口镇人，这里是浙江闻名的侨乡，青田人把生意做到了世界各地。《鸡毛飞上天》的背后，是吴家平"摸着石头过河"的破冰之旅。在最初创意这部电视剧时，他就提出浙江既有义乌人"鸡毛换糖"的传奇，也有青田人"创业天下"的神话。这份"敢为天下先"的浙商精神，在吴家平看来是相通的。"义乌人把小商品带到了世界各地，青田人则把餐饮业带到了欧洲各国，一样都在做别人从前根本没做过的事儿，这就是浙江的四千精神。"

吴家平一直想努力用影视作品去解读中国，为时代定格。作为中国首部新时代航天题材电视剧，《问天》以艺术化的形式，全景式展示中国航天的追梦历程。导演带领主创团队，历时5个月，横跨大半个中国，辗转酒泉卫星发射中心、西昌卫星发射中心、北京航天城等地实景拍摄，全景展现中国航天事业的伟大成就与动人故事。

每次见到吴家平，他总是笑得眼睛眯成一条线，给人感觉很和善可亲。而每当谈及当下影视行业，他就会收起笑容，一本正经地说："一部影视作品对社会风气的影响太大了。一旦以利字当头，在专业水准上不过关还算是小事，传导了错误的价值观才是大事。"

1994年，吴家平从青田县农业局（现青田县农业农村局）下海创业，直接跳进了浪涛翻滚大起大伏的股票与期货市场，做起了职业经理人。所谓"富贵险中求"，在人均月工资只有200元的那个年代，他一个月最高能拿到几十万元佣金。

1998年，他又从金融市场全身而退，与国家房地产市场兴起同步，转而从事起内地刚刚兴起的装修行业。之后，他还曾响应国家发展绿色能源的号召，回到老家丽水投资建设小水电站。

2008年，吴家平真正投身影视行业，创立了杭州佳平影业有限公司。

在吴家平心里，之所以转型影视行业，除了他所看到的巨大前景之外，还有一份讲好"中国故事"的责任感。因为影视是大众文化消费产品，对人的思想意识、社会影响比较大，通过影视能够传递丰富的思想内核，从而影响整个社会的价值观。此前几年的商海搏击，让他积累了大量的素材，也激发着他不停思考影视创作的新空间。

近三年受疫情影响，影视市场环境每况愈下。不过，在吴家平看来，不管任何时候，危局也是变局，危机也是转机，关键是如何破局，如何走出自己的路来，唯有那些叫好又叫座的作品，才能让影视行业渡劫重生。

吴家平偏好有年代感、有生活气息的现实主义题材，多以小人物视角展现大时代变迁。这与吴家平的个人特质有关，经历过改革开放，开拓过新兴行业，他既有敢拼敢闯的一面，又有细腻务实的一面，而这也恰好促成了现实主义题材剧的落地感与真实感。

翻开吴家平的影视作品表，无论是反映义乌模式的《鸡毛飞上天》，还是取材桐庐快递行业的《在远方》，都是从现实中汲取创作力量，注重挖掘人物的情感和成长。用心塑造，让影视作品传播正能量，在他这里从

吴家平觉得时代如同一部波澜壮阔的电视剧，而自己就是剧中人

来都不是一句空话。

　　一路走来，吴家平觉得，时代如同一部波澜壮阔的电视剧，而自己就是剧中人。

　　在以互联网创业而闻名的余杭梦想小镇，佳禾影视联手美视众乐共同打造了一部反映杭州创业故事的现实主义题材电视剧——《梦想城》。该剧以"中国梦"为牵引，以剧中主人公追梦、逐梦、筑梦、圆梦为主线，演绎大数据、人工智能等数字生态研发领域、跨国公司之间惊心动魄的技术商战故事，展现新时代的创业者倾心打造一座面向未来的城市，为梦筑巢、为梦筑城、呵护青春之梦的传奇故事。

　　这部电视剧与梦想有关，与未来有关，全程在余杭取景，片中有未来科技城、梦想小镇、良渚新城等现实场景，力求自然真实，让观众不仅能从不同维度看到余杭的美与活力，更能看到互联网创业大背景下勃勃生机的中国。

几乎同时，吴家平还有一部电视连续剧《乡村合伙人》也在余杭的美丽乡村开机。这部作品以乡村振兴为题材，想要探索影视内容与文旅融合的全新模式。

采访时，笔者问吴家平，如果要拍一部反映余杭人才的电视剧，你会怎么拍？他只回答了一个字：难。

因为余杭发展太快了，一切都超乎想象。

这是个以梦为马的地方，唯有不停奔跑才能跟得上节奏。

2 龙马精神：五常龙舟赛与梦想小镇马拉松

龙舟竞渡 五常街道/供图

龙舟竞渡，很好地体现了人对自然的征服。

余杭五常，每年端午的赛龙舟天下闻名，其内在的深层动力并非为了娱乐，而是在这"祖先的游戏"当中保留一种血性，让城市中长大的年轻人接受一次洗礼，从而发扬龙舟精神，弘扬西溪文化，振兴家乡经济，传承竞渡勇气。

每年端午，来自多所中国名校和在杭高校的大学生们，都会在西溪湿地·洪园参加"梦想小镇杯"中国名校龙舟竞渡赛。起点设在西溪洪园北桥思母亭,终点在西溪五常港浜口桥以南处,全程约 800 米。比赛正式开始后,整个西溪洪园就沸腾了,龙舟如蛟龙入海,号子声与呐喊声不绝于耳。

中国名校龙舟竞渡赛至今已历 10 余年。2011 年首届中国名校龙舟竞渡比赛,就有北京大学、清华大学、复旦大学、上海交通大学、南京大学、浙江大学 6 所高校参与。杭州明确将此项赛事以及筹备中的世界名校龙舟竞渡活动永久落户在余杭区。

龙舟体验之旅、西溪庆端阳嘉年华、西溪露营大会、西溪印象展、西溪创意文化高峰研讨会等一系列活动都由此而生,集传统节庆、竞技赛事、民俗体验、创意文化于一体,为今天的中国名校大学生提供了很好的体验机会,更让这些年轻人借此了解余杭。

给你一个支点,期许一个未来。吸引中国名校来此地参加龙舟竞渡的五常,依托人工智能、大数据、物联网、虚拟现实、5G 通信等前沿技术,新潮流、新生活、新人类正层出不穷。在五常,龙舟竞渡已经延续了 500 多年,而今天的我们正在进入以数字化为"舟楫"的新时代,对应着已经全面刷新的"更快、更高、更强"的体育精神,喊着龙舟的号子,更要为这座始终互联互通的城市加油喝彩。

中国名校龙舟竞渡,既是义不容辞的使命,也是义无反顾的奔赴。你以为那些来自名校的年轻人就为了划龙舟而来,显然看轻了他们。

古人以舟楫行天下,而读书更是济世之"舟楫"。西溪洪门望族,承继宋代家学传统,历五世藏书刻书而不弃,官宦生涯中亦重气节大义,在中国政治和中国文化中颇多建树。身为"八百年钱塘望族",洪氏家族到底秘密何在?

"几百年人家无非积善,第一等好事只是读书。"

很多年轻人通过这副千古名联,找到了破解洪园乃至今日余杭基因的

梦想小镇

一枚密钥。读书明志、积德重节，那是我们曾经失落的优雅，也能让今天的我们内省。

"一溪香雪长携屐，满院萝阴正读书。"

文明其精神，野蛮其体魄，正是今天余杭区正在践行的"龙马精神"。

为中国名校龙舟竞渡冠名的梦想小镇，每年还会发起一场半程马拉松，因其参加人群的"科技含量"，堪称以梦为马的超级天团。这个被简称为"梦马"的半程马拉松创办于2018年，从诞生起就依托余杭区的人才和产业优势，带着鲜明的未来感和科技感，参与者中更是科技界与企业界大佬云集。

2019年10月20日，中国科学院院士、西湖大学校长施一公参加了第二届梦想小镇半程马拉松。比赛前一天晚上，他兴奋得彻夜未眠，第二天总算顺利完赛。据说，就是这次马拉松跑步上瘾之后，施一公进一步提高

梦想小镇马拉松

跑量，严格控制淀粉摄入量，把体重从 76 公斤减到了 69 公斤。他说人生不是一场马拉松，因为它不是一场比赛，而是时时刻刻的体验。每个人沿途的风景都不相同，终点也应该不一样。

归创通桥董事长赵中，也成了"梦马"跑团主要成员之一。他不但自己第一时间报了名，还鼓励公司近 20 名员工和他一起参加，所有报名费用都是他自掏腰包。

"家门口的马拉松，一定要参加，我希望我们不要只忙工作、忙上网，要多跑步多锻炼，健康创业，健康生活，这样的团队会更加朝气蓬勃。"

赵中很喜欢"梦马"这个名字，每个人都有追梦之心，他的梦想就是研发更多高质量的产品替代国外产品，为更多人带来健康的希望和未来。

在未来科技城，在马云说的梦想中创业的地方，在杭州城西这个无数

梦想在茁壮成长的地方，每天都有人为了梦想奔跑。因为未来科技城很年轻，80后和90后是主力军。这些年轻人绝大多数时间都在办公室里，趴在电脑前工作，熬夜加班赶项目是常态，除了工作要奔跑，也要在赛道上奔跑，不断接近心目中的梦想高地。

"梦马" IP与未来科技城价值追求高度匹配，已经成为未来科技城的第一文化品牌。

来看看"梦马"途经的那些余杭风景，就能知道其非凡价值——阿里巴巴五新基地、阿里巴巴西溪园区、海创园首期、梦想小镇、中国（杭州）人工智能小镇、之江实验室……每一处风景都充满了满满的科技能量。

科技，是"梦马"第一特征。通过物联网、大数据技术，实现马拉松选手数据、赛事数据、安全保障数据、医疗保障数据统一汇聚，并进行可

梦想小镇

视化展示、指挥调度，为马拉松赛事运营保障与指挥调度提供数据支撑与决策支持。光是"梦马"已经植入的技术，目前就有如下这许多项：阿里巴巴对数据指挥中心的技术支持、中国移动 5G 全赛道覆盖、海康威视监控设备、迅蚁科技无人机运输技术……整个比赛过程，智能领物、人脸识别安检、人脸识别找照片、赛道机器人拍照、无人机 AR 可视化调度、直观掌握现场态势全都用上了。说"梦马"是最智慧的马拉松，一点都不为过。

2023 年 3 月，梦想小镇半程马拉松再次在未来科技城学术交流中心鸣枪起跑。参赛总人数近万名，其中半程马拉松 7141 人，梦想跑 2375 人。余杭区"高层次人才跑团"成了最靓丽的风景线，来自浙江大学、杭州师范大学、中国美术学院等高校的教授，之江实验室、湖畔实验室等国之大器的科研人员等纷纷出征，在赛场一展风采。

　　本届梦马，号称是一场以 VR 造梦、点亮元宇宙的全新赛事。首次采用 3D 沉浸式技术展示梦马跑者，同时推出 VR 探路视频、VR 亲子跑者等，打造令人惊叹的"梦马元宇宙"。半程马拉松赛道，不仅展现了"数智化生态 +"的创新活力，而且串联了 10 多处高新科技产业集群，通过 VR 领略余杭魅力，感受余杭创新创业的蓬勃活力。

　　有人说，余杭区凭着一场龙舟赛和一场马拉松，就把中国顶尖高校的大学生还有那些最聪明的大脑都聚集起来，简直就是最低成本的"人才大会"。当他们拼尽全力去奔跑时，就相当于把自己拼搏的形象定格在了余杭。未来他们很可能就会留在余杭创业，很可能就会来到这个"杭州城市重要新中心"，让自己也变得重要起来。

3　青山群响：未来在云与梦之间

在青山·群响艺术季《蛋是》　黄湖镇/供图

"青山一道同云雨，明月何曾是两乡。"

2023年8月15日，中国迎来了首个"全国生态日"，主题是"绿水青山就是金山银山"。

作为"生态文明之都"，余杭不仅天更蓝、水更绿、山更青，更重要的是人与自然和谐共生。在黄湖镇青山村龙坞水库，来自兰州的小伙张海江在这儿已经坚守了整整 7 年，早就体会到了"年深外境犹吾境，日久他乡即故乡"的意境。

2015 年，张海江从美国印第安纳大学学成归国，准备投身于水资源保护工作，得知杭州市余杭区黄湖镇有一个水源地保护项目急需人才参与，他便毫不犹豫地以大自然保护协会志愿者的身份只身来到了青山村。"我刚来的时候，龙坞水库的一些指标轻微超标，水质情况也不太好。经过调查才发现，原来在龙坞水库附近有一大片竹林，村民们经常会使用肥料、除草剂等化学物质，土壤中残留的那部分顺着雨水就流入了水库。"

要想把水库保护好，需要集众人之力。于是，这个"外来户"一家一家上门拜访，与村民们面对面深入沟通，建议大家将土地经营权统一流转给镇里进行再开发，这样不仅能保护龙坞水库的水资源，让村里的土地有了共同发展的前提，还能给村民们带来更大的效益。

在张海江的推动下，当年黄湖镇就与当地 40 余户农户签约，承包了水源地周边 500 多亩林地，改变了当地粗放的耕作方式，让植物自然生长，以达到生态涵养、净化水源的效果。

如今，龙坞水库水质已经是国家一类水标准。张海江一直在思考，如何从保护"一滴水"到发展"一个村"，他提交了一份《关于"龙坞治水模式"提质扩面的建议》，推广"龙坞治水模式"，由上游水库向下游青山溪流域扩面，全面提升青山溪水质。

在这条建议的推动下，黄湖镇对青山溪流域进行了全面整治，水环境有了显著的变化。绿水青山随处可见，乡村与自然和谐共生，村民们开始意识到生态的重要性，环保成为他们日常生活中不可分割的一部分，而张海江也开始邀约更多朋友来到青山村。

2017 年，设计师张雷受张海江之邀，带着团队成员来到青山村。他们启动了一个叫作"The Lake"的公益项目，教授当地村民传统手工艺金网编织，帮助村民增加一些绿色收入。也是那一年，他们注意到了村里最大的一座废弃建筑——东坞礼堂。那是一座 20 世纪 70 年代的老建筑，用最简朴的木架和夯土搭建而成。

"看到这个建筑的时候，它的瓦片已经大部分落在地上，1/4 的屋顶也已经没了，但当我们第一次走进它的时候，我们被一股巨大的力量打动了。"

张雷觉得，自己的灵魂找到了归处。他带着全部团队成员来到青山村，花 10 个月时间对东坞礼堂进行了保护性修缮，最终让"融设计图书馆 2.0"正式落户于这个山村。

几十年前，年轻的村干部带着村民进行了一次勇敢的尝试，他们用了小型建筑的结构，搭建了这座大型建筑。几十年后，又有一群年轻人来到这里，他们要勇敢尝试中国传统手工艺与当代设计的融合。

如今的张雷，已经成了一位扎根青山村的"村民"。凭借融设计图书馆的虹吸能力，更多国内外顶尖设计人才也不断扎根于此。这些人才来到青山村后，组建起自己的手工艺工坊，带动村民参与编织、绣织、木工等艺术创作项目。村民们逐渐减少了以往打麻将、嗑瓜子、闲聊天等娱乐活动，转而更多地与这些设计师一起工作，创造出了农耕文明独有的"朴实之美"。在他们的共同努力下，一批兼具实用主义和理想主义的村落改造计划逐渐成形：老工厂成了融设计工坊，废弃村小成了自然学校……这座百年古村落，逐渐焕发了新生机。

"我与黄湖的故事，缘起于青山村的山水，深化于青山村的传统手工艺。它不是人们想象中的'诗和远方'，因为坐公交车也能到。它有自己的缺陷，但它也很真实。我越来越热爱这里，因为它的美好与缺陷、它的自然与人文。我愿意继续在这里生活 40 年。"

想要一直生活下去的愿望，给青山村带来了新的问题——

随着大量人才的到来，如何让这些人才留下后，生活得更加安心？于是，"龙坞未来乡村综合体"应运而生。这个坐落于龙坞水库一侧的综合体，由村里的老水厂改建而来，结构呈"回"字形，屋顶斜面走势，远看仿若"梯田"，整个建筑融于自然、参与循环，与四下的青山浑然一体。

功能上，这个综合体集水博物馆、文创、餐厅、会议、共享办公、住宿等功能为一体，除了作为青山村水文化、青年文化的展示窗口外，将主要服务于村内中小型创业团队和来村的休假式办公客群。村里已有不少中小型创业团队，但民房有限，很难找到相对独立的空间，而且初创团队资金也较紧张，这个空间可以说是深度契合了多个需求，会是青山村未来的又一个地标。

2019 年 6 月，专注于自然教育活动的青山自然学校正式开学，根据村中地形专门定制的麦芒泥地跑顺利落地，溪岭研学基地、滑翔伞基地一一建成……越来越多的项目开始在青山村落地，越来越多的"新村民"在这里安家。

中国科学院动物学博士朱虹昱就是"新村民"中的一员。青山自然学校在他带领的 5 人小团队经营下，为青山村带来了大量游客和人气。"我们通过举办自然和公益主题的体验和教育活动，让孩子们更好地与大自然亲近，也让他们明白如何在这片土地上生活得更好。譬如夜观昆虫、晨间观鸟、体验竹制品编织、植物拓印等。"

让乡村更文明，让城市更温暖，这样的城乡互动随之而来。

2023 年 6 月 16 日晚，"阿里设计赋能乡村·在青山群响艺术季"启动仪式在余杭区黄湖镇青山村举行，160 余位来自不同领域的国内外艺术家和创作者，在青山村 15.6 平方公里内呈现出 100 余个艺术项目。这场活动持续了一个月，分为"公共艺术""自然剧场""声音现场""在地联结"四个策展单元。参与活动的艺术家、创作者将从青山村的自然和人文景观环境出发，围绕"自然生长的多样艺术"主题，结合特定场域开展创作和

在青山 · 群响艺术季《民族不倒翁》 黄湖镇 / 供图

展演，为观众提供观、游、闻、学四种不同的沉浸式现场体验。

青山村以竹闻名，所以艺术家姜元就地取材创作了《青山之弦》竹舞台，那是对宇宙生命连接的想象。《青山之弦》作为摩登天空的音乐主舞台，在这里共呈现了 6 场音乐表演。

阿里巴巴设计事业部副总经理陈栋，作为此次"在青山 · 群响艺术季"的策划者，充分考虑到了活动本身与青山同地村民的互动性——

"这次艺术季我们让大量村民参与做装置。例如《青山之弦》的作者姜元开始想在内部用钢架，外面再编竹子，后面找到村里做竹子的师傅，他说全用竹子做没问题，所以我们没有用一根钢筋，用竹子全部搭好。中央戏剧学院带来的《猫说》，它的主装置是一棵菩提树，也是余师傅编的。"

"艺术季中涉及生态的作品很多，比如天地里的驱鸟装置、堆肥，还有玻璃上画的鸟等等。主创团队最早定下来的一句话，叫'与世界天真接触'。像驱鸟装置是协调人与自然矛盾的作品，它既不会伤害鸟类，也尽量保护人类的庄稼。另外我们在青山村做艺术，很快就发现建筑物的大面积玻璃太透明，很多鸟都会撞在玻璃上，所以解决方案就是在窗户上画了很多鸟，让鸟类能够识别障碍。"

"青山村大部分的村民都是清末的时候迁移进来的，以温州和台州后裔为主。村子原有的产业比较单一，主要是以竹子、卖笋为核心的农业价值。对于在地性的挖掘需要和在地的人共同创造，如果要从产业乡村振兴的逻辑上来讲，我认为可以把这里变为青山设计艺术村，把这些装置、表演、新艺术做成新的艺术衍生品。"

今天的余杭，不仅在用"青山群响"唤醒乡村里的艺术多元性，也在用"植物公园"唤起城市里的生物多样性。正在规划中的杭州市第二植物园，7000亩的面积比纽约曼哈顿中央公园还大，堪称"城中之园、园中之城"，承载着匹配城市能级、加强生物多样性和植物迁地保护等多重使命，助力余杭打造"生态文明之都的新中心"，最终目标是纳入国家植物园体系——该体系也被称为"诺亚方舟"，是对自然万物的另一种保护与拯救。

这样一个世界级的城市公园，同时成为城西科创大走廊、紫金港科技城、未来科技城、云城、青山湖科技城共同构成的"一廊四城"配套，也正成为"杭州新中心"的美妙特征：一边是静如处子，一边是动如脱兔。隐逸与创造同步，浪漫与务实并行，这才是余杭的真正气质。一边是高级烟火，一边是潇洒出尘，既能让你保持一颗雄心，又能让你随时出行，这才是人在大地上最值得诗意栖居的理由。

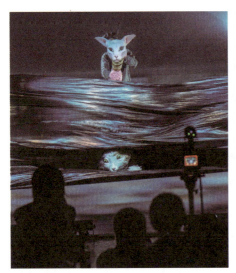

在青山·群响艺术季《猫说》

2023 年 6 月 15 日，亚运会开幕式倒计时 100 天之际，当天上午，神圣的亚运火种在良渚古城遗址公园大莫角山宫殿区成功采集完成。

与之同步，首次全亚洲共同参与的线上火炬传递"薪火相传"也同步启动，由阿里巴巴旗下的支付宝创意完成，每个人凭借手机参与都能获得一个专属的"亚运数字火炬手"形象，亿万人可以共同将亚运圣火传遍亚洲 45 个国家与地区。

杭州，一座日新月异的数字之城，决定着杭州亚运会开幕式更是一次科技和艺术的盛宴。被称作"杭州城市重要新中心"的余杭，成为杭州第 19 届亚运会的第一个"圣火主场"，又一次在国际舞台上"出圈"。

当亚运会与新中心相遇，"在这里看见上下五千年的中国"便更受人瞩目。

这个城市新中心，既是创新活力之城的新中心，也是历史文化名城的新中心；既是生态文明之都的新中心，也是最具幸福感城市的新中心。

余杭作为"杭州新中心"，最大的特色便是科创与文化融为一体。

如果把"杭州城市重要新中心"作为聚光灯下的舞台，其实无论科学家、企业家、文学家还是艺术家，都几乎踩不上余杭迅猛发展的节拍。它太快了也太炫酷了，它太美了也太混搭了，它太赞了也太意外了，你几乎找不到一个准确的词来形容它的特点。

虽然那里是今天的未来科技城，可是那里也发现了战国时的余杭古城；虽然那里有着南十字星般的杭州西站，可是那里也仍然有着西溪深处的欸乃桨声。

余杭作为杭州新中心，最大的吸引力就是生态与生活完美交织。

人，是万物的尺度。这里汇聚了浙江人才大厦、浙江海外高层次人才创新园、杭州未来科技城国际人才园等人才服务平台；这里也有杭州师范大学、北京航空航天大学中法航空学院、中国美术学院良渚校区。那些从各地涌来的人才们，除了创新创业上学工作之外，他们还要感受美好风景，享受美好生活。

在余杭，你可以去径山体会禅茶一味，去仓前膜拜太炎先生，去五常体验龙舟竞渡，去西溪感受洪氏家风，去瓶窑欣赏浮玉苕花，去闲林歆享闲居林下，去青山享受艺术乡建。

奥克斯广场、EFC 欧美金融中心、美瑭广场已经形成超级商圈，壮阔的杭州西站枢纽站城一体的规划，更将带来时尚超市、米其林餐厅、品牌首店，让余杭从"越来越快"到"越来越高"再到"越来越繁华"，让余杭成为"轨道上的长三角"城市新中心。

杭州西站已于 2022 年 9 月正式通车运营，目前已引入合杭高铁湖杭段、杭黄连接线，未来还将引入沪乍杭、杭温二期、杭临际等多条高铁线路，从这里出发去合肥不到 2 小时，去北京 4 小时 25 分，余杭正与长三角乃至京津冀城市之间开始快速互联。

杭州西站不仅仅是一座高能级交通枢纽，更是一座巨无霸综合体，涵盖南北侧两个综合体，预计将于 2028 年全面建成。云城南区金手指综合体未来将引进超五星酒店、超级企业总部等业态；云城北区则将建成未来的杭州第一高楼——399.8 米的"金钥匙"。

颇具象征意味的是，余杭国际人力资源服务产业园正式开园，这场不出站的招聘会已经常驻西站，让杭州西站成为永不落幕的人才枢纽。余杭这么做的目的很明显——得人才者，得未来。但为何要把人力资源服务产业园建在一座火车站上？

这是全国首个 TOS（Transit-Oriented Service，公共交通导向型服务）人才服务中心，也是目前长三角乃至全国唯一一个以数字经济人力资源服务为赛道的人力资源产业园，秉持"立足余杭、对接长三角、辐射全国、放眼全球"的发展理念，让四面八方的人才们都能顺着铁路来到杭州西站，

在杭州西站，有目前全国唯一以数字经济人力资源服务为赛道的人力资源产业园　余杭区委人才办 / 供图

良渚文化村，聚集了很多以自由职业者和新媒体从业者为主的"新社会阶层人士"

自然造物博物馆

进一步发挥交通枢纽对人力资源、人才资本的集聚效用，可以说是兼有天时与地利。

在数字化人力资源产业体验馆里，求职者可以来一场 Ai 面试，点点墙上的屏幕，猎聘、青团社、海角科技、脉脉等头部人力资源品牌会提供前沿资讯和职业体验。而在体验馆最后的数字驾驶舱上，会通过大数据实时展现人力资源服务产业生态，求职者和企业可以根据驾驶舱的数据进行分析判断，什么工作岗位多、薪资高，哪类求职者最稀缺，都在这个屏幕上一目了然。这里也有包含人才服务窗口、共享办公空间、多功能会议区、招聘直播间等功能区块的综合性人力资源服务中心，提供集人才招引、项目落地、创业创新、生活保障等人才事项的全周期、一站式服务。

一个北大博士来杭州旅游，人还没出西站就收到一份高薪 offer。这则真实发生过的故事，已经成了余杭国际人力资源服务产业园在西站开园的最佳广告。纵观全球多个重要区域的建设案例和专家建议，余杭已经有厚实的家底，抬脚迈向城市新中心，或许可以"文明＋创新＋交通"为核心，蹚出一条全新的"余杭路径"——

一来，在文明、创新和交通的家底上，余杭已经极具明显的超级中心辐射周边优势。

二来，新中心是政治、经济、文化等公共活动最集中的区域，方便人才和资源聚集。

在西站眺望云门，看余杭这座城正日新月异，那就让我们按下这个"杭州城市重要新中心"的播放键，听一首刚刚为它写下的歌《在云与梦之间》——

遥望东方晨曦升起来

观苕溪波光心潮澎湃

揣着复兴的美好期待

揽中华大地入我胸怀

乘中国速度思接千载

欢声又笑语一路有爱

一万里山河美景铺排

五千年文明更加精彩

爱在西站，浙里很精彩

云门日夜敞开，一起共赴未来

爱在西站，城市在盛开

在这圆梦时代，我们一起精彩

爱在西站，未来已到来

在杭州新中心，我们永远同在

哦，在云与梦之间

哦，奇迹唯有热爱

尾　声

"江南无所有，聊寄一枝春。"

营造一个草长莺飞、杂花生树的春天，就是余杭一直努力在做的事情。

作为杭州城市重要新中心，余杭从来都是个兼具自然之美与人文之韵的好地方。

这里文脉兴盛，文明之源传承亘古绵长；这里生机盎然，绿水青山孕育共富经济；这里活力焕发，数实相融书写时代答卷。在余杭，可以看见"上下五千年未曾断流的中国"。

以苍璧礼天，以黄琮礼地———今日余杭有种"顶天立地"的大气。

"顶天"的高度，是以良渚文化为龙头，建设良渚文化大走廊，迭代构建与杭州城西科创大走廊、五千年发展轴在内的"两廊一轴"发展大格局。

"立地"的广度，是以杭州西站枢纽为核心，带动城西科创大走廊，连接紫金港科技城、未来科技城、云城、青山湖科技城等共同构成"一廊四城"。

苕水出天目，夹岸飞浮玉——今日余杭有种"铺天盖地"的底气。

"铺天"的力度，是杭州亚运会开幕式上余杭元素精彩亮相，与之相应的高品质文化生活场景越来越多，国家及省市级高规格文化盛宴就在家门口。

"盖地"的温度，是余杭人的获得感与幸福感越来越足，道路越来越通畅，城市越来越现代，生活越来越便利，让全民乐享文化嘉年华。

生活的理想，理想的生活——今日余杭有种"欢天喜地"的能力。

"欢天"的态度，是擦亮文旅融合金名片，让径山茶宴既有三千威仪亦入万丈红尘，不断挖掘历史文化资源，让人们的生活既不失传统又可引领潮流。

"喜地"的程度，是向美而生，让乡村更文明，让城市更温暖，大力推出青山村、良渚文化村等村社美育示范单元，以文化引领赋能城市全面发展。

天与地之间，未来有你也有我。

你好，新中心！

| 后记 |

余杭的性格

从一座城对人的态度，可以大概了解这座城的性格。

在编创《未来有你——余杭人才发展纪实》这本书时，团队成员屡屡被余杭那种包容万物的气度所打动，也时时被余杭那种敢为人先的性格所震撼。

五千年前的"敢为人先"，可以良渚博物院内国宝级文物"刻符黑陶罐"为例，罐身上一组神秘的刻画符号，记录了良渚先民捕猎老虎的经历；五千年后的"敢为人先"，可以之江实验室的软体机器鱼为例，它可以潜到太平洋底的马里亚纳海沟，拍动着"翅膀"前行长达45分钟，在全球首次实现了万米深海下的自主驱动。

这种"敢为人先"的底气，首先来自我们"有人"：在这块实证中华五千年文明的土地上，五千年前就有了治水、种稻、筑城、捕虎、制陶、琢玉等"专业化分工"，甚至还有了最早的手工业作坊区，相当于那时的"人才聚集区"。而在今天的余杭，又有未来科技城所引领的海创园、梦想小镇、人工智能小镇、5G创新园等科创模块，吸引更多天下英才都来到这里发挥自己的创造力与生产力。

何以余杭如此了得？这些人一路踊跃奔赴究竟所为何来？

几经思考，"施昕更之问"被作为本书的题记放在首页，想表达的意思是，我们今天所做的一切，都是在做一份延续我们民族"生命与光荣"

的事业。只有站在这样一种高度，才能理解余杭为什么能"聚人"，因为这是文明的答卷。

创新策源，以人才为本，在余杭从来都不是一句空话。

原本地处杭州"金角银边"的余杭区，后来被创业者称作"放飞梦想的地方"，早在十几年前便大手笔推出余杭创新基地，吸引天下英才"落子布局"，招近者悦而尽才，令远者望风而慕。余杭能在"人才大战"中抢得先机的根本原因，其实最关键的一点在于余杭"高看一眼"的重才之道，营造了"热带雨林式"的人才生态。

马云带着阿里巴巴的"众人"选择了余杭，他说："这个地方天生就是一块非常好的创业之地，我梦想中的创业就应该从这个地方起来，我们要打造一个淘宝城，把整个产业的发展都放在那里。""双十一"购物节就诞生于余杭，这是"无中生有"的典范。

此后，之江实验室、良渚实验室、西湖实验室、湖畔实验室、天目山实验室、达摩院、中国人工智能小镇、梦想小镇、超重力实验室、西湖大学、阿里云、菜鸟网络等随之而来。人们这才发现余杭的做法果真回归了"禹航"的真谛，那就是因势利导，疏通水流方向。

人往高处走，水往低处流。这也是余杭吸引人才的秘密所在。

高就是"高看一眼"，低就是"店小二"服务，两者结合一处，就是那句余杭引才金句："我负责阳光雨露，你负责茁壮成长。"

当好"店小二"——就是要事无巨细地帮助企业解决现实难题，比如人才住房、子女就学、国际医保等"燃眉之急"，也有亲清助企、政策扶持，资金配套等"持续推力"。

做好"当家人"——就是提供一条龙政务服务和完善的数据平台，让人才可以用最精简的阵容、最节约的成本轻装上阵，实现人才项目网上申报、人才活动网上发布等。

成为"圆梦人"——众多被引入余杭的人才们经常会听到这么一句话："到余杭创业创新，只要你是块金子，就一定能发光，而且能彼此映照出更灿烂的光芒。"

得益于此，聚引人才激发活力的故事才在余杭轮番上演：以强脑科技、思看科技为代表的电子信息产业飞速发展；以星月生物、奥默生物为代表的生物医药产业不断集聚；以纤纳光电、卡涞科技为代表的新材料产业引人瞩目；以海聚科技、申昊科技为代表的装备制造产业优势明显；以海牛环境、虎哥环境为代表的节能环保产业脱颖而出。

作为创新样板区，余杭已经培育出许多具有影响力的创新空间品牌。围绕阿里巴巴总部，形成互联网企业高度集聚的5公里创新圈；以梦想小镇为代表，建设了一批创新导向的特色小镇；以西溪湿地为代表，从以生态保护为主的湿地公园，逐步转变为融入创新空间网络的湿地公园型城市组团。余杭的所有努力，只为让众多人才能人尽其用。

本书在创作过程中，得到了来自出品方余杭区政协，以及余杭区委组织部、区委人才办的大力支持。区政协副主席傅丽华陪同采访沈文南、欧阳宏伟，区政协文史委主任郭青岭多次登门到张海龙工作室共商文稿，区委组织部部委姚芳燕利用午餐时间专门召开谈稿会，还有俞丽霞、于涵、陈康平等都给了无微不至的"店小二"式服务。

此外，本书也是余杭区作协的一次不同寻常的集体创作。8位作家与多位摄影家联袂采访，克服了疫情反复以及严寒酷暑等种种不确定因素，以文图结合的形式为20多位"余杭人才"画像，并试着解读他们来到余杭创业发展的深层原因与根本动力，以此映衬出余杭的吸引力。

"源浚者流长，根深者叶茂。"

如今的余杭已是杭州城市重要新中心，愿以开放的视野、包容的胸怀、优厚的条件，来迎纳万物生长般的创客、万鸟归巢般的海归等等。创业者们构成了余杭人才"热带雨林式"的完整生态，激发了经济发展的勃勃生机活力。

在这个"热带雨林"当中，每一棵树都离不开阳光与水的光合作用。

余杭的性格，就是敢为人先与善利万物。

水低成海，人低成王。